Sündenwald

Thriller

W.J. Krefting

Kontakt: wjkrefting@web.de
Facebook: www.facebook.com/wjkrefting/
ISBN: 9798499151730
Covergestaltung: 187designz/Alex Saskalidis
Lekrorat/Korrektorat: Heidemarie Rabe

MIT DANK AN ALLE, DIE ZU DIESEM WERK BEIGETRAGEN HABEN

INHALT

Prolog	9
Kapitel 1	17
Kapitel 2	21
Kapitel 3	26
Kapitel 4	28
Kapitel 5	35
Kapitel 6	44
Kapitel 7	53
Kapitel 8	59
Kapitel 9	71
Kapitel 10	78
Kapitel 11	88
Kapitel 12	106
Kapitel 13	108
Kapitel 14	121
Kapitel 15	129
Kapitel 16	133
Kapitel 17	143
Kapitel 18	154
Kapitel 19	169
Kapitel 20	175
Kapitel 21	181
Kapitel 22	189
Kapitel 23	201
Kapitel 24	208
Kapitel 25	209
Kapitel 26	210
Kapitel 27	214
Kapitel 28	219
Kapitel 29	227
Kapitel 30	241

MEHR VOM AUTOR:

WWW.THRILLER-UND-KRIMIS.DE

Buchbeschreibung

Der neue Thriller von W.J. Krefting.

Ein Richter und ein Staatsanwalt werden auf bizarre Weise ermordet. In ihren Körpern findet die Polizei kleine Gegenstände und Zettel mit rätselhaften Hinweisen.
LKA-Ermittler Alexander Hoorn vermutet zunächst, dass die Juristen gezielt aus dem Weg geräumt werden sollten. Kurz darauf taucht eine weitere Leiche mit versteckter Botschaft auf und Alexander ist sicher, dass er es mit einem Serienmörder zu tun hat, dessen blutiges Werk gerade erst begonnen hat.
Mit jedem weiteren Toten erhärtet sich ein weiterer Verdacht: Die scheinbar zufällig ausgesuchten Opfer teilen ein düsteres Geheimnis. Die Zeit arbeitet gegen Alexander und er ahnt nicht, dass er selbst bereits Teil des Rätsels geworden ist…

Der Autor

Wilhelm J. Krefting lebt und arbeitet in Münster. Nach dem Abitur studierte er Politikwissenschaften und Journalistik und lebte einige Zeit in Australien, wo er für verschiedene deutsche und australische Zeitungen arbeitete.

Schreiben ist seine große Leidenschaft, und Krefting liebt es, seine vielfältigen Erlebnisse in spannende Geschichte zu gießen. Seine schriftstellerische Karriere begann der Autor 2013. Im Jahr 2016 veröffentlichte er mit „Aschekinder“ seinen ersten Tolino Nr. 1 eBook-Bestseller.

Prolog

Der hart gefederte Lieferwagen holperte über den mit Schlaglöchern übersäten Wirtschaftsweg durch die Nacht. Frank Binder und Edgar Herbst rutschten im Laderaum von einer Seite auf die andere und hatten mit ihren gefesselten Händen und Füßen keine Chance zu verhindern, dass ihre Köpfe immer wieder gegen die Innenwände des Transporters prallten. Die Schmerzensschreie der Männer wurden von den Knebeln in ihren Mündern verschluckt und so blieb ihnen nichts anderes übrig, als zu hoffen, dass ihre Fahrt bald enden würde. Andererseits bezweifelten sie, dass sie wirklich an ihrem Ziel – wo auch immer das liegen würde – ankommen wollten. Was würde dort mit ihnen geschehen? Was führte der Mann am Steuer, der heute Abend brutal in ihre Häuser eingedrungen war, um sie zu entführen, im Schilde? *Mit Sicherheit holt er uns nicht zum Abendessen ab,* dachte Frank Binder. Als Staatsanwalt hatte er sich über die Jahre eine beträchtliche Anzahl an Feinden geschaffen. *Es war eigentlich nur eine Frage der Zeit, bis einer der Verurteilten eines Tages auf die Idee kommt, sich an mir zu rächen. Vielleicht jemand, der gerade frisch aus dem Gefängnis entlassen worden ist,* dachte Binder.

Die gleiche Überlegung traf auf seinen Leidensgenossen Edgar Herbst zu. Auf ihn als Richter am Landgericht sogar noch viel mehr, denn am Ende ist er es doch, der Beschlüsse fasst und Urteile verkündet.

Frank Binder hatte jegliches Zeitgefühl verloren. Die Stöße gegen seinen Kopf hatten inzwischen vielleicht eine Gehirnerschütterung ausgelöst. Er schätzte, dass die Fahrt jetzt etwa eine Stunde dauerte. Als er in den Lieferwagen geworfen wurde, lag Edgar Herbst schon auf dem kalten Holzboden. Es war zwar dunkel hier drin, doch als die Tür sich vorhin geöffnet hatte und für einen Moment Licht hereinfiel, hatte Binder die Panik in Herbsts Augen aufleuchten sehen. Binders Augen sahen inzwischen wohl genauso aus.

Plötzlich stoppte der Lieferwagen. Die beiden Männer rutschten nach vorn und wurden unsanft von der Vorderwand gestoppt.

Der Entführer schlug die Fahrertür zu. Augenblicke später öffnete sich die Schiebetür zum Laderaum. Es war Nacht, das schwache Licht einer Straßenlaterne fiel herein und blendete sie. Beide Männer hatten Angst. „Was wollen Sie von uns“, brüllte Frank in den Knebel. Mit Ausnahme eines unverständlichen Stöhnens kam nichts an.

„Gib dir keine Mühe, man versteht sowieso nichts. Und selbst wenn, es ist niemand hier, der dich hören könnte“, sagte der Mann an der Tür in einem unheimlich ruhigen Tonfall. Er trug eine Sturmhaube über dem Kopf und Frank fragte sich krampfhaft, ob und wo er den Mann schon einmal gesehen hatte. Er versuchte, sich an all die Angeklagten aus den vergangenen Jahren zu erinnern. Ohne Erfolg. Wenn er dem Entführer schon mal in irgendeinem Gerichtssaal begegnet sein sollte, dann war es schon sehr lange her.

„Wir machen jetzt einen kleinen Ausflug. Dazu werde ich deine Fußfesseln aufschneiden. Solltest du auf dumme Gedanken komme, wirst du es bereuen, haben wir uns verstanden", sagte der Mann. Seine Augen funkelten Frank durch den Schlitz in der Sturmhaube an. Frank zögerte einen Moment. *Wo geht er mit mir hin? Will er mich jetzt umbringen? Wie auch immer, ich habe keine Wahl, als zu gehorchen.* Frank rutschte zur Tür und schaute zu, wie der Mann seine Fesseln durchschnitt. Er setzte sich auf die Türkante und sah zum ersten Mal, wo er eigentlich war. Aus dem dunklen, bedrohlich wirkenden Wald ragte von einem Bergsporn in einiger Entfernung die erleuchtete Burg Altena in den schwarzen Himmel.

„Los, mitkommen", befahl der Entführer.

Frank erhob sich und schritt mit zitternden Knien vorwärts über den Waldboden.

„Und du bleibst schön hier, ich komme gleich zurück", sagte der Mann und knallte die Tür des Lieferwagens zu.

Frank sah, wie der Mann einen Bolzenschneider vom Beifahrersitz holte. Seine Gedanken rasten und er versuchte, nicht daran zu denken, was er mit dem Werkzeug alles anstellen würde.

Der Weg durch den Wald bis hoch zur Burg betrug einige hundert Meter. Der Entführer hatte sich einen Platz zum Parken ausgesucht, der gut versteckt im Gehölz lag. Frank kam auf dem weichen und nicht gut sichtbaren Untergrund nur langsam voran. Jedenfalls zu langsam für den Mann hinter sich, der ihm zum Antreiben immer wieder den Bolzenschneider in den Rücken rammte.

Als sie den asphaltierten Weg hinauf zur Burg erreichten, kam Frank bedeutend schneller vorwärts. Weit und breit war niemand zu sehen, der ihm hätte helfen oder zumindest die Polizei rufen können. Es war zum Verzweifeln: Schon oft hatte er das mittelalterliche Bauwerk besichtigt, damals noch mit seiner Ex-Frau, und jedes Mal mussten sie in einer langen Schlange von Touristen warten. Doch wo waren die ganzen Leute, wenn man sie einmal brauchte?

„Wir sind da, stehenbleiben“, raunzte der Mann, als sie das massive Steintor am Eingang des unteren Burghofs erreichten.

Frank gehorchte anstandslos und wehrte sich auch nicht, als sein Entführer das Seil um seine Handgelenke löste, um ihn kurz darauf mit Kabelbindern an zwei Ösen zu fesseln, die an der Innenseite des Tores aus der Natursteinwand ragten. In dieser Position sah er ein bisschen aus wie Jesus am Kreuz, nur umgekehrt. Frank hegte immer noch die Hoffnung, der Entführer würde Gnade walten lassen, wenn er sich nur kooperativ verhalten möge.

Franks Kopf lehnte so nah an der kalten Steinwand, dass er ihn kaum drehen konnte. Nur der Blick nach oben war problemlos möglich. Die Zacken des eisernen Falltors schwebten wenige Meter über ihm. Zum Glück war es schon lange ohne Funktion, Frank hatte es während all seiner Besuche auf der Burg nie im heruntergelassenen Zustand gesehen.

„Du fragst dich sicherlich, warum wir heute hier sind“, sagte der Entführer.

Frank wollte antworten, aber der Knebel erlaubte nur weitere unartikulierte Laute. Der Mann mit der Sturmmaske erwartete wohl gar keine Antwort. „Ich werde dir jetzt ein Rätsel stellen. Wenn du es beantworten kannst, darfst du gehen. Wenn nicht, musst du sterben. Hast du das verstanden?"

Ein Gefühl von Panik überkam Frank. Was für ein krankes Spielchen sollte das sein? Er schrie in den Knebel, Angstschweiß rann seine Schläfen hinunter.

„Hör lieber auf damit, ich werde das Rätsel nicht wiederholen."

Frank versuchte sich zu beruhigen und seinen vor Angst schlotternden Körper unter Kontrolle zu bekommen. Die Worte des Entführers hämmerten auf ihn ein.

„Ein Spion will sich in die Burg einschmuggeln, muss aber an der Torwache vorbei. Da er das Passierwort nicht weiß, beobachtet er andere, wie sie das Tor passieren. Als erstes kommt ein dicker Mönch. Der Torwächter sagt ‚16', worauf der Mönch schlicht ‚8' antwortet. Dann kommt ein Bauer. Der Torwächter sagt ‚28' und der Bauer entgegnet ‚14'. Als ein Händler kommt, sagt der Wächter ‚8' und bekommt als Antwort ‚4'. Alle dürfen passieren. Nun kommst du als unser Spion."

Frank versuchte verzweifelt, sich weiter zu konzentrieren.

„Der Torwächter nennt dir die Zahl 12. Was antwortest du, um passieren zu dürfen?"

Franks Kehle schnürte sich zu. Vor lauter Adrenalin fiel ihm das Denken schwer. *Die erste Zahl war 16, die Hälfte davon beträgt 8. Der Mönch durfte passieren. Das Gleiche gilt für 28 und 14 und 8 und 4. Das muss es sein.*

Frank zitterte immer noch.

„Du musst nur ein bisschen dein Gehirn anstrengen und Logik walten lassen, mit deiner Angst kommst du hier nicht weiter. Wenn du die Lösung hast, gib mir ein Zeichen“, sagte der Entführer.

Frank glaubte, die sichere Antwort zu kennen, und nickte dem Mann zu, worauf er ihm den Knebel aus dem Mund zog.

Frank atmete schwer. „Wenn der Torwächter mir die Zahl 12 nennt, dann muss ich sie nur halbieren. Die Antwort ist also 6.“

„Bist du dir sicher?“, antwortete der Mann nach einer Pause.

„Ganz sicher.“

„Wie du meinst.“

Der Mann nahm den Bolzenschneider und verschwand hinterm Tor. Frank wusste nicht, was das zu bedeuten hatte. „Wo gehen Sie hin? Bin ich jetzt frei? Ich wüsste außerdem gern, warum Sie mich entführt haben!“

Es kam keine Antwort. Frank hörte nur den Klang von Metall auf Metall, der von der Rückseite des Tores an sein Ohr drang.

„Hallo, hören Sie? Was machen Sie da? Lassen Sie mich gehen.“

Plötzlich ertönte ein Kratzen direkt über Franks Kopf. Er schaute nach oben. Das Falltor wackelte leicht, aber deutlich sichtbar. Das Geräusch von Metall auf Metall erklang ein weiteres Mal, das Falltor wackelte wieder, diesmal stärker. *Scheiße. Wenn das Ding runterkommt, bin ich erledigt.* Eine der an den Spitzen mit Blattgold überzogenen Zacken schwebte direkt über Franks Schädel. *So will ich nicht sterben, nicht so.*

Frank versuchte mit heftigen Bewegungen, die Kabelbinder durchzureißen. „Bitte, was wollen Sie von mir? Wir können doch über alles reden! Geben Sie mir noch eine Chance, das Rätsel zu ..." Frank konnte sein Flehen nicht beenden, da einen Augenblick später das Falltor herabrauschte und sich der eiserne Zacken von oben durch sein Gehirn bohrte. Das Gewicht des Tores drückte ihn zu Boden, wo er unkoordiniert zuckend liegen blieb.

Franks Mörder hatte sich auf die andere Seite gerettet, bevor das Tor ihm den Rückweg versperren konnte. Zufrieden betrachtete er die Leiche, kramte etwas aus seiner Hosentasche und steckte es dem Toten in den Mund. Dann eilte er durch die Nacht zurück zum Lieferwagen im Wald.

Der harte Boden des Lieferwagens war äußerst unbequem und Edgars Gelenke schmerzten. Er hatte es aufgegeben zu versuchen, sich aus seiner Lage zu befreien, und auch die Hoffnung, jemand könnte ihn hören, mit dem Kopf gegen die Wand zu schlagen. *Warum hat der Entführer uns hierhergebracht? Kommt er zurück? Was geschieht dann mit mir?*

Die laute Schiebetür riss ihn aus seinen Gedanken. *Scheiße, er ist wieder da.* Der Entführer packte Edgar am Gürtel und schleifte ihn aus dem Laderaum. Vor Schmerz in den Knebel brüllend fiel er auf den Waldboden. Obwohl es dunkel war, sah er für einen Moment die Klinge eines langen Messers im schwachen Mondlicht aufblitzen. Wie durch eine Glocke hörte er die Stimme des Mannes:

„Ich werde dir jetzt ein Rätsel stellen. Wenn du es beantworten kannst, darfst du gehen. Wenn nicht, musst du sterben. Hast du das verstanden?“

Kapitel 1

Kriminalkommissar Bernd Hellmann war in aller Frühe von einer Kollegin der Streifenpolizei verständigt worden. Es gäbe einen Toten an der Burg und offensichtlich war das Grund genug, ihn um fünf Uhr morgens aus dem Bett zu klingeln.

Die Kollegen hatten das Gelände weiträumig gesichert und die Auffahrt zur Burg war mit einem Flatterband versperrt, an dem der Deckel von Bernd Hellmanns Kaffeebecher kurz hängen blieb. Von weitem sah Hellmann, dass das Falltor zum inneren Burghof herabgelassen war, zwei Männer der Feuerwehr brachten gerade eine Winde an, um es später wieder nach oben zu ziehen. Bevor die überall herumlaufenden Kolleginnen und Kollegen der Spurensicherung noch nicht fertig waren, würde hier jedoch alles so bleiben, wie es ist.

Erst als er oben angekommen war, erkannte Hellmann die übel zugerichtete Leiche eines Mannes am Fuße des Tores. Der Körper inklusive des Kopfes war von den Zacken des schweren Tores an mehreren Stellen durchbohrt worden. *Man hätte mich vorwarnen sollen, auf leeren Magen ist das schwer zu ertragen.*

„Was haben wir hier?“, erkundigte Hellmann sich beim Leiter der Spurensicherung, Friedhelm Banken.

„Ein Mann, um die vierzig Jahre alt. Ich schätze, dass er etwa sechs Stunden tot ist. Sieht nach Mord aus. Seine Hände waren mit Kabelbindern gefesselt.

Als das Tor ihn niedergedrückt hat, hat es ihm die Haut an den Händen abgezogen."

Hellmann kniete sich neben die Leiche. „Es ist leider nur der Hinterkopf zu erkennen. Kann die Feuerwehr das Ding nach oben ziehen?"

„Ja, das sollten wir jetzt tun, so kommen wir nicht weiter", antwortete Banken.

Hellmann beobachtete gebannt, wie die Feuerwehr das Tor Zentimeter für Zentimeter nach oben kurbelte und die blutigen Zacken aus dem Körper der Leiche zogen. Der Einsatzleiter untersuchte die Mechanik, während seine Kameraden das Tor vor dem erneuten Herabfallen sicherten.

„Die Winde war mit einem Vorhängeschloss gesichert. Das hat jemand durchtrennt und das Tor ist abgerauscht", rief der Einsatzleiter. „Ich fass es jetzt mal nicht an wegen der Beweissicherung."

„Ist gut", antwortete Hellmann. Zusammen mit Friedhelm Banken nahm er die Leiche von der anderen Seite in Augenschein. Als er das Gesicht des Toten sah, der ihn mit weit aufgerissenen Augen anstarrte, überkam ihn ein Schock.

„Ist alles in Ordnung?", fragte Banken.

„Ich kenne den Mann. Das ist Frank Binder, der Staatsanwalt."

„Mmh, das erspart uns zumindest schon mal die Identifizierung der Leiche", bemerkte Banken. Er untersuchte die Wunde am Kopf des Toten und inspizierte das Gesicht. „Was ist das denn?" Banken holte eine lange Pinzette aus seinem Instrumentenkoffer und stocherte der Leiche damit im Mund herum.

Hellmann schaute neugierig zu, wie sein Kollege einen Zettel und ein Ästchen mit ein paar Blättern aus dem Mund zog und die Beweise sogleich in durchsichtigen Plastiktütchen sicherte.

„Darf ich mal sehen?“ Hellmann schaute sich insbesondere den Zettel näher an. „Da steht eine Fünf drauf. Was hat das zu bedeuten?“, überlegte er laut.

„Die Frage überlasse ich dann doch Ihnen“, antwortete Banken.

Auf einmal schallten laute Rufe aus dem Wald herauf bis zur Burg. Augenblicklich kam ein uniformierter Polizist die Steigung zur Burg heraufgelaufen. „Sie haben eine weitere Leiche gefunden, unten im Wald“, sagte er außer Atem.

Inzwischen waren Regenwolken aufgezogen und entleerten sich in dicken Tropfen über dem Sauerland. Bernd Hellmann und Friedhelm Banken stapften durch den Wald und sanken immer tiefer in den Boden ein. *Meine Schuhe kann ich danach vergessen,* dachte der Kriminalkommissar.

In der Nähe einer kleinen Lichtung lag die Leiche, ebenfalls männlich. Durch seine jahrelange Erfahrung abgehärtet, begann Banken sogleich mit der Untersuchung des toten Körpers. Hellmann benötigte einen Moment, um den Anblick zu verarbeiten. Er hatte nicht damit gerechnet, dass der Tag noch schlimmer werden könnte, aber die Leiche im Wald stellte selbst den Toten am Burgtor in den Schatten. Der Tote lag mit nacktem Oberkörper auf dem matschigen Boden und sein Bauch war so tief aufgeschlitzt, dass bereits die Gedärme daraus hervorquollen. Noch schockierender als den unappetitlichen Anblick fand Hellmann die Tatsache, dass er auch diesen Toten kannte.

„Das ist Edgar Herbst, er war Richter am Landgericht“, sagte er.

„Den Namen kenne selbst ich“, bemerkte Banken.

„Ich schätze, da war jemand mit seinem Urteil unzufrieden. Jetzt mal ins Blaue geschossen.“

Hellmann trat näher an die Leiche heran. Obwohl er den Anblick und den Verwesungsgeruch der Leiche mehr als abstoßend fand, blieb sein Blick an etwas Ungewöhnlichem im Bauchraum hängen. „Was ist das da zwischen seinen Gedärmen. Das sieh nicht so aus, als würde es da hingehören.“

Banken schaute auf die Stelle, die Hellmann mit seinem Zeigefinger markierte. „Sie haben ein gutes Auge.“

Mit einer Zange, die er aus seinem Koffer nahm, zog Banken den Gegenstand heraus und hielt ihn in die Höhe. Verwundert betrachteten beide Männer das Objekt.

„Das ist ein kleiner Galgen, sieht aus wie ein Spielzeug“, sagte Banken.

„Offensichtlich. Und da ist was in der kleinen Schlinge.“ Hellmann zog einen kleinen Zettel aus der Schlinge und rollte ihn auseinander. „Da steht ‚Ihr werdet mich grillen‘.“

„Was hat das zu bedeuten?“, überlegte Banken laut.

„Erst der Zettel mit der Fünf und jetzt das. Ich habe, ehrlich gesagt, keine Ahnung, was das bedeuten soll. Eines weiß ich allerdings: Ein toter Staatsanwalt und ein toter Richter an einem Tag, das heißt, dass wir auf jeden Fall das Landeskriminalamt hinzuziehen werden.“

Kapitel 2

Alexanders Dienst begann erst am späten Vormittag. Er mochte solche Tage, da er morgens dann immer alles erledigen konnte und die Zeit nach Feierband nicht mit nervtötender Hausarbeit verbringen musste.

Heute Morgen stand ein Termin mit Ahmed Demir in seinem Terminkalender. Der Privatdetektiv hatte auf der Suche nach Alexanders verschwundener Schwester Paula ein paar Dinge zutage gefördert, die ihn aufhorchen ließen. Neben dem Termin im Kalender hatte er ein paar Fragen notiert, die ihm seit ihrem letzten Treffen durch den Kopf gegangen waren. Wenn er ehrlich war, gingen ihm noch weit mehr Fragen durch den Kopf, und zwar für den Großteil des Tages, aber bei denen konnte Ahmed ihm nicht weiterhelfen. Es handelte sich überwiegend um Fragen wie *„was wäre gewesen, wenn…“*, in denen Alexander es sich selbst immer wieder implizit zum Vorwurf machte, nicht gut genug auf seine Schwester aufgepasst zu haben. Allerdings war er da der Einzige. Niemand, nicht einmal seine Eltern, dachten so wie er. Allerdings hatte er Angst davor, dass seine Schwester so denken könnte, wenn er sie eines Tages wiedersah. Ja, Alexander glaubte noch immer fest daran, dass seine Schwester noch lebte – nach über 20 Jahren und trotz der vielen Menschen, die ihm rieten, endlich mit der Vergangenheit abzuschließen und die Tatsache zu akzeptieren, dass Paula tot war.

Flingerns Straßen waren nass vom Regen und der Gang über die kopfsteingepflasterte Birkenstraße, die dazu noch von rutschigen Tramgleisen durchzogen war, glich einem kleinen Spießrutenlauf.

Die Nachbarn von Ahmed Demir kannten Alexander und grüßten ihn nach anfänglicher Skepsis inzwischen freundlich, als er durchs Treppenhaus nach oben ging. Als der Privatdetektiv öffnete, wirkte er, wie gewohnt, ein wenig zerstreut, doch der Eindruck täuschte gewaltig. Alexander hatte mittlerweile das Gefühl, als kenne er den Mann schon ewig. Umgekehrt verhielt es sich wohl genauso, jedenfalls markierte heute den ersten Besuch, an dem Ahmed sich nicht für das vermeintliche Chaos in seiner Wohnung entschuldigte, und das war in Alexanders Augen schon ein Zeichen von gegenseitigem Vertrauen.

„Sie wollten noch über einige offene Fragen mit mir sprechen?“, begann Ahmed und stellte Alexander und sich selbst eine Tasse Tee auf den Tisch.

„Ja. Ich habe mir den Moment, in dem Paula verschwand immer wieder durch den Kopf gehen lassen. Wie ist es möglich, dass sie jemand damals mitgenommen hat? Ich war doch nur kurz austreten“, sagte Alexander.

Ahmed nahm einen Schluck Tee. „Nun, ich war natürlich nicht dabei, als es passiert ist. Ich nehme aber mal an, dass Sie unter Schock standen und in so einer Situation verliert man in der Regel das Zeitgefühl. Vermutlich hat der kurze Augenblick also länger gedauert, als Sie denken. Außerdem ist das jetzt auch schon zwei Jahrzehnte her.“

„Mmh. Und Sie denken also, dass eine Schlepperbande oder ein Ring hinter der Entführung meiner Schwester steckt?"

„Ich habe recherchiert, dass zum Zeitpunkt des Verschwindens Ihrer Schwester einige Schlepperbanden in der Gegend aktiv waren ...", erklärte Ahmed.

„Die hat die Polizei damals überprüft und überwacht", unterbrach Alexander. So sehr er sich wünschte, Ahmed ohne Rückfragen glauben zu können, so deutlich meldete sich seine antrainierte Skepsis als LKA-Ermittler immer wieder.

„Das ist korrekt. Aber damals hat die Polizei sich auf die Banden konzentriert, die eher im westlichen Teil Europas aktiv waren. Das habe ich zumindest den Akten entnommen, die Sie mir gegeben haben. Die östlichen Schlepper waren damals hier noch nicht so emsig unterwegs und ich vermute, dass die Beamten sie deshalb nicht so auf dem Schirm hatten. Das wiederum hat mich veranlasst, meine alten Kontakte ins Milieu zu reaktivieren. Am Anfang hatte ich wenig Hoffnung, dass das klappt, aber ich habe tatsächlich von einem Informanten die HInweise bekommen, dass er damals von einem verschwundenen Mädchen gehört hat, das zur Beschreibung Ihrer Schwester passt."

„Und der hat Ihnen einfach die Information gegeben?", hakte Alexander skeptisch nach.

„Das hat natürlich einiges gekostet. Der Posten steht schon auf der Spesenrechnung."

„Sehr gut", antwortete Alexander, „wie machen Sie jetzt weiter?"

„Ich glaube, mein Informant weiß noch mehr. Ich werde versuchen, noch mehr aus der Quelle herauszubekommen."

Das ergab für Alexander durchaus Sinn. „Wer ist denn diese Quelle?"

„Das darf ich nicht verraten. Wenn ich das Vertrauen von meinem Informanten missbrauche, dann werde ich nie wieder etwas von ihm erfahren. Dafür haben Sie doch Verständnis?" Ahmed schaute Alexander eindringlich an.

Alexander arbeitete regelmäßig mit Informanten aus der Szene zusammen und natürlich wusste er, dass man deren Namen niemandem preisgab. Er war nur neugierig und verspürte einen inneren Drang, die Recherche selbst in die Hand zu nehmen. Das war aufgrund seiner beruflichen Verpflichtung jedoch gerade nicht möglich. Wie aufs Stichwort begann das Handy in seiner Hosentasche zu vibrieren. Sein Chef Hans Arends versuchte ihn zu erreichen.

„Das ist die Arbeit, es scheint wichtig zu sein, bitte entschuldigen Sie mich für einen Augenblick." Alexander ging zum Telefonieren in den Flur und kam Augenblicke später zurück in Ahmeds Büro. „Das ging schnell", bemerkte der Detektiv, der es nicht einmal geschafft hatte, einen der Aktenordner auf seinem Schreibtisch vom Stapel zu nehmen und aufzuschlagen.

„Ja, ich muss los, tut mir leid. Machen Sie gern so weiter wie angekündigt", sagte Alexander.

„Ich werde den Informanten, sobald es geht, erneut aufsuchen. Bis dahin durchforste ich noch mal die Unterlagen nach Hinweisen. Vielleicht ist mir etwas entgangen." Ahmed tätschelte den Aktenstapel.

„Gut, melden Sie sich gern, sobald Sie neue Erkenntnisse haben."

Alexander beeilte sich, mit der Tram zum Landeskriminalamt zu kommen, auch wenn seine Schicht eigentlich erst in ein paar Stunden begann. Hans Arends hatte am Telefon gestresst geklungen. Als Alexander das Büro seines Chefs betrat, bestätigte sich dieser Eindruck: Unter Arends' Augen zeichneten sich dunkle Ringe ab und insgesamt wirkte er übermüdet. Er bemühte sich dennoch, freundlich zu sein, und entschuldigte sich dafür, Alexander so früh zum LKA gebeten zu haben. „Sie wissen, dass der Krankenstand derzeit exorbitant hoch ist. Das müssen wir Übriggebliebenen halt mit Überstunden auffangen, das tut mir leid."

„Schon gut. Es ist nicht so, dass ich nicht gern arbeiten würde", entgegnete Alexander. Insgeheim freute er sich außerdem, dass er Ablenkung von den Gedanken bekam, die sich permanent um seine Schwester zu drehen schienen.

„Genau deshalb habe ich Sie angerufen", scherzte Arends, das gezwungene Lächeln verlangte ihm viel Kraft ab.

„Dann kommen Sie mal zur Sache, worum geht es?", fragte Alexander.

„Es kam ein Amtshilfeersuchen von der Kriminalpolizei in Altena. Heute Morgen wurden ein Richter und ein Staatsanwalt unweit der dortigen Burg tot aufgefunden. Ihr Ansprechpartner vor Ort ist Kriminalkommissar Bernd Hellmann von der örtlichen Polizei. Mehr kann ich Ihnen nicht sagen."

Kapitel 3

Verdammt noch mal, ich habe keine Lust, den Handwerker jetzt schon zum zweiten Mal wieder hier antanzen zu lassen. Bastian Stamm schob vorsichtig die nagelneue Küchenschublade zu. Die obere Kante schleifte an der Arbeitsplatte entlang. „Das ist doch Scheiße", fluchte er. *Wenn ich schon so viel Geld für eine neue Küche ausgebe, dann will ich auch, dass sie perfekt ist.* Für sein eigenes Unternehmen hatte er schließlich auch den Anspruch, perfekte Ergebnisse abzuliefern – auch wenn Dienstleistungen im Bereich Unternehmensberatung natürlich etwas anderes waren als Küchen zu bauen. Bastian wählte die Nummer des Handwerkers und sprach ihm wütend auf die Mailbox. Generell war er ein in allen Dingen korrekter Mensch, manchmal nahm dieses Verhalten sogar schon übertriebene Ausmaße an und Bastians wenige Freunde vermuteten, dass es der Grund dafür war, dass seine Frau sich von ihm nach nur einem Jahr Ehe wieder scheiden ließ. Emotional hatte ihn das nicht besonders mitgenommen, das Unternehmen stand für ihn nun mal an erster Stelle und das hatte er jeder seiner Partnerinnen immer von Anfang an klargemacht. Es war eher der ungewohnte Umstand, dass eine Frau ihn verließ, der an seinem Ego kratzte, sonst war es immer umgekehrt gewesen.

Bastian manövrierte seinen Jaguar aus der engen Tiefgarage. Sein Appartement befand sich am äußeren Rand von Altena. So wohnte er irgendwie gleichzeitig in der Stadt und auf dem Land, was ihm schöne ausgedehnte Laufrunden durch die Natur ermöglichte. Bastian sah darin einen guten Ausgleich zu den 80-Stunden-Wochen, die für ihn keine Seltenheit darstellten. Von seinen Mitarbeitern verlangte er eine ähnliche Leistungsbereitschaft, was bei vielen nicht immer gut ankam. Doch wer Erfolg haben wollte, so lautete sein Credo, der musste diesem Ziel alles unterordnen.

In der Firma wurde er wie jeden Morgen von allen freundlich begrüßt. Vereinzelte Lästereien über den Chef folgten erst, wenn er in seinem großen Büro verschwunden war und damit begann, seine E-Mails zu durchforsten. Neben der digitalen Post lag heute tatsächlich ein Päckchen auf seinem Schreibtisch. *Habe ich was bei Amazon bestellt?,* war sein erster Gedanke, doch auf dem Päckchen stand kein Absender. Bastian riss das braune Papier auf und schüttelte den Inhalt auf den Schreibtisch. Zwei Steinchen kullerten heraus, ein schwarzer und ein weißer. Bastian hob sie auf und betrachtete sie. *Was sollte das?* Er erkundigte sich bei der Empfangssekretärin, woher das Päckchen stammte. „Das lag heute Morgen im Briefkasten“, antwortete sie schulterzuckend. Bastian kehrte zurück an den Schreibtisch und überlegte, wer ihm wohl diesen Streich gespielt haben könnte. Tatsächlich fiel ihm nur seine Ex-Frau ein. *Ja, das wird es sein. Sie hatte schon immer einen kleinen Schlag schräg.* Zufrieden darüber, eine Antwort auf das Rätsel gefunden zu haben, machte er sich an die Beantwortung seiner E-Mails.

Kapitel 4

Von Düsseldorf nach Altena benötigte Alexander laut Navigationssystem etwa anderthalb Stunden. Als er bei Hagen auf die A46 wechselte, überkamen ihn einige prägende Kindheitserinnerungen. Die Stadt galt gemeinhin als „Tor zum Sauerland“ und die deutlich bergiger werdende Landschaft rief ihm ein paar schöne Urlaube ins Gedächtnis, die er mit seinen Eltern in der Region verbracht hatte. Gefühlt jeder Holländer liebte das Sauerland und als halber Niederländer konnte auch er sich dem Reiz, der von der Natur hier ausging, nicht entziehen – auch wenn sie bei diesem verregneten Wetter gerade etwas eher Bedrohliches ausstrahlte.

Die Burg Altena in ihrer erhabenen Position war schon von Weitem gut zu erkennen. Dort erwartete ihn seine Kontaktperson, Kriminalkommissar Bernd Hellmann.

Es stellte sich heraus, dass Hellmann anders aussah, als Alexander es am Handy anhand der dunklen Stimme vermutet hatte. Sein Polizei-Kollege war eher schmächtig, nicht besonders groß und er hatte einen leichten Überbiss, was ihm ein dezent rattenhaftes Aussehen verlieh. Dennoch verhielt er sich zurückhaltend freundlich und kooperativ. „Wir freuen uns, dass Sie hier sind. Ich muss ehrlich sagen, dass wir mit der Situation im kleinen Altena ein wenig überfordert sind“, begrüßte er Alexander.

„Kein Problem, dafür sind wir da. Erzählen Sie mir doch bitte, was passiert ist.“

Alexander hörte aufmerksam zu. Genauso spannend wie den Bericht seines Kollegen fand er dessen Verhalten. Die Morde am Staatsanwalt und am Richter schienen Hellmann auf einer persönlichen Ebene sehr zu belasten. Am liebsten hätte er ihm den kollegialen Rat gegeben, solche Dinge nicht zu nah an sich heranzulassen, doch dazu kannte er ihn noch nicht gut genug. Vielleicht lag es auch am Zustand der Leichen, wie Alexander sehr bald feststellte, als ihm der vom Eisentor durchbohrte Staatsanwalt Frank Binder und der ausgeweidete Richter Edgar Herbst präsentiert wurden.

„Wir haben die Leichen genauso liegen lassen, wie wir sie gefunden haben. Sie sollten sich ein möglichst genaues Bild machen“, sagte Hellmann.

Alexander kniete sich neben den toten Richter mit der geöffneten Bauchdecke. Der Tote roch sehr unangenehm, doch das war nicht ungewöhnlich: Jedes Mal, wenn man einem Menschen den Bauchraum öffnete – egal ob bei einer Operation oder einer Obduktion – stank es. „Das haben Sie richtig gemacht.“

„Diesen Zettel mit der Zahl 5 haben wir im Mund des Staatsanwalts gefunden. Im Bauch des Richters befand sich ein kleiner Galgen mit diesem Zettel.“ Hellmann reichte Alexander das durchsichtige Tütchen mit der Nachricht. „Ihr werdet mich grillen“, las er vor, „was soll das bedeuten?“

„Das haben wir uns auch schon gefragt. Meine Vermutung ist, dass ein Verurteilter wohl nicht ganz mit dem Ausgang seines Verfahrens einverstanden war und sich an den beiden gerächt hat.“

„Ja. Aber die beiden Zettel… mmh." Alexander dachte laut nach.

„Die Fünf steht vielleicht für eine Haftstrafe von fünf Jahren und der Galgen versinnbildlicht die Strafe an sich. Früher wurde man gehängt", vermutete Hellmann und schaute seines LKA-Kollegen in Erwartung einer Antwort an.

„Das ist eine Möglichkeit. Bis jetzt ist es sogar die Naheliegendste." Hellmann war zufrieden.

„Jedenfalls können die beiden Männer für die Leichenschau in die Gerichtsmedizin gebracht werden, falls die Kollegen von der Kriminaltechnik fertig sind", sagte Alexander.

„Das sind sie." Noch während Hellmann mit Friedhelm Banken sprach, um die Überführung der Leichen zu veranlassen, kam ein Streifenpolizist angelaufen. Er unterbrach die Männer und erntete einen bösen Blick dafür.

„Im Haus des ersten Opfers wurde eingebrochen", sagte der Polizist außer Atem.

„Im Haus des Staatsanwalts? Sind Sie sicher?", fragte Hellmann.

„Ja, Frank Binder."

Alexander hörte die Unterhaltung und kam dazu. „Das trifft sich doch hervorragend, wir müssen den Familien der Opfer ohnehin einen Besuch abstatten. Und den Familien die Nachricht überbringen, oder hat das schon jemand übernommen?"

„Nein", antwortete Hellmann, „das müssen wir noch tun."

Das Haus von Frank Binder lag im Stadtteil Dahle. Die Wohngegend war geprägt von Einfamilienhäusern mit großzügigem Garten.

Alexander folgte Hellmann, der die richtige Adresse ohne Probleme fand. Die beiden Beamten parkten auf der Auffahrt vor Binders breiter Doppelgarage, ein Streifenwagen stand auch schon dort.

„Sie kennen sich hier gut aus, oder?", bemerkte Alexander und knallte seine Autotür zu.

„Ich weiß, wo Frank Binder wohnt, er war immerhin Staatsanwalt."

Hellmann und Alexander, die die offene Haustür und das eingeschlagene Seitenfenster bemerkten, warteten vor dem Haus.

„Waren Sie schon drin?", fragte Alexander die beiden vor dem Haus wachenden Streifenpolizisten und deutete mit dem Kopf auf die Haustür.

„Nein", antworteten die Uniformierten.

„Gut, wir warten auf die Kollegen von der Kriminaltechnischen Untersuchung. Wir wolle ja keine Spuren verwischen."

Friedhelm Banken traf mit seinem Team eine Viertelstunde später ein. Es dauerte nicht lang, bis er das Haus zum Betreten freigab, zumindest das Erdgeschoss.

Bereits im Flur sahen Alexander und Hellmann, dass hier eingebrochen worden war. Die Schubladen des Garderobenschranks waren herausgerissen und ihr Inhalt, hauptsächlich Mützen und Schals, lagen auf dem Fußboden verstreut. Im Wohnzimmer und in den übrigen Räumen des Hauses setzte sich das Chaos fort. Der oder die Täter hatten alles durchwühlt und dabei auch die Bilder von den Wänden gerissen.

„Ich glaube, ich muss meine Theorie noch mal überdenken. Vielleicht handelt es sich bei den Morden doch nicht um einen Racheakt, sondern es ging den Tätern wirklich nur um die Wertgegenstände im Haus ihrer Opfer“, bemerkte Hellmann.

„Das wird sich herausstellen. Haben die Kollegen herausfinden können, ob in der Wohnung von Richter Herbst auch eingebrochen wurde?“, fragte Alexander.

„Die ist verschont geblieben. Er besaß offenbar eine gute Alarmanlage“, antwortete Hellmann.

Alexander inspizierte ein Bedienfeld neben Frank Binders Haustür. „Der Staatsanwalt hatte auch eine, aber die hat wohl nicht so gut funktioniert. Oder sie war von vornherein deaktiviert. Oder die Einbrecher haben sie rechtzeitig ausgeschaltet. Wir brauchen auf jeden Fall die Fingerabdrücke auf den Tasten.“

Alexander schaute sich im Wohnzimmer um. „Hier stehen gar keine Familienfotos oder dergleichen, hatte Binder keine Familie?“

„Seine Frau und er haben sich vor ein paar Jahren scheiden lassen, Kinder hatte das Paar nicht.“

„Und wie war die familiäre Situation von Richter Herbst?“, fragte Alexander.

„Genauso, Ehe geschieden, keine Kinder.“

„Es ist hilfreich, dass Sie so gut über die familiäre Situation der Opfer Bescheid wissen. Geschieden hin oder her, ich finde, dass wir die Ex-Frauen der beiden auf jeden Fall informieren sollten.“

„Ich übernehme das“, bot Hellmann an.

Alexander sah, wie Friedhelm Banken die Treppe herunterkam. „Im gesamten Haus scheint es keine Blutspuren zu geben. Mehr kann ich auf die Schnelle noch nicht sagen. Im Obergeschoss ist auch alles durchwühlt, wir nehmen gerade überall Fingerabdrücke“, berichtete der Leiter der Spurensicherung.

„Also tatsächlich ein simpler Einbruch“, warf Hellmann ein.

„Die Interpretation überlasse ich Ihnen. Wir sind nur hier, um Spuren zu sichern“, sagte Banken.

Alexander blendete die Unterhaltung der beiden aus. Er war damit beschäftigt, die losen Enden in seinem Kopf zu einem sinnergebenden Ganzen zusammenzufügen, was ihm nicht gelang. „Herr Hellmann“, begann er schließlich, „ich glaube nicht, dass es nur ein Einbruch war. Der Täter hätte sich nie die Mühe gemacht, Staatsanwalt Binder zur Burg zu befördern und so zuzurichten. Außerdem wurde bei Richter Herbst nicht eingebrochen. Ich denke, dass wir mal Ihrer heute Morgen im Wald geäußerten Vermutung nachgehen sollten, dass sich tatsächlich ein verurteilter Straftäter an den beiden rächen wollte.“

„Das finde ich gut.“ Hellmann freute sich, dass der LKA-Kollege seinen Vorschlag gut fand.

„Dann schlage ich vor, dass Sie die Ex-Frauen von Binder und Herbst informieren und ich mich mal auf den Weg zum Landgericht und zur Staatsanwaltschaft mache.“

Die für den Bezirk Altena zuständige Staatsanwaltschaft und das Landgericht hatten ihren Sitz in Hagen. *Praktisch, das liegt direkt auf dem Rückweg.* In beiden Institutionen eröffnete sich Alexander dieselbe Situation: Die ahnungslosen Kolleginnen und Kollegen von Binder und Herbst zeigten sich völlig überrascht vom Mord an den beiden. Bis auf wenige Ausnahmen. Spontan überkam Alexander die Vermutung, dass eventuell ein aufstrebender Kollege hinter den Morden steckte, um sich Platz auf der

Karriereleiter zu schaffen. Doch er verwarf den Gedanken schnell wieder, da sich wohl niemand von ihnen die Mühe gemacht hätte, die Leichen so zuzurichten. *Erfahrene Juristen wären doch sicherlich darauf bedacht gewesen, jeden Beweis und damit vor allem die Leichen verschwinden zu lassen.*

Alexander bat die Sekretärinnen von Binder und Herbst freundlich um eine Liste der Verfahren, an denen die Männer in den vergangenen sechs Monaten beteiligt waren. *Ich sag ja, dass unser Rechtssystem völlig überlastet ist.* Es war eine mehrere Seiten lange Liste, weshalb Alexander beschloss, sich zunächst auf die Fälle aus dem letzten halben Jahr zu beschränken. Sollte seine Suche ergebnislos bleiben, konnte er immer noch weiter zurückgehen.

Froh darüber, alle Informationen erhalten zu haben, trat Alexander den Rückweg nach Düsseldorf an. Den Rest des Tages beabsichtigte er aktenwälzend im Büro zu verbringen. *So kompliziert der Doppelmord auch erscheint, vielleicht ist die Lösung einfacher als gedacht.* Vermutlich versuchte er sich die Situation schönzureden, denn unterbewusst glaubte er nicht daran, den Mörder in den Dokumenten auf seinem Rücksitz zu finden.

Kapitel 5

Um kurz nach acht Uhr abends war Bastian Stamm wieder zu Hause. Er wartete ungeduldig, bis das quietschende Tor der Tiefgarage sich in Bewegung setzte und nach oben fuhr. Auf halbem Weg blieb es unvermittelt stehen. *Das darf nicht wahr sein, ich wohne in einer Bruchbude. Nichts funktioniert hier.* Er wollte gerade aus seinem Jaguar aussteigen, als das Tor sich wieder in Bewegung setzte. Bastian drückte aufs Gas und der Jaguar fuhr mit quietschenden Reifen und etwas zu schnell die Einfahrt hinunter.

Im Aufzug, der ihn hinauf zur Wohnung beförderte, müffelte es eigenartig und Bastian war froh, als er oben ankam und den Lift verlassen konnte. *Ein Abend auf der Couch mit einem Glas Rotwein ist jetzt genau das, was ich brauche.*

Bastian zückte den Wohnungsschlüssel aus der Hosentasche. Er musste nur den Schlüssel ins Schloss stecken, und die Tür öffnete sich bereits einen Spaltbreit. *Was soll das denn? Habe ich heute Morgen vergessen abzuschließen?* Er inspizierte den Schließzylinder. *Scheiße, da sind einige Kratzer. Wurde bei mir eingebrochen? Aber vielleicht waren die Kratzer auch schon vorher da und ich habe es nicht bemerkt? Ich bin nicht der erste Besitzer der Eigentumswohnung.*

Langsam schob er die Tür ganz auf und trat vorsichtig ein. *Wenn es wirklich Einbrecher waren, könnten Sie noch hier sein. Soll ich nicht besser die Polizei rufen? Lieber nicht. Wenn es keine Einbrecher sind, blamiere ich mich vor denen. Am Ende lande ich noch als Schlagzeile in den Medien. Unternehmer löst Polizeieinsatz aus, weil seine Tür kaputt ist. Vielleicht steckt auch meine Ex-Frau dahinter. Wenn ich daran denke, wie die versucht mich zu melken ...*

„Wer ist da? Ich bin bewaffnet!" Vielleicht konnte er mit einer falschen Drohung die potenziellen Einbrecher abschrecken. Allerdings antwortete niemand. Bastian ging durch den Flur, bis er die Badezimmertür erreichte. Er betätigte den Lichtschalter und steckte vorsichtig seinen Kopf hinein. Hier war definitiv niemand, auch nicht in der Dusche, die statt eines Vorhangs durch eine Glasscheibe abgeschirmt wurde.

Langsam schritt er durch den großen Wohn-Essbereich mit seiner riesigen Fensterfront und fand auch hier niemanden. Beim Umrunden der Kücheninsel griff er einmal in den Messerblock und griff nach einem langen Steakmesser. *Man kann nicht vorsichtig genug sein.* Mit der Waffe in der Hand stieg er beruhigt die Treppe empor zur Galerie, wo er sorgsam den Schlafbereich inklusive seines geräumigen Kleiderschranks durchforstete. Jetzt hatte er seine komplette Wohnung durchsucht und niemand Fremdes war hier. *Dann stimmt nur irgendetwas mit dem Schloss nicht. Das kann der Handwerker, der hoffentlich bald wegen der Küchenschublade hier antanzt, vielleicht gleich miterledigen.*

Bastian steckte das Steakmesser zurück in den Block und besorgte sich auf dem Weg ins Badezimmer ein Stück Tesafilm, mit dem er die Tür zuklebte. *Für einen Abend wird das schon gehen,* sagte er sich. *Es darf nur kein Windstoß kommen, sonst fliegt die Tür auf.* Bevor er ins Bad ging, zweifelte er daran, dass der Tesastreifen heute Nacht halten würde, und er stellte zum zusätzlichen Schutz die große Vase vor die Tür. *So ist es besser.*

Nach der erholsamen heißen Dusche setzte er sich mit einem Glas Rotwein vor den Fernseher. Gegen Mitternacht – Bastian war auf dem Sofa eingeschlafen - wurde er von einem Geräusch geweckt. Es dauerte einen Moment, bis er sich orientieren konnte. Eigentlich hatte er sich vorgenommen, nicht mehr auf dem Sofa einzuschlafen. Nun dachte er einen Augenblick lang, er wäre im Schlafzimmer und war verwirrt, dass er den flauschigen Teppich unter seinen Füßen spürte. *Was war das für ein Geräusch?*

Schlaftrunken taumelte Bastian durch die Wohnung, die das Mondlicht durch die Fensterfront sanft erhellte. Im Halbdunkel sah er, dass die Tür offen stand und die Vase umgefallen war. *Dann war selbst die Vase nicht schwer genug. Gut, dass sie nur aus Blech ist,* dachte er und betätigte den Lichtschalter im Flur. Bastian schlurfte zur Haustür und bückte sich, um die Vase wieder aufzurichten. In diesem Moment preschte eine Gestalt mit Sturmhaube aus der Badezimmertür hinter ihm auf ihn zu und schlug ihm auf den Schädel. Bevor Bastian wahrnehmen konnte, dass jemand in der Wohnung war, sah er nur noch schwarz und sackte zusammen.

Ein unsanftes Ruckeln weckte Bastian auf. Um ihn herum herrschte Dunkelheit und das Dröhnen eines alten Dieselmotors, das seine Kopfschmerzen verstärkte, drang an sein Ohr. Seine Hände und Füße waren gefesselt. So viel er wahrnehmen konnte, befand er sich in einem fahrenden Lieferwagen. Aber auf dem Weg wohin? Und wer war der Kerl am Steuer, der ihn vorhin in seiner Wohnung vermutlich auch niedergeschlagen hatte? Wahrscheinlich war er es, der tagsüber auch sein Türschloss manipuliert hatte, damit er nachts problemlos wieder in die Wohnung kam. Handelte es sich um einen sorgfältig geplanten Einbruch? Aber dann hätte er doch schon vor meinem Heimkommen die Wohnung ausräumen können. Vielleicht wollen Sie mich auch vorher beseitigen, damit sie mehr Zeit haben? Bastian wurde schlecht bei dem Gedanken. Er hoffte, dass er sich nicht übergeben musste, da er einen Knebel im Mund hatte.

Plötzlich wurde er gegen die Wand das Laderaums gedrückt und es begann heftig zu ruckeln. Der Fahrer war wohl auf eine nicht befestigte Straße abgebogen. Vielleicht ein Feld- oder Waldweg. Minutenlang wurde Bastian auf dem Boden kräftig durchgeschüttelt, bis der Wagen schließlich anhielt.

Die Schiebetür öffnete sich und die Gestalt mit der Sturmmaske baute sich vor ihm auf. Die gesichtslose Person, die von hinten vom Mond angestrahlt wurde, wirkte sehr furchteinflößend und trug eine Holzkiste in der Hand.

„Du kommst jetzt mit“, befahl die Person, der dunklen Stimme nach handelte es sich um einen Mann. Er schnitt Bastian die Fußfesseln durch, zog ihn aus dem Wagen und trieb ihn vor sich her wie ein Stück Vieh. Bei Bedarf rammte er Bastian die Holzkiste in den Rücken, damit es schneller vorwärtsging.

Es ging ein ganzes Stück bergauf und der Wald wurde immer dichter. Der Mann hinter Bastian schaltete irgendwann eine Taschenlampe an, weil nicht mehr genügend Mondlicht durch die Wipfel auf den Boden fiel.

Auf einmal tauchte eine kleine Lichtung auf, von der eine steinerne Stele mehrere Meter in die Höhe ragte. Sofort wusste Bastian, wo er sich befand. *Das ist die Hexenstele auf dem Galgenberg in der Nähe von Balve. Was wollen wir hier denn?* Es war schon ein paar Jahre her, dass er zum letzten Mal an diesem geschichtsträchtigen Ort gewesen war. Auf dem Galgenberg fanden zur Zeit der Hexenverfolgung im 16. und 17. Jahrhundert mehrere hundert Menschen aus dem Balver Land den Tod. Panik keimte in Bastian auf. *Was ist, wenn das irgendein krankes Arschloch ist, der mich hier in einem Ritual töten will?* Die Angst davor zerstreute sich, als der Mann ihn weiter vorwärts in einen wieder dunkleren Teil des Waldes trieb. Bastian versuchte durch den Knebel zu fragen, was sie hier wollten, aber der Mann antwortete nicht. Er befahl ihm stattdessen, auf der Stelle stehen zu bleiben, während er einen Strick aus der Jacke zog und sich damit an einem Baum zu schaffen machte. Als Bastian die Schlinge entdeckte, die von einem dicken Ast herabhing, wurde er erneut panisch. Er versuchte fortzurennen, was jedoch mit noch immer gefesselten Händen sehr schwierig war. Nach wenigen Metern hatte der Mann ihn eingeholt.

„Ich habe gesagt, du sollst dableiben, jetzt komm wieder zurück.“

Bastian ließ sich zurückzerren, auch wenn ihm der Angstschweiß bereits auf der Stirn stand. Der Mann platzierte die Holzkisten unter der Schlinge. Jetzt wusste er, dass die Kiste für ihn als Tritt gedacht war. *Er will mich wirklich umbringen. Warum denn? Was habe ich getan? Ist es ein Ex-Mitarbeiter?* Bastian wimmerte, er sagte etwas, doch er war nicht zu verstehen. Abrupt riss der Mann ihm das Klebeband vom Mund und zog den Knebel heraus.

„Lassen Sie mich laufen, wir können über alles reden. Ich habe Geld", flehte Bastian.

Der Mann lachte auf. „Geld. Glaubst du wirklich, dass es so einfach ist? Wenn ich dein Geld wollte, hätte ich dir in deiner Wohnung eine Waffe an den Kopf gehalten und dich gezwungen, es mir zu geben. Anzunehmen, ich wollte Geld, ist fast schon eine Beleidigung! Willst du mich beleidigen?" Der Mann schaute Bastian an.

„Nein, nein, auf keinen Fall."

„Na siehst du."

„Wer sind Sie denn und was wollen Sie dann? Vielleicht können wir uns irgendwie anders einigen. Ich bin Unternehmer, ich habe gute Beziehungen. Überallhin, auch in die Politik."

„Das glaube ich dir sofort. Wer ich bin, willst du also wissen." Der Mann zögerte kurz und riss sich die Sturmhaube vom Kopf.

Bastian war ratlos, er hatte den Mann noch nie gesehen.

„Du kennst mich nicht, oder? Das sieht dir ähnlich. Du interessierst dich nämlich für nichts anderes als für dich selbst", sagte der Mann.

„Okay, ich gebe es zu, ich bin manchmal etwas egoistisch. Wollen Sie, dass ich mich ändere? Soll ich das für Sie tun?" Bastian spekulierte, dass sein Entführer vielleicht so eine Art kranker Rächer war oder so etwas in der Art. Oder vielleicht der neue Typ seiner Ex-Frau.

„Nein. Ich mache dir aber ein Angebot. Ist stelle dir ein Rätsel. Kannst du es lösen, bist du frei. Kannst du es nicht lösen, wirst du am Galgen hängen."

Bastian musste nicht lange überlegen. Was für eine Wahl hatte er schon? Wie schwer sollte das Rätsel denn wohl sein. Bestimmt würde er es lösen können. Auf seine Intelligenz hatte er sich schon immer verlassen können. „Na schön."

Der Mann führte Bastian zur Holzkiste und half ihm daraufzusteigen, bevor er ihm den Strick um den Hals legte. Jetzt überkam Bastian doch die Angst. Der Entführer hatte sich ein bisschen mit der Größe seines Opfers verschätzt, weshalb er den Strick etwas straffer um den Baum legte.

Die Holzkiste war sehr instabil und Bastian wackelte gefährlich hin und her. Mit seinen gefesselten Händen hatte er Schwierigkeiten, die Balance zu halten. *Hoffentlich kippe ich nicht vorher um. Dann war's das. Der Typ soll sich einfach mit seinem beschissenen Rätsel beeilen und mich laufen lassen.*

„Hör gut zu, ich werde das Rätsel nicht wiederholen."

Bastian nickte.

Der Mann räusperte sich. „In einer antiken Stadt war es üblich, den zum Tode verurteilten Dieben eine letzte Chance zu geben, ihr Leben zu retten. Dabei mussten sie aus einem Säckchen einen Stein ziehen. Im Säckchen befanden sich ein weißer und ein schwarzer Stein. Zog der Dieb den weißen Stein, so gewährte man ihm die Freiheit, zog er hingegen den schwarzen Stein, so wurde er gehängt. Eines Tages wurde dem König dieser Stadt einer seiner kostbarsten Diamanten gestohlen. Als man den Dieb gefasst hatte, wollte der König sichergehen, dass dieser am Galgen hängt. Er befahl dem Henker heimlich, zwei schwarze Steine ins Säckchen zu legen. Am nächsten Tag ging der König mit seinem Gefolge und dem zum Tode Verurteilten zum Galgen, um ihn einen Stein ziehen zu lassen, damit er endlich gehängt werden konnte. Um den Galgen lagen überall schwarze und weiße Steine. Der Henker las zwei von ihnen auf – aber der Verurteilte konnte sehen, dass er zwei schwarze Steine in das Säckchen legte. Er hatte den Strick schon um den Hals, als ihm die rettende Idee kam – er zog und musste freigelassen werden. Beschreibe mir die rettende Idee!"

Bastian schnaufte. „Kommt da noch was?", fragte er zögerlich. Er hatte keine Ahnung, was die Lösung sein könnte.

„Nein, da kommt nichts mehr, ich erwarte deine Antwort", sagte der Mann und schaute Bastian eindringlich an.

„Können Sie das Rätsel noch mal wiederholen?"

„Ich fürchte nicht, also?"

Zum ersten Mal wurde Bastian ernsthaft nervös. „Ich kenne die Lösung nicht. Geben Sie mir einen Tipp."

Der Mann trat vor und begann damit, auf die Holzkiste einzutreten, auf der Bastian jetzt immer mehr Probleme bekam, das Gleichgewicht zu halten.

„Bitte lassen Sie mich noch einmal nachdenken", flehte er.

Der Mann hielt inne und gewährte Bastian die Chance, noch einmal in sich zu gehen. Der hatte vor Aufregung jedoch einen Blackout und konnte keinen klaren Gedanken mehr fassen. Der Mann begann wieder auf die Kiste einzutreten und ließ sich diesmal nicht durch Bastians Wimmern davon abbringen. Die ersten Bretter brachen durch, Splitter landeten auf dem Waldboden.

„Bitte, bitte! Lassen Sie mich gehen!"

„Warum? Du hast ja nicht mal eine Familie! Niemand wird dich vermissen. Du hattest deine Chance im Leben und du hast sie verspielt. Sogar ich habe dir die Chance gegeben, weiterzuleben und du hast sie nicht genutzt. Für alles, was man tut, bekommt man irgendwann die Rechnung, und jetzt wirst du deine begleichen."

Mit einem letzten großen Tritt zerstörte der Mann den Rest der Holzkiste.

„Neeeiiiin!" Bastians Schrei wurde jäh vom Strick um seinen Hals unterbrochen. Er hing jetzt in der Luft und strampelte wild mit den Beinen, während sein Peiniger ihn bei seinem Todeskampf beobachtete. Bastian bekam einen roten Kopf und seine Augen quollen hervor. Es fiel ihm immer schwerer, Luft zu holen, weshalb er irgendwann nur noch röchelte. Den Mann noch einmal um Vergebung zu bitten, wäre zwecklos gewesen, er war nicht mehr imstande, ein verständliches Wort zu artikulieren. Der Druck auf Bastians obere Wirbelsäule wurde unerträglich. Der Boden war doch nur wenige Zentimeter entfernt. Doch das war mehr als genug, um ihm das Genick zu brechen. Kurz bevor Bastian ein knirschendes Geräusch in seinem Nacken vernahm, dem ewige Dunkelheit folgte, zog Bastians Leben noch einmal vor seinem inneren Auge vorbei. All die Menschen, denen er begegnet war, all die schönen und schlechten Momente. Im Rückblick hätte er vieles anders gemacht. Besser. In diesem kurzen Augenblick des Bedauerns überkam ihn eine Erleuchtung: Er wusste, wer der Mann war, der ihn umbrachte. Jetzt sah er es ganz klar vor sich. Dann war es vorbei.

Kapitel 6

Gestern auf der Rückfahrt nach Düsseldorf hatte Alexander sich vorgenommen, den Rest des Tages in Klausur zu verbringen und die Aktenordner von der Staatsanwaltschaft und dem Landgericht in Hagen zu durchforsten. Aus dem Rest des Tages wurde Abend und schließlich Nacht, sodass er am Ende nur wenige Stunden Schlaf gefunden hatte. Wenn er wenigstens erfolgreich gewesen wäre, hätte er das noch wegstecken können. Sein Aktenstudium hatte jedoch nur einen einzigen brauchbaren Treffer ergeben, den Alexander für untersuchenswert befand. Es handelte sich um ein Verfahren, an dessen Ende ein 35-jähriger Mann, sein Name war Manfred Niedereggen, wegen wiederholter Körperverletzung zu einem Jahr Haft verurteilt worden war. Beide Toten, der Richter und der Staatsanwalt, waren beteiligt und während der Urteilsverkündung im Gerichtssaal anwesend. Wegen der Härte der Strafe war der Verurteilte damals ausgerastet und hatte allen Beteiligten üble Beschimpfungen und Todesdrohungen an den Kopf geworfen, bis ein Justizbeamter ihn abführte. Im Protokoll standen Dinge wie „wenn ich wieder draußen bin, mach ich euch fertig“ und „ich weiß, wo ihr wohnt, ihr Arschlöcher.“ Obwohl das für Alexander im ersten Moment nach Äußerungen im Affekt klang, beschloss er, dass Manfred Niedereggen dazu zu befragen sich lohnen könnte. Falls das zu keinem Erfolg führte, konnte er sich immer noch ein weiteres Mal mit dem Aktenstapel beschäftigen.

Als Alexander Hagen passierte, begann es zu regnen. Das war eine Sache, die er als Kind und später noch viele weitere Male festgestellt hatte: Im Sauerland und im Bergischen Land regnete es oft. Warum? Weil die feuchten Luftmassen aus dem Westen hier das erste Mal auf ein Gebirge treffen. Das hatte zumindest sein Erdkundelehrer in der Schule so erklärt.

Sein Kollege Bernd Hellmann erwartete Alexander rauchend vor der Polizeiwache in Altena.

„Haben Sie die Akten bekommen, die Sie gesucht haben?“, fragte er.

„Jawohl. Und ich habe etwas gefunden, das uns weiterbringen könnte. Begeistert bin ich zwar nicht, aber immerhin ist es schon mal ein Anhaltspunkt. Lassen Sie uns in Ihr Büro gehen, dort erkläre ich Ihnen alles.“

Hellmann hörte zu und spielte dabei mit seinem Kugelschreiber. „Das ist alles?“, fragte er, als Alexander fertig war.

„Ich sag ja, dass das nicht viel ist. Wie sieht es denn bei Ihnen aus? Haben Sie die Ex-Frauen der Männer informiert?“

„Ja, beide habe die Nachricht gefasst aufgenommen. Um nicht zu sagen emotionslos. Fast so, als wären sie froh darüber, ihre Ex-Männer los zu sein“, antwortete Hellmann.

„Vielleicht nehmen wir sie doch noch in den Kreis der Verdächtigen auf“, sagte Alexander.

Ein Kollege klopfte an Hellmanns Tür und stürmte, ohne die Antwort abzuwarten, ins Büro. „Es gibt einen weiteren Toten. In Balve auf dem Galgenberg."

Auf der Fahrt nach Balve überlegte Alexander, wer der nächste Tote sein könnte. Wenn die Theorie des Rachefeldzugs eines verurteilten Straftäters stimmen sollte, musste es sich bei der Leiche logischerweise um einen weiteren am Verfahren beteiligten Menschen handeln. In welcher Form auch immer. Doch leider wusste Alexander bisher nur, dass der Tote ein Mann war.

Es war unmöglich, den Leichenfundort per Auto zu erreichen, und so mussten Alexander und Hellmann ihre Fahrzeuge frühzeitig zurücklassen und für mehrere hundert Meter einem schmalen Pfad durch den sauerländischen Wald folgen. Als sie die Hexenstele passierten, gab Hellmann ein kurzes Referat über den geschichtsträchtigen Ort zum Besten und Alexander fühlte sich für einen Augenblick wie ein Tourist auf einer Wanderung. Schon von weitem sah er den Körper eines Mannes an einem Ast baumeln. Die Spurensicherung bewegte sich in einigem Abstand zum Toten, um den Tatort nicht zu kontaminieren. Beim Näherkommen erkannte Alexander auch den Grund dafür: Ringsum den Erhängten lagen überall weiße und schwarze Steine.

„Haben Sie den Toten schon identifiziert?", fragte Hellmann in Richtung der Kollegen von der Spurensicherung.

„Nein, wie denn? Wir wollten nicht über den Kies laufen, bis Sie kommen", rechtfertigte sich Friedhelm Banken.

Hellmann beratschlagte sich kurz mit Alexander. „Wenn Sie Fotos geschossen haben, können Sie ruhig zur Leiche rüber“, sagte er.

Die Schritte von Friedhelm Banken und seinen Mitarbeitern knirschten auf dem Kies. Der Tote hing mit dem Rücken zu Alexander und Hellmann.

„Ohje“, entfuhr es Banken, der den Kopf des Toten in Augenschein nahm.

„Ist alles in Ordnung?“, erkundigte sich Hellmann.

„Ja. Den Anblick von erhängten Menschen finde ich allerdings sehr, naja, furchteinflößend.“

„Können Sie den Leichnam herunternehmen? Oder wenigstens umdrehen?“, fragte Hellmann.

„Noch ein paar Minuten, bitte. Ich möchte hier noch nichts anfassen, bevor wir keine Fotos gemacht und DNA-Proben gesammelt haben.“

Alexander verstand nicht, warum sein Kollege so ungeduldig war, und untersuchte lieber die nähere Umgebung. „Wer hat den Toten eigentlich gefunden?“

„Das kann ich leider nicht genau sagen. Der Anrufer, der sich heute Morgen in Altena meldete, hat seinen Namen nicht genannt“, antwortete Hellmann.

„Eines verstehe ich dann nicht: Wenn der Anrufer ein Wanderer war, der die Leiche entdeckt hat, warum meldet er sich dann bei der Polizei in Altena. Balve liegt doch gar nicht mehr im Zuständigkeitsbereich, oder?“, gab Alexander zu denken.

Hellmann hatte noch nicht darüber nachgedacht. „Das stimmt, Balve gehört zum Polizeibezirk Menden. Vielleicht wusste der Anrufer das nicht.“

Alexander zweifelte daran. „Der erste Reflex wäre doch, die 110 zu wählen und nicht die Nummer der Polizei in Altena.“

„Vielleicht kam der Wanderer aus Altena?"

„Vielleicht hat er auch beabsichtigt, dass die Polizei in Altena als Erstes von seinem Fund erfährt", warf Alexander ein.

Hellmann fasste sich ans Kinn. „Sie glauben also, dass der Mörder selbst angerufen hat?"

„Ich glaube nicht, ich ziehe erst mal nur in Erwägung."

Friedhelm Banken unterbrach die Männer. „Ich drehe den Toten jetzt vorsichtig in Ihre Richtung."

Hellmann und Alexander schauten gespannt zu, während der Körper sich am Strick drehte. Der Kopf der Leiche zeigte steil nach oben. Es war offensichtlich, dass das Genick gebrochen war. Vorsichtig packten Friedhelm Banken und einer seiner Kollegen die Leiche an den Beinen, während ein Dritter, der auf einer kleinen Leiter stand, behutsam den Kopf aus der Schlinge zog. Die Männer legten den schlaffen Körper auf den mit den Kieselsteinen bedeckten Boden. Banken brachten den Kopf wieder in eine gerade Position. Das zu von Schmerz verzerrte Gesicht war nun gut zu erkennen. Alexander ging in die Hocke und inspizierte die Stelle, an der der Strick einen langen Bluterguss auf dem Hals hinterlassen hatte.

Hellmann wandte sich ab und übergab sich in ein Gebüsch hinter sich.

„Sie haben schon mal einen Erhängten gesehen", kommentierte Banken. Hellmann kam zurück und wischte sich den Mund ab. „Das ist es nicht. Ich kenne den Mann. Das ist Bastian Stamm."

Schon wieder ein Opfer, das Hellmann kennt, schoss es Alexander als Erstes durch den Kopf.

Entweder handelte es sich tatsächlich um einen Zufall, oder das Sauerland war wirklich untereinander so eng miteinander vernetzt, wie die Gerüchte es besagten. „Wer ist Bastian Stamm?"

„Er kommt aus Altena und betreibt dort eine erfolgreiche Unternehmensberatung. Die sind international aktiv. Und einer der größten Zahler von Gewerbesteuer in der Stadt", antwortete Hellmann.

Reflexartig suchte Alexander im Kopf nach möglichen Parallelen der Opfer. Abgesehen vom Wohnort fiel im spontan nichts ein, doch dazu wusste er noch zu wenig über das Opfer.

„Ich denke, wir müssen unsere Rache-Theorie noch einmal überdenken. Frank Binder und Edgar Herbst haben für das Rechtssystem gearbeitet, Bastian Stamm aber nicht", sagte Hellmann.

Alexander kramte sein Handy aus der Tasche. Der Empfang hier oben war zwar nicht der beste, aber es reichte, um eine kurze Internet-Recherche durchzuführen. „Ich bin gerade auf der Internetseite von Stamm Consulting. Da steht, dass die im Bereich Rechtsberatung tätig sind. Unsere Theorie ist also noch im Rennen. Vielleicht haben wir es hier mit einer vermasselten Rechtsberatung zu tun. In der Folge kam es zu einer Verurteilung und der Bestrafte hat sich im Anschluss gerächt. So oder so brauchen wir eine Kundenliste von Stamm Consulting. Wenn dort der Name Manfred Niedereggen auftaucht, verdichtet sich der Hinweis, den ich aus den Akten des Gerichts und der Staatsanwaltschaft gezogen habe und wir haben ihn vermutlich. Können Sie sagen, wie lange der Mann schon tot ist?"

Banken musterte die Leiche und schaute sich verschiedene Stellen des Körpers eingehend an.

„Genaues kann ich nicht sagen, aber ich schätze mal seit zwei oder drei Uhr nachts."

Alexander nickte.

„Was ist das?", fragte Hellmann plötzlich, als Friedhelm Banken den Mund von Bastian Stamms Leichnam öffnete.

Banken schaute ihn fragend an. „Was meinen Sie?"

„Das da in seinem Mund." Hellmann fühlte sich an die Leiche von Staatsanwalt Frank Binder erinnert. In ihrem Mund steckte ein Zettel mit der Aufschrift 5 und dazu ein kleines Ästchen mit ein paar Blättern dran. Banken schaute genauer hin, auch er entdeckte das Objekt in Bastian Stamms Rachen. Er ärgerte sich, dass der Polizeikollege ihm zuvorgekommen war. Vielleicht fühlte er sich auch etwas in seiner Berufsehre verletzt.

„Können Sie das rausholen?", bat Alexander.

Banken organisierte eine Pinzette und stocherte so lange in Stamms Mund herum, bis er das Objekt greifen konnte. Alexander schaute gespannt zu. Wieder schien es sich um ein zusammengerolltes Stück Papier zu handeln.

„Haben Sie ein paar Latexhandschuhe für mich?" Friedhelm Banken reichte Alexander die Handschuhe und das Objekt. Tatsächlich handelte es sich um ein Stück Papier, das um eine Rolle gewickelt war. Alexander löste es und rollte es auseinander.

„Und? Was steht da?", fragte Hellmann ungeduldig, nachdem Alexander sich in seinen Augen offenbar einen Moment zu lange Zeit gelassen hatte, um über die Botschaft auf dem Zettel nachzudenken.

„Da steht ‚Der König konnte es nicht zugeben' und ich frage mich, was das bedeuten soll." Alexander gingen tausend Dinge durch den Kopf. Ist Bastian

Stamm der König? Aber was konnte er nicht zugeben? Wurde er gefoltert? Hat man versucht, ihn zu einem Geständnis zu bewegen, und er hat widerstanden? Oder gar gelogen?

Hellmann war genauso ratlos. „Erst der Zettel mit der 5 bei Frank Binder. Dann die Botschaft ‚Ihr werdet mich grillen‘ bei Edgar Herbst. Und jetzt das. Haben Sie eine Idee?“

Alexander schüttelte den Kopf. Er schaute sich noch einmal die Rolle an, um die das Stück Papier gewickelt war. Erst jetzt erkannte er, dass es gar keine Rolle war. Das kleine längliche Ding sah eher aus wie ein dicker Holzstift mit zwei Flügeln am oberen Ende. Außerdem waren Verzierungen in das Holz geschnitzt. Das ist ein Marterpfahl, schoss es Alexander durch den Kopf. Mit einem ähnlichen hatte er als Kind mit den Playmobil-Indianern gespielt. „Sehen Sie das?“, fragte er Bernd Hellmann und erklärte ihm seine Entdeckung. „Entweder das ist ein Zufall oder der Marterpfahl soll uns etwas sagen. Genau wie die schwarzen und weißen Kiesel, die hier um den Strick herum verteilt liegen. Das erinnert mich an die Leichen von Edgar Herbst und Frank Binder, da haben wir auch Gegenstände gefunden. Einen Ast mit Blättern und einen Galgen.“

Hellmann nickte zustimmend. „Wenn es so viele Parallelen gibt, sollten wir jemanden zu Bastian Stamms Wohnung schicken. Vielleicht wurde dort wie bei Frank Binder eingebrochen.“

Darüber hatte Alexander noch gar nicht nachgedacht, aber sein Kollege hatte recht. Mit der Bitte an Friedhelm Banken, Bastian Stamms Leiche in die Rechtsmedizin zu bringen, machten die beiden Männer sich auf nach Altena. Von unterwegs benachrichtigten sie die Kollegen von der Streifenpolizei, die bei ihrem Eintreffen in Bastian Stamms Wohnung bereits auf die beiden warteten. „Jesus Christus“, entfuhr es Alexander, als er das Durcheinander in der Wohnung sah. „Hier haben die Einbrecher wirklich ganze Arbeit geleistet.“

„Also geht es dem Mörder doch nur um die Beute?“, fragte Hellmann.

„Ich kann mir nicht vorstellen, dass es so einfach ist. Ich habe im Gefühl, dass etwas ganz anderes dahintersteckt, von dem wir jetzt noch nichts ahnen.“

Kapitel 7

Der Regen prasselte auf das Schieferdach von Rolf Jahnkes Haus. Tatsächlich war das Klimpern der Tröpfchen so laut, dass er es bis unten in die Küche hören konnte. Doch das störte ihn nicht. Im Gegenteil fühlte er sich sehr wohl in seinem umgebauten modernisierten Forsthaus bei Altena. Die Immobilie war genau das, was er sich immer gewünscht hatte, ein echter Glückstreffer sozusagen. Er mochte den alten Baustil, die Abgeschiedenheit und den kleinen Wald, der zum Teil sogar noch zu seinem Grundstück gehörte. Kurzum bildete das Forsthaus einen repräsentativen Wohnsitz für jemanden wie ihn, der in der Forstwirtschaft tätig war. Als Besitzer eines großen Sägewerks war es genau richtig. Vielleicht ein bisschen zu groß für eine Person, doch wer hätte bei der Unterschrift des Kaufvertrags denn ahnen können, dass die Frau eines Tages davonläuft und die Kinder gleich mitnimmt?

Er wollte nicht darüber nachdenken. Die Vergangenheit war nun mal vergangen und die Ereignisse ließen sich nicht ungeschehen machen. Rolf war gut darin, Dinge zu verdrängen, und ohne diese Fähigkeit hätte er sich vermutlich schon längst die Kugel gegeben. Oder vor den Zug geworfen. Er erinnerte sich daran, wie er eines Tages wandern in den Bergen war. An jenem Tag hatte Rolf sehr viel gegrübelt und über das Leben sinniert. An einem Abgrund stehend, wäre er fast aus einem Impuls heraus hinuntergesprungen. An jenem Tag hatte Rolf beschlossen, es nie wieder so weit kommen zu lassen.

Der Weg zum Briefkasten unten an der Straße und zurück war kurz, aber bei dem Regen hätte die Distanz ausgereicht, um Rolf einmal komplett zu durchnässen. Er schnappte sich den Schirm, ging aus der Haustür und kehrte ein paar Augenblick später mit der Zeitung zurück. Das Papier hatte bei aller Vorsicht einige dicke Tropfen abbekommen und war stellenweise auf der ersten Seite durchweicht.

Rolf warf die Zeitung auf den Küchentisch und goss sich eine Tasse Kaffee ein. Er trank und verschluckte sich sogleich beim Blick auf die Titelseite.

Doppelmord in Altena: Richter und Staatsanwalt tot aufgefunden

Altena – Zu einer grausamen Bluttat ist es am Dienstag in Altena gekommen. Staatsanwalt Frank Binder und Richter am Landgericht Edgar Herbst wurden unweit der Burg Altena tot aufgefunden.

Kurz nach ihrem Eintreffen hat sich der Polizei ein furchtbares Bild geboten. Staatsanwalt Frank Binder war am Abend entführt und in einer mutmaßlich rituellen Tötung vom Eisentor am Burgeingang durchbohrt worden.

Die Leiche von Richter Edgar Herbst wurde etwas weiter unterhalb im angrenzenden Waldstück, gefunden. Ihm wurde laut Aussagen der Polizei der Bauchraum aufgeschlitzt.

Zu einem möglichen Täter oder einem Motiv wollte sich die Polizei gestern auf Anfrage unserer Zeitung nicht äußern.

Unterstützung bei den Ermittlungen erfährt die hiesige Polizei vom Landeskriminalamt NRW. Auch dort wollte man mit Verweis auf die laufenden Ermittlungen den Fall gestern nicht kommentieren. Spekulationen, es könne sich um einen Racheakt handeln, ließ die Behörde ebenso stehen. Weitere Informationen finden Sie im Lokalteil.

Rolf setzte sich hin und schlug hastig die Zeitung auf. *Das darf doch nicht wahr sein. Frank und Edgar,* wiederholte er immer wieder. *In was haben die sich denn da reingeritten?* Rolf bemerkte, dass ihm das Schicksal der beiden erstaunlich nahe ging. Sein Vorsatz, die Vergangenheit Vergangenheit sein zu lassen, wirkte in diesem Fall offenbar nicht. Er beschloss sich abzulenken und machte sich auf den Weg zur Arbeit. Hinterm Steuer seines BMW-Geländewagens begann sich sein Gedankenkarussell erneut zu drehen und er schaltete das Radio ein, was Rolfs Gedanken erfolgreich zerstreute.

Als er sich dem Gelände seines Sägewerks näherte, das nur fünf Minuten mit dem Auto von seinem Zuhause entfernt war, sah er, dass etwas nicht stimmte. Vorm Tor hatte sich ein kleiner Menschenauflauf gebildet.

Vielleicht ein Dutzend junge Leute standen dort und skandierten für Rolf noch nicht hörbare Parolen. Erst als die Plakate, die einige von ihnen in die Höhe hielten, in Sichtweite kamen, bekam er eine Vorstellung davon, warum die Menschen sich dort versammelt hatten. *Waldmörder* stand auf einem Plakat. *Lasst die Bäume stehen* auf einem anderen. *Ohne Bäume keine Luft* las Rolf mindestens dreimal. *Das darf doch nicht wahr sein,* dachte er und versuchte den Mob zur Seite zu hupen. Das verschlimmerte die Lage nur noch. Die Leute umringten Rolfs BMW und riefen jetzt rhythmisch immer wieder *ohne Bäume keine Luft, ohne Bäume keine Luft.* Im Schritttempo fuhr Rolf den Wagen bis vors Tor. Um aufs Gelände zu kommen, musste er es öffnen. Dazu musste er aussteigen. *Scheiße*, dachte er. Andererseits: *Das sind doch alles Halbstarke! Was wollen die mir schon tun?* Rolf öffnete die Fahrertür und drückte unsanft einen jungen Mann zur Seite, der sich sogleich lautstark beschwerte und mit einer Anzeige drohte. Unbeeindruckt öffnete Rolf das Tor, bahnte sich den Weg zurück ins Auto und fuhr auf das Firmengelände. Die Meute machte tatsächlich Anstalten zu folgen. Als er das Tor wieder schloss, machte Rolf jedoch unmissverständlich klar, dass er die Polizei rufen würde, wenn es so weit käme. Seine Drohung wirkte und wurde mit lauten Buh-Rufen quittiert. Innerlich fluchend fuhr er die letzten Meter bis zum Bürogebäude.

„Ich konnte nichts tun. Wir wussten uns nicht anders zu helfen, als das Tor zu schließen. Die Polizei hätten wir als nächstes verständigt“, beteuerte einer der Mitarbeiter am Empfang.

„Schon gut, die verschwinden schon gleich. Die haben doch kein Durchhaltevermögen, diese jungen Leute. Sie werden schon sehen. Was glauben die eigentlich? Holz ist ein nachwachsender, umweltfreundlicher Rohstoff! Sollen die doch lieber ins Rheinische Revier weiterziehen. Braunkohle ist das Dreckszeug!“ Maulend verschwand Rolf in seinem Büro.

Er setzte sich an den Schreibtisch und atmete ein paar Mal tief durch. So, wie er es in der Verhaltenstherapie gelernt hatte. In der ersten Zeit, nachdem seine Frau sich von ihm getrennt hatte, waren Panikattacken sein ständiger Begleiter gewesen. Bis er sich dazu entschlossen hatte, die Hilfe einer Psychologin in Anspruch zu nehmen. Die hatte ihm ein paar Tricks mit auf den Weg gegeben, wie man aufkeimende Panik oder Aggression ganz einfach wegatmen kann. Und sie hatte ihm noch ein paar interessante Dinge gesagt, nämlich dass die wahren Ursachen für seine Panikattacken tief in seinem Unterbewusstsein verborgen lägen. Vermutlich hätte er irgendwann ein unverarbeitetes, höchstwahrscheinlich verdrängtes Trauma erlebt. So gern Rolf seine Psychologin mochte, so weit wollte er sich dann doch nicht mit ihr in die Tiefen seiner Psyche vorarbeiten.

Es klopfte an der Bürotür und der Mitarbeiter vom Empfang kam herein. Er legte Rolf einen Poststapel auf den Tisch und verschwand wieder. Rolf stach ein großer beigefarbener Umschlag ohne Absender ganz unten ins Auge. Er öffnet ihn und fand ein einzelnes weißes Blatt Papier mit roter Schrift darin. *Schließe dein Unternehmen, oder du wirst es bereuen*, stand darauf.

„Diese verdammten Schweine“, entfuhr es Rolf. „Erst blockieren Sie die Einfahrt und jetzt bekomme ich auch noch Morddrohungen.“

Er stürmte aus dem Büro, über den Hof und bis zum Tor, wo der Mob noch immer protestierte und lauter wurde, als Rolf sich näherte und sie durch den Zaun anbrüllte.

„Wenn ihr glaubt, ihr könnt hier irgendwas bewirken mit euren absurden, weltfremden Forderungen und eurem armseligen Auftritt, dann habt ihr euch getäuscht. Verschwindet jetzt, oder ich zeige euch an!“

Wutentbrannt kehrte Rolf der Meute den Rücken, die jetzt sogar damit begann, Steine zu werfen, von denen aber keiner traf.

In seinem Büro musste Rolf wieder ein paar Atemübungen machen. Um sich abzulenken, schaltete er außerdem seinen Computer an und surfte ein wenig auf der Nachrichtenseite des *Sauerländer Boten.* Leider stieß er direkt auf eine Meldung, die diesmal eine richtige Panikattacke in ihm auslöste. *Unternehmer Bastian Stamm tot auf dem Galgenberg gefunden.*

Kapitel 8

Alexander und Bernd Hellmann schritten vorsichtig durch Bastian Stamms Wohnung und versuchten dabei nicht auf die Gegenstände, Kleidungsstücke und ausgekippten Lebensmittel zu treten, die überall auf dem Fußboden verteilt lagen. Ansonsten hätte es wohl Ärger mit der Spurensicherung gegeben, die an diesem Morgen gut beschäftigt war und wohl noch ein bisschen länger brauchen würde, bis sie wieder hier in Altena eintraf.

„Ich frage mich, ob die Einbrecher auf etwas Bestimmtes aus waren oder ob sie bei ihrer Suche einfach nur alles durchwühlt haben“, sagte Alexander.

„Ich denke, dass sie sich gedacht haben, dass jemand, der in so einer großen Wohnung lebt, eine Menge Geld irgendwo versteckt haben muss“, antwortete Hellmann.

„Tja, ob sie wohl fündig geworden sind?“

„Schwerlich. Bastian Stamm mochte keinen Schmuck und auch kein Bargeld“, erklärte Hellmann.

Alexander schaute seinen Kollegen erstaunt an. „Und wieder überraschen Sie mich mit Ihrem Wissen über die Altenaer Bevölkerung.“

„Bastian Stamm war eine bekannte Persönlichkeit in Altena. Er hat auch die lokale Fußballmannschaft gesponsert und war ständig in der Zeitung. Da hat er mal ein Interview gegeben, in dem er das gesagt hat. Glaube ich“, antwortete Hellmann nach einer kurzen Pause.

„Offenbar haben die Einbrecher das nicht gelesen. Sonst hätten sie sich bestimmt zweimal überlegt, hier einzusteigen“, sagte Alexander.

Hellmann schaute verlegen zu Boden.

„Ich schlage vor, wir hören uns mal im Haus um.“

Das Haus hatte sechs Etagen. Jedes Stockwerk bestand aus nur einer großen Wohnung und Bastian Stamm lebte ganz oben, wo die Aussicht atemberaubend war. Alexander und Hellmann gingen durchs Treppenhaus ein Stockwerk hinunter, wo Stamms nächster Nachbar wohnte. Genau genommen handelte es sich um eine Nachbarin. Die Frau mochte um die 45 Jahre alt sein und nachdem Alexander geklingelt hatte, dauerte es einen Augenblick, bis sie die Tür öffnete. Sie trug einen goldenen, kitschigen Morgenmantel mit eingestickten Initialen und ein mit Diamanten besetztes Armband und sah verkatert aus. Ganz offensichtlich war die Frau recht wohlhabend, andernfalls hätte sie sich auch die teure Wohnung in diesem Haus nicht leisten können. *Ein Einbruch hier hätte sich vermutlich mehr gelohnt,* ging es Alexander spontan durch den Kopf, nachdem er sich fragte, warum man morgens im Bademantel schon Schmuck trägt.

„Entschuldigen Sie die Störung. Mein Name ist Alexander Hoorn und das ist Bernd Hellmann, wir sind von der Polizei und haben ein paar Fragen an Sie.“

Die Frau reagierte überrascht und auch ein bisschen überfordert. „Oh ja, natürlich, wollen Sie hereinkommen?“

Die beiden Männer folgten der Dame in den Flur. Die Wohnung war genauso geschnitten wie die von Bastian Stamm. Nur die Aussicht war natürlich nicht ganz so schön wie ein Stockwerk höher. Alexander schielte um die Ecke und sah eine leere Flasche Wodka auf dem Wohnzimmertisch. *Wenn sie die allein geleert hat, hätte ich auch einen Kater.*

„Also, was möchten Sie von mir wissen?", fragte die Frau.

„Zunächst einmal Ihren Namen, Sie haben leider kein Klingelschild", begann Alexander.

„Das ist auch beabsichtigt", verteidigte sich die Frau, „so ein Haus wie dieses hier, in dem, sagen wir mal, recht wohlhabende Menschen wohnen, ist ein Einbrecher-Magnet. Oder eine Einladung für Entführer und Lösegelderpresser. Da müssen auch nicht die Namenschilder an der Tür stehen, um es bösen Menschen noch einfacher zu machen. Aber Ihnen verrate ich meinen Namen natürlich gern: Klara Bäumer."

Hellmann überlegte einen Moment. „Sind Sie die Witwe des Unternehmers Klaus Bäumer."

„Ja, die bin ich."

Alexander wunderte sich, dass Hellmann, der sonst offensichtlich jeden kannte, die Frau nicht sofort zuzuordnen wusste. „Gut, Frau Bäumer. Haben Sie gestern Abend im Haus beziehungsweise im Stockwerk über Ihnen etwas Ungewöhnliches bemerkt?"

„Sie meinen bei Bastian Stamm? Was ist denn passiert?", erkundigte sich Frau Bäumer.

„Dazu möchte ich mich zu diesem Zeitpunkt noch nicht äußern. Bitte beantworten Sie meine Frage."

Frau Bäumer versuchte sich zu konzentrieren, was mit verkatertem Kopf offensichtlich nicht einfach war. „Ich habe tatsächlich etwas Komisches bemerkt. Erst war da ein Geräusch im Treppenhaus und dann war da oben so ein Gerumpel. Ich habe mir aber nichts dabei gedacht, muss ich sagen."

„Wann haben Sie denn dieses Gerumpel, wie Sie es sagen, gehört?", hakte Alexander nach.

„Das war zwischen zwei und drei Uhr. Danach bin ich irgendwann eingeschlafen."

„Und gesehen haben Sie wirklich nichts? Auch keine Autos vor dem Haus?"

Frau Bäumer schüttelte den Kopf. „Ich lag den ganzen Abend auf dem Sofa. Auf die Straße geschaut habe ich nicht."

„Vielen Dank, wenn sich noch weitere Fragen ergeben, melden wir uns noch mal."

Alexander und Hellmann waren gerade auf dem Weg ins Treppenhaus, als Frau Bäumer sich noch schnell danach erkundigte, ob die Wohnung von Bastian Stamm nun zu haben wäre. Die beiden Männer entschlossen sich dazu, die geschmacklose Frage zu überhören.

„Frau Bäumer hat zwischen zwei und drei Uhr morgens Geräusche in der Wohnung gehört", bemerkte Alexander.

„Das kommt zeitlich doch hin", antwortete Hellmann.

„Nein. Ich wollte darauf hinaus, dass das nicht hinkommen kann", widersprach Alexander. „Nach der Aussage von Friedhelm Banken ist der Tod von Bastian Stamm zwischen zwei und drei Uhr eingetreten. Das heißt, dass der Mörder nicht gleichzeitig seine Wohnung durchforstet haben kann. Zumal der Galgenberg eine halbe Stunde mit dem Auto entfernt liegt. Mal ganz abgesehen vom Fußmarsch zum Fundort der Leiche."

„Und was schließen wir daraus?", fragte Hellmann.

„Dass es mit hoher Wahrscheinlichkeit mindestens zwei Täter geben muss.“

„Das verkompliziert die Sache natürlich.“

„Nicht unbedingt“, wandte Alexander ein, „je mehr Leute an einer Straftat beteiligt sind, desto höher ist logischerweise die Wahrscheinlichkeit, dass jemand von ihnen Fehler macht. Wir haben es schließlich mit Menschen zu tun, und bei denen sind Fehler an der Tagesordnung. Niemand weiß das so gut wie wir Polizisten.“

Nachdem Friedhelm Banken mit seinem Team von der Kriminaltechnik eingetroffen war, machten Alexander und Hellmann sich auf den Weg. Unter den frischen Eindrücken von Bastian Stamms Wohnsituation beabsichtigten sie, sich in seiner Firma auf die Suche nach Hinweisen zu begeben. Unterwegs in die Stadt diskutierten die beiden Beamten kurz die Möglichkeit, dass Stamms Nachbarin Frau Bäumer hinter dem Mord stecken könnte, weil sie die Wohnung so schön fand. Doch es gab zu viele Indizien, die dagegen sprachen, weshalb sie den Gedanken wieder verwarfen.

Der Sitz der Firma Stamm Consulting befand sich mitten in der Innenstadt. Das moderne gläserne Gebäude lag direkt an der Lenne und bildete einen Kontrast zu den historisch anmutenden Bauten in der Umgebung.

Als sich im Foyer die Aufzugtür öffnete, kamen Alexander und Hellmann zwei asiatisch aussehende Männer entgegen, die in einer unbekannten Sprache, Alexander vermutete Mandarin, laut diskutierten. Die beiden Kriminalbeamten stiegen in den Lift und fuhren nach oben. Als sie sich am Empfang vorstellten, merkten sie sofort, dass etwas nicht stimmte. Die Sekretärin hatte rote verheulte Augen und auch die anderen Leute, die auf dem Flur herumliefen, machten einen niedergeschlagenen Eindruck.

„Guten Morgen“, sagte die Sekretärin mit gebrochener Stimme, „wir haben uns dazu entschlossen, die Firma heute weitestgehend geschlossen zu halten. Wir haben gerade auch schon zwei Kunden aus China abgewiesen. Wenn Sie einen Termin mit einem unserer Mitarbeiter haben, würde ich Sie bitten, diesen zu verschieben.“

„Wir haben keinen Termin“, antwortete Alexander, „wir sind von der Polizei.“

Im nächsten Augenblick brach es aus der Sekretärin heraus und sie fing bitterlich an zu weinen. „Oh, gut, dass Sie da sind, das ist alles so furchtbar. Wir haben es aus den Nachrichten erfahren“, schluchzte sie.

Die Belegschaft weiß schon Bescheid, deshalb sind alle so geknickt, dachte Alexander. Gleichzeitig ärgerte er sich, dass die Medien wieder so schnell über den Fall berichtet hatten. In der modernen Informationsgesellschaft musste die Polizei oft kämpfen, um schneller zu sein. In vielen Fällen war das nicht gut, weil eventuelle Zeugen sich oft schon eine Meinung gebildet hatten und ihre Aussagen dann vielleicht eingefärbt waren. Wie dem auch sei, an der Situation war nun mal nicht mehr viel zu ändern.

„Wir möchten uns gern mit einem Vertreter Ihres Unternehmens zu den jüngsten Ereignissen unterhalten. Gibt es jemanden, der zurzeit hier die Verantwortung trägt?“

Die Sekretärin tupfte sich vorsichtig die Tränen aus dem Gesicht. „Das wäre Simon Kobel, er ist

Teilhaber und Vizechef von Stamm Consulting. Aber er hat eigentlich gesagt, dass er heute keinen Besuch empfängt."

„Ich glaube, dass er bei uns eine Ausnahme machen wird", erwiderte Alexander.

„Wie Sie meinen." Die Sekretärin führte Alexander und Hellmann über den Flur. Unterwegs konnte Alexander einen Blick in verschiedene Räume und den Aufenthaltsbereich erhaschen. Stamm Consulting war ein modernes Unternehmen mit allem, was das Leben für Mitarbeiter so angenehm wie möglich macht: Sitzkissen, eine Tischtennisplatte, ein Kickertisch und noch einige weitere Spielereien entdeckte Alexander. *Das LKA kann sich davon mal eine Scheibe abschneiden,* dachte er. Die meisten Mitarbeiter saßen im Großraumbüro, Simon Kobel hatte als Vizechef natürlich sein eigenes Reich und seine Tür war verschlossen. Als die Sekretärin anklopfte und nach einem kurzen Brummen aus dem Raum die Tür öffnete, reagierte Kobel patzig. „Ich habe doch gesagt, dass ich nicht gestört werden möchte."

„Tut mir leid, aber da sind zwei Herren von der Polizei, die gern mit Ihnen reden möchten."

„Na dann mal herein", sagte Kobel überschwänglich und wirkte dabei plötzlich wie ausgewechselt.

Alexander und Hellmann nahmen Kobels Angebot an und setzten sich ihm gegenüber an den großen Schreibtisch. Kobel war offenbar ein wechselhafter Charakter und Alexander versuchte, seine Gesichtszüge zu deuten. Wie waren seine Reaktionen auf den Besuch der Polizei? War er nervös? Empfand er Trauer über den Tod des Firmeninhabers, oder kam ihm der Mord gelegen?

„Herr Kobel, wir gehen davon aus, dass Sie bereits vom Tod Bastian Stamms erfahren haben?“, begann Alexander.

„Ja, schlimme Sache, das hat uns hier alle sehr getroffen.“ Kobel wirkte auf einmal erschüttert, vielleicht spielte er es auch nur.

„Wann haben Sie Herrn Stamm zuletzt gesehen?“

„Das war gestern Abend, als er aus dem Büro gegangen ist.“

„Hat er erwähnt, ob er sich noch mit jemandem treffen wollte?“

Kobel überlegte. „Nein, nein das hat er nicht. Oder ich habe es überhört. Jedenfalls weiß ich nichts von einem Treffen.“

Alexander schrieb demonstrativ langsam in sein Notizbuch. Manchmal half der einfache Trick dabei, um sein Gegenüber aus der Reserve zu locken. Es schien zu funktionieren, denn im Augenwinkel sah er, wie Kobel begann, nervös mit den Fingern auf die Tischplatte zu klopfen. „Wie war denn so das Verhältnis zwischen der Belegschaft und Herrn Stamm?“, fuhr Alexander schließlich fort.

„Gut. Wir verstehen uns alle blendend. Natürlich gibt es manchmal Reibereien, aber das ist normal.“

„Was für Reibereien?“, hakte Alexander nach.

„Diskussionen über Arbeitsbelastung, Überstunden und so weiter. Bastian kann sehr fordernd sein. Pardon, konnte. Meistens war das aber auch keine wirkliche Diskussion. Bastians Totschlagargument war immer, dass wir niemanden zwingen würden hierzubleiben.“

Alexander bemerkte in diesem Augenblick, dass der Kickertisch und die ganzen Extras hier wohl nur Fassade waren. „Wie sind Sie beide denn miteinander klargekommen? Die Sekretärin sagte vorhin, Sie sind Teilhaber?"

„Genau. Was soll ich sagen? Wir haben uns bestens verstanden. Manchmal gab es auch zwischen uns Meinungsverschiedenheiten, aber die haben wir immer klären können."

„Was passiert eigentlich jetzt mit den Anteilen von Herrn Stamm?", fragte Alexander.

Kobel versuchte Ahnungslosigkeit vorzutäuschen, doch Alexander erkannte, dass ihm die Frage unangenehm war, da er leicht errötete und zögerlich antwortete. „Das werden wir sehen. Momentan ist alles noch zu frisch, um darüber nachzudenken."

Alexander schaute sich im Raum um. Hinter Kobel stand ein Bücherregal, in dem sich allerlei Werke zur Unternehmensführung und zu rechtlichen Grundlagen in der Wirtschaft standen. Das war für eine Consulting-Firma, die auch Rechtsberatungen durchführt, nicht ungewöhnlich. Stutzig wurde Alexander allerdings wegen der Bücher im obersten Fach. Dort standen einige Bücher über Philosophie und Logik.

„Sie sind vielseitig interessiert", bemerkte Alexander und deutete auf das oberste Regalfach.

Kobel drehte umständlich seinen Kopf nach hinten. „Oh ja. Wissen Sie, wir hier in der Firma verfolgen eine einzigartige, einfache und geniale Sicht auf die Wirtschaft, die uns so erfolgreich macht: Unser ökonomisches System ist ein einziges Chaos, das politische Systeme versuchten, mit Gesetzen in den Griff zu bekommen. Wenn die rechtlichen Grundlagen versagen, muss man sich Problemstellungen mit reiner Logik nähern. So behält man im Chaos den Überblick. Und Logik ist nun mal Teil der Philosophie.“

„Das klingt sehr spannend“, sagte Alexander, „ich hätte nicht gedacht, dass Consulting und Philosophie irgendwas miteinander zu tun hätten. Wie sieht es eigentlich mit Ihren Kunden aus? Befand Bastian Stamm oder die Firma Stamm Consulting generell sich in Zwietracht mit irgendjemandem?“

Kobel überlegte demonstrativ. „Nein, beim besten Willen nicht.“

Alexander mochte ihm nicht so recht glauben. Bei einer Firma dieser Größe kam es zwangsläufig irgendwann und vermutlich auch regelmäßig mal zu Rechtsstreitigkeiten oder zumindest Eskalationsfällen, aber er wollte nicht weiter nachbohren: Je mehr er Kobel in die Ecke drängte, desto weniger Interesse hätte er daran, zu kooperieren, und Alexander benötigte seine Hilfe noch. „Wir hätten gern eine Auflistung Ihrer Kunden“, sagte er schließlich. Immerhin musste er noch herausfinden, ob der verdächtige Manfred Niedereggen in einer Verbindung zu Stamm Consulting stand.

Kobel war nicht begeistert. „Muss das sein? Ich meine, das sind sensible Kundendaten. Das Vertrauen, das unsere Kunden uns entgegenbringen, wollen wir auf keinen Fall enttäuschen. Wenn Sie erfahren, dass wir ihre Daten rausgeben, ist das katastrophal für unseren Ruf.“

„Ja, das ist leider nötig. Wir brauchen nur die Namen und Kontaktdaten. Und wir werden sorgsam damit umgehen. Ich kann aber nicht versprechen, dass wir später nicht noch weiter ins Detail gehen müssen und den Rest der Daten auch noch benötigen.“

Kobel war noch nicht restlos überzeugt, gab sich aber fürs Erste mit Alexanders Zusage zufrieden. Er beauftragte einen Mitarbeiter damit, eine Tabelle mit den notwendigen Daten zusammenzustellen. Bei der Gelegenheit erbat Alexander auch noch den Nachweis über alle Telefongespräche, die Bastian Stamm in den vergangenen Tagen über seinen Anschluss geführt hatte.

„In der Zwischenzeit würden wir uns gern mal das Büro von Herrn Stamm anschauen", sagte Alexander.

„Selbstverständlich, folgen Sie mir."

Das Büro von Bastian Stamm war natürlich das größte Einzelbüro und etwa doppelt so groß wie das von Simon Kobel.

„War jemand heute Morgen hier drin?", fragte Hellmann.

„Nein. Nachdem wir heute Morgen vom Tod Bastians erfahren haben, hat sich keiner mehr hier hereingetraut. Und weil Bastian gestern der Letzte in der Firma war, war er auch der Letzte, der hier drin war", antwortete Kobel.

Alexander war beeindruckt von der Ausstattung von Stamms Arbeitsplatz. Die Einrichtung des Raumes glich seiner Wohnung, was ihn nicht verwundert.

„Wo bekommt man denn so einen Schreibtisch? Die Platte ist aus Stein", bemerkte Alexander. Plötzlich stutzte er. Vor der Tastatur lagen zwei Kieselsteine, ein weißer und ein schwarzer. „Kommen die Ihnen bekannt vor", fragte er seinen Kollegen.

Hellmann erkannte sofort, dass die Kiesel genauso aussahen wie die am Fundort von Bastian Stamms Leiche. „Vielleicht ist das ein Zufall", vermutete er.

„Vielleicht, vielleicht auch nicht.“ Alexander fragte Kobel, ob er etwas über die Steine wisse.

„Nein, die sehe ich hier zum ersten Mal“, antwortete er.

„Na gut, dann nehmen wir die Steinchen mit. Vielleicht finden die im Labor etwas über deren Herkunft heraus.“ Alexander steckte die Kiesel in eine Plastiktüte und reichte sie Hellmann. Einen Augenblick später kam der Mitarbeiter herein und übergab den Beamten einen USB-Stick mit den gewünschten Kundendaten.

„Ich denke, das war es erst mal.“ Alexander bedankte sich bei Kobel und bat ihn, sich für eventuell weitere Fragen zur Verfügung zu halten.

Kapitel 9

Alexander interessierte immer die Meinung seiner Kollegen in Bezug auf einen Fall. Insbesondere dann, wenn er sie nicht so gut kannte, sie neu in ihrem Beruf oder recht unerfahren waren, was komplizierte Mordfälle anging.

„Wie ist Ihre Meinung über Simon Kobel?“, fragte er Hellmann.

„Nun ja, er ist so ein typischer Unternehmer, wie man ihn sich vorstellt“, antwortete Hellmann.

„Glauben Sie, dass Kobel etwas mit dem Mord an Bastian Stamm zu tun hat?“

„Ich habe mir gedacht, dass er sich als Teilhaber eventuell zu etwas Höherem berufen fühlt und Bastian aus dem Weg räumen wollte. Das ist aber nur so ein spontanes Gefühl. Was denken Sie?“, fragte Hellmann.

„Ich habe genau das zumindest in Betracht gezogen. Als ich allerdings gesehen habe, wie er so gar nicht auf die Kieselsteinchen auf Stamms Schreibtisch reagiert hat, musste ich meine Theorie verwerfen. Ich glaube nicht, dass er Bastian Stamm umgebracht hat oder ihn aus dem Weg hat räumen lassen. Allerdings kann ich mich natürlich auch täuschen.“

„So oder so, wir haben immer noch Ihren anderen Verdächtigen, diesen Manfred Niedereggen.“

„Ganz genau“, sagte Alexander. Er holte seinen Laptop, der auf dem Rücksitz lag, aus der Tasche, stellte ihn aufs Autodach und steckte den USB-Stick mit den Kundendaten von Stamm Consulting hinein. „Dann wollen wir mal sehen, ob Niedereggen auf der Kundenliste steht.“

Die Liste war nicht sehr lang, nur rund 50 Einträge waren darin zu finden. Für eine Consulting-Firma war das aber durchaus nicht ungewöhnlich, da diese Art von Firmen zumeist großen Umsatz mit jeweils wenigen Kunden erwirtschaftete. Alexander erinnerte sich daran, dass eine der Consulting-Firmen, die das Landeskriminalamt berieten, sogar nur zwei Stammkunden hatte.

Enttäuscht stellte er fest, dass kein Manfred Niedereggen auf der Liste stand. Dünnhäutig, wie er in letzter Zeit war, trat er gegen das linke Vorderrad seines Wagens. Hellmann, der diese Reaktion nicht erwartet hatte, schaute ihn ungläubig an. „Ich schätze mal, dass es keinen Treffer gibt?“

Alexander nickte.

„Was machen wir?“

Alexander seufzte. „Wir fahren trotzdem zu Niedereggen. Auch wenn er nicht auf der Kundenliste steht: Vielleicht war er auf irgendeine andere Art mit Bastian Stamm oder seiner Firma vernetzt. Und wer sagt uns, dass Niedereggen nicht ursprünglich auf der Liste stand und jemand ihn gelöscht hat?“

Alexanders Argumente leuchteten Hellmann ein.

Manfred Niedereggens Adresse befand sich in Nettenscheid, einem östlich der Kernstadt Altenas gelegenen Stadtteil. Wie Hellmann bereits angekündigt hatte, wohnte Niedereggen im fünften Stock eines Plattenbaus, der grau und hässlich in den Himmel ragte.

„Wir sollten bei dem Mann extrem vorsichtig sein. Er war immerhin wegen zweifacher Körperverletzung angeklagt und hat offenbar eine sehr kurze Zündschnur. Und wenn er wirklich ein mehrfacher Mörder sein sollte, schreckt er bestimmt auch nicht vor zwei weiteren Toten zurück. Ich hoffe, Sie haben Ihre Dienstwaffe dabei."

Die Haustür war nicht verschlossen und Alex ging mit Hellmann direkt zum Treppenhaus. Es roch nach Erbrochenem und die Wände waren mit Farbe beschmiert. Auch wenn es keinen sichtbaren Dreck auf der Treppe gab, stiegen die beiden mit größter Vorsicht die Stufen in den fünften Stock hinauf und vermieden es, das Treppengeländer zu berühren. *Vielleicht war Manfred Niedereggen doch kein Kunde von Stamm Consulting. Ich glaube, die Kunden sind ein wenig zahlungskräftiger,* ging es Alexander durch den Kopf.

Manfred Niedereggens Wohnungstür war von oben bis unten mit Stickern beklebt. Einige von ihnen waren durchaus schon älter: Der Aufkleber für die Kampagne zur Einführung der 35-Stunden-Woche der IG Metall war etwa von 1984.

Alexander drückte den Klingelknopf und eine altersschwache Schelle dröhnte von jenseits der Tür heraus.

Er klingelte ein zweites und ein drittes Mal, bis sich in der Wohnung endlich etwa regte. Alexander sah von außen, wie der Türspion sich kurz verdunkelte. Dann ertönte eine Stimme aus dem Innern der Wohnung.

„Ich sehe euch doch an, dass ihr von der Polizei seid. Ich habe euch nichts zu sagen, wir haben alles geklärt. Hört auf, mich zu schikanieren."

„Wir haben nur ein paar Fragen, Herr Niedereggen“, antwortete Alexander.

„Nein, verschwindet.“

„Nachdem wir miteinander gesprochen haben. Wir wollen Ihnen nichts Böses. Wir versprechen, dass wir in 5 Minuten wieder weg sind.“

„Ich habe gesagt, dass ihr verschwinden sollt.“

Alexander hatte sich im Vorfeld über Niedereggen erkundigt und er wusste, welche Knöpfe er drücken musste, um an sein Ziel zu gelangen. Er hasste es, doch manchmal blieb ihm außer Erpressung kein anderes Mittel. „Herr Niedereggen, wenn Sie jemals wieder auch nur die Chance auf ein Besuchsrecht bei Ihrer Tochter erhalten möchten, sollten Sie es sich noch einmal überlegen, ob Sie mit uns reden möchten.“

Lange Zeit blieb es still hinter der Wohnungstür, dann hörte Alexander, wie Niedereggen frustriert dagegen schlug. Alexanders Taktik hatte gewirkt und die Tür öffnete sich. Provokant grinsend trat Niedereggen aus dem Türrahmen und bat die beiden Polizisten mit einer einladenden Geste hinein.

Seine Wohnung war, wider Erwarten sehr gepflegt, auf dem Wohnzimmertisch lagen verschiedene Rätselzeitschriften, auf einem Regal standen Fotos von ihm und seiner Tochter, die er derzeit wegen seiner Vergangenheit, vor allem wegen seines in Kürze anstehenden Haftantritts, nicht sehen durfte.

„Ich werde Sie nicht bitten, sich hinzusetzen“, sagte er. Niedereggen musste in diesem Moment nur Abscheu für Alexander und seinen Kollegen empfinden.

„Wir bleiben gern stehen. Ich komme direkt zur Sache, dann sind Sie uns schnell wieder los. Sie sind vor wenigen Wochen zu einem Jahr Haft verurteilt worden. Der Richter Edgar Herbst und der Staatsanwalt Frank Binder waren sich beide beim Strafmaß einig", begann Alexander.

„Na und? Das soll durchaus mal vorkommen. Deswegen sind Sie hier?"

„Nein, warten Sie es ab. Der Richter und der Staatsanwalt sind ermordet aufgefunden worden." Alexander beobachtete genauestens die Regungen in Niedereggens Gesicht. Er schien schockiert und wusste offensichtlich, was als Nächstes folgen würde.

„Nach der Urteilsverkündung sind Sie damals im Gerichtssaal ausgerastet und haben dem Richter und dem Staatsanwalt üble Beschimpfungen und Todesdrohungen an den Kopf geworfen. ‚Wenn ich wieder draußen bin, mach ich euch fertig, und ich weiß, wo ihr wohnt, ihr Arschlöcher'", las Alexander eine Stelle aus dem Protokoll vor, die er mit seinem Handy abfotografiert hatte.

Manfred Niedereggen begann zu schwitzen. „Sie glauben, ich hätte die beiden umgebracht?"

„Haben Sie?", fragte Alexander und schaute sein Gegenüber eindringlich an.

„Nein, das habe ich nicht. Dass der Richter und der Staatsanwalt tot sind, höre ich zum ersten Mal, ehrlich!", beteuerte Niedereggen.

„Schauen oder hören Sie keine Nachrichten? Oder lesen Sie keine Zeitung? Alle Medien im Umkreis sind voll davon. Es ist eigentlich schon schwer, diese Information nicht mitzubekommen", sagte Alexander.

„Ich gucke nur Netflix, der Rest interessiert mich nicht."

„Wo waren Sie denn zum Zeitpunkt des Todes von Herbst und Binder?"

„Hier in der Wohnung", antwortete Niedereggen.

„Das ist eigenartig, ich habe den Todeszeitpunkt nicht erwähnt. Woher wollen Sie wissen, dass Sie da hier waren?", bemerkte Alexander.

Niedereggen stutzte einen Augenblick. „Weil ich wochenlang nur noch in der Wohnung bin und nicht rausgehe."

„Aha", bemerkte Alexander. „Sie mögen Rätsel?", fragte er und deutete auf die Rätselzeitschriften auf dem Wohnzimmertisch.

„Das hält das Gehirn auf Trab. Wenn ich mich sonst nur berieseln lasse, brauche ich etwas Anspruchsvolles für zwischendurch."

„Eine letzte Frage hätte ich noch: Kannten Sie Bastian Stamm?"

„Das ist doch der Chef von dieser Consulting-Firma, die diesen hässlichen Bau an der Lenne haben. Ich weiß, wer er ist, aber ich kenne ihn nicht. Was ist denn mit dem?"

„Darüber darf ich Ihnen leider keine Auskunft geben. Bitte halten Sie sich für Rückfragen zu unserer Verfügung."

Niedereggen begleitete Alexander und Hellmann zur Haustür. „Und was ist jetzt mit meiner Tochter?"

„Wir werden sehen, dass wir ein gutes Wort beim Jugendamt einlegen. Wann treten Sie Ihre Haftstrafe an?"

„Nächsten Monat. Es wäre toll, wenn meine Tochter mich vielleicht mal besuchen dürfte."

Alexander nickte und schaue zu Hellmann hinüber, der bereits im Flur stand. „Das verstehe ich, wir können aber nichts versprechen."

Auf dem Weg zum Parkplatz äußerte Hellmann seine Zweifel an Alexanders Methoden. „Sie haben gerade einen Verdächtigen erpresst.“ Alexander hatte sich schon gewundert, warum sein Kollege in Niedereggens Wohnung die ganze Zeit über so still war, jetzt wusste er es.

„Ich würde das nicht Erpressung nennen, sondern eher ein überzeugendes Argument. Es ist nun mal die Wahrheit, dass das Jugendamt einen gewissen Ermessensspielraum beim Besuchsrecht hat. Und stellen Sie sich vor, Niedereggen wäre wirklich der Mörder von Binder, Herbst und Stamm gewesen. In die Wohnung wären wir so oder so gekommen, im Notfall hätten wir uns einen Durchsuchungsbeschluss besorgt.“

„Glauben Sie ernsthaft, dass wir den bekommen hätten? Wegen einer in Wut getätigten Aussage im Gerichtssaal?“ Hellmann war aufgebracht.

„Wir haben es hier mit einem toten Staatsanwalt und einem toten Richter zu tun. Die Ex-Kollegen von den beiden würde mir wegen jedes Furz-Verdachts einen Durchsuchungsbeschluss ausstellen, nur um an denjenigen zu gelangen, der dafür verantwortlich ist. Sogar für Ihre Wohnung, wenn ich es möchte“, antwortete Alex.

Hellmann wusste darauf nichts mehr zu antworten und schwieg. Auch wenn es unbeabsichtigt war, hatte er Alexanders Aussage wohl als Drohung verstanden. Alles, was er noch rausbrachte, war ein knappes „bis morgen“, dann stieg er in seinen Wagen und fuhr los.

Irgendwas stimmt hier nicht, dachte Alexander, bevor er sich auf den Heimweg machte.

Kapitel 10

Die Belegschaft in seinem Sägewerk hatte sich bereits in den Feierabend verabschiedet. Es dämmerte schon und einzig Rolf saß noch am Schreibtisch, auch wenn man das, was er tat, schwerlich arbeiten nennen konnte. Den ganzen Tag über war er wegen der Demonstration vor seinem Werk und der Morddrohung zu aufgebracht gewesen, um sich auf das Tagesgeschäft konzentrieren zu können. Er hielt den Zettel, den er heute Morgen zwischen der Post gefunden hatte, fest in der Hand und las zum x-ten Mal ungläubig die Worte darauf. *Schließe Dein Unternehmen, oder du wirst es bereuen.*

Es gibt Tage, an denen einfach alle zusammenkommt, dachte Rolf. Und dann erreichte ihn ausgerechnet heute auch noch die Nachricht, dass Bastian Stamm tot war. Auch wenn das im Vergleich zu der Sorge, die er in diesem Moment um sein eigenes Leben hatte, definitiv an zweiter Stelle stand.

Rolf haderte mit sich. *Normalerweise müsste ich die Polizei verständigen und Anzeige gegen unbekannt erstatten. Das ist immerhin eine Morddrohung.* Auf der anderen Seite kam das Einschalten der Ermittlungsbehörden auf gar keinen Fall in Frage. *Wenn die Sache mit den Protesten an die Öffentlichkeit gelangt und es nur den Anflug von schlechter Presse über das Sägewerk gibt, wird der Investor sein Kaufangebot zurückziehen.*

Rolf stand kurz davor, einen lange ausgehandelten Deal mit einem chinesischen Großunternehmen abzuschließen. Er wollte die Übernahme auf gar keinen Fall gefährden und beabsichtigte, sich nach dem Verkauf frühzeitig zur Ruhe zu setzen. Der Gedanke daran gab ihm Kraft. *Nein, ich werde die Polizei nicht hinzuziehen. Mit diesem Pack werde ich schon allein fertig.*

Entschlossen zerknüllte Rolf das Papier mit der Morddrohung und warf es in den Papierkorb neben dem Schreibtisch.

Sorgfältig schloss er das Verwaltungsgebäude ab und vergewisserte sich zweimal, dass die Alarmanlage scharfgeschaltet war. Das Gelände des Sägewerks wurde nachts durch Flutlicht erhellt und Rolf konnte beruhigt zum Auto gehen. Jenseits des Tores sah die Situation anders aus, da die Lichtkegel nur bis zum Zaun reichten. Der Demonstranten-Mob war offenbar schon seit dem frühen Abend verschwunden, aber vielleicht hatten sich einzelne von ihnen in irgendeinem Busch versteckt und lauerten Rolf auf? Mit diesem beängstigenden Gedanken im Hinterkopf stieg Rolf aus dem Wagen, um das Tor zu öffnen. Jedes Rascheln, jeder Windstoß ließ ihn zusammenzucken.

Plötzlich hörte er ein Geräusch jenseits des Tores. Jedenfalls glaubte er, dass es sich um ein Räuspern handelte. Vielleicht spielte die Aufregung ihm jedoch auch einen Streich.

„Hallo? Ist da jemand?“, rief er ins Dunkel, aber wie erwartet blieb die Antwort aus.

Rolf leuchtete mit der Handytaschenlampe in die Richtung, aus der das Geräusch gekommen war, doch außer Gras war dort nichts zu sehen. Einigermaßen beruhigt öffnete er das Tor, stieg zurück in das Auto, um zügig vom Gelände zu fahren und das Tor auf der anderen Seite wieder zu schließen.

Auf dem Rückweg nach Hause normalisierte sich sein Puls wieder und bis auf ein Reh, das in sicherer Entfernung vor ihm die Straße kreuzte, registrierte er nichts Ungewöhnliches.

Mit einem Gefühl großer Erleichterung schloss er seine Haustür auf. Als er sich später endlich auf die Couch fallen ließ, fragte er sich, warum er plötzlich so eine tiefsitzende Angst verspürte, das kannte er von sich nicht. Es dauerte nicht lang, bis er sich selbst die Antwort darauf geben konnte. Das war heute nun mal ein richtiger Scheiß-Tag. *Erst die Nachricht, dass Edgar Herbst und Frank Binder ermordet wurden, dann der Mob vor der Firma, die Morddrohung und die Nachricht von Bastian Stamm. Wer bekommt es da nicht mit der Angst zu tun? Das ist doch ganz normal und sollte dich nicht wundern. Ein Glas Scotch wirkt da bestimmt Wunder.*

Rolf feierte sich selbst für diese geniale Idee und erhob sich von der Couch, um zur Hausbar zu gehen, wo eine Flasche zehnjähriger Laphroaig-Whisky auf ihn wartete.

Auf einmal ging das Licht im Forsthaus aus. Es dauerte einen Moment, bis seine Augen sich an die Dunkelheit gewöhnt hatten.

„Verdammte Sicherungen“, fluchte er und tastete sich vorsichtig durch das Wohnzimmer. Sein Handy und damit sein Licht hatte er auf der Kommode im Flur liegenlassen. In der letzten Zeit war der Strom häufiger ausgefallen, doch das Problem ließ sich glücklicherweise leicht beheben.

Der Sicherungskasten befand sich in einer kleinen Abstellkammer neben der Küche. Nach einem kleinen Umweg durch den Flur schaltete er die

Handylampe ein. Sofort zuckte er zusammen: Die Tür zum Abstellraum stand offen. *Habe ich die Tür aufgemacht und es vergessen? Werde ich dement? In meinem Alter? Oder ist jemand im Haus? Ein Einbrecher vielleicht?* Rolfs Herz klopfte schneller. Er schaute sich nach dem nächsten Gegenstand um, mit dem er sich notfalls bewaffnen konnte, und entschied sich für einen Schuhanzieher aus Metall, der in der Hand lag wie eine Machete. Langsam schritt er voran bis zur offen stehenden Tür der Abstellkammer. In der einen Hand hielt er das Mobiltelefon, in der anderen den Schuhanzieher. Vorsichtig lugte er um die Ecke. Als er in die Kammer leuchtete, fiel ihm sofort der geöffnete Sicherungskasten ins Auge. *So eine Scheiße. Es ist wirklich jemand im Haus, den Sicherungskasten habe ich mit Sicherheit nicht geöffnet. Jemand hat den Strom absichtlich ausgestellt.* Eine fast unkontrollierbare Panik überkam ihn und er begann zu hyperventilieren. Irgendwie gelang es ihm, die Angst wegzuatmen. *Denk nach, Rolf,* sagte er zu sich, *du musst jetzt irgendwie nach Hilfe rufen und dich dann so lange irgendwo verschanzen, bis sie eintrifft.* Zum Glück hatte er sein Handy bei sich. Mit zitternden Händen wählte er die 110 und drückte die grüne Taste. Rolf nahm nicht mehr wahr, wie sich die Frau in der Notfallzentrale am anderen Ende der Leitung meldete, da ihm jemand im selben Augenblick auf den Hinterkopf schlug und er bewusstlos zusammenbrach. Der Mann nahm das Handy, entschuldigte sich mit der Erklärung, dass er sich verwählt habe, und legte auf.

„Was ist? Wo bin ich? Lasst mich raus!“ Rolf wurde durch ein lautes, andauerndes Geräusch geweckt. Es hörte sich an wie Regen auf einem Blechdach. Das Prasseln in Kombination mit den

Nachwirkungen des Schlags auf seinen Hinterkopf löste in ihm unerträgliche Kopfschmerzen aus. Zudem hatte er einem trockenen Mund. Seine Hände und Füße waren gefesselt. Er stellte aber fest, dass er seine Rolex noch um das linke Handgelenk trug. *Wenigstens wurde ich nicht ausgeraubt,* dachte er. Rolf vermutete, dass er in einem Lieferwagen steckte.

„Hallo?", rief er, doch er konnte kaum gegen den prasselnden Regen ankommen. Wie sollte jemand draußen ihn hören, wenn er selbst sein eigenes Wort nicht verstand? Jemand schien ihn aber doch gehört zu haben, denn plötzlich öffnete sich die Schiebetür vor seinen Füßen. Das erste, was er sah, war ein glitzernder Vorhang aus dichtem Regen, aus dem plötzlich eine Gestalt hervortrat. Augenscheinlich war es ein Mann und vermutlich handelte es sich um denjenigen, der ihn in seinem Haus niedergeschlagen und hierher verschleppt hatte. Er trug eine Sturmhaube und schnitt mit einer geschickten Bewegung Rolfs Fußfessel durch.

„Mitkommen", befahl er daraufhin und Rolf gehorchte.

Er robbte über den Boden des Lieferwagens bis zur Ladekante und streckte seine Beine hinaus. Die Hose war auf der Stelle durchnässt und er begann zu frieren. Als Rolf sich weigerte auszusteigen, packte der Mann ihn an den Haaren und zog ihn unter lautem Geschrei heraus. Nach wenigen Augenblicken war der Rest von Rolfs Kleidung ebenfalls nass und hing schwer an seinem Körper. *Morgen bin ich erkältet,* dachte Rolf, *wenn es ein Morgen für mich gibt.*

„Und jetzt geh vorwärts, aber schnell", befahl der Mann schreiend, weil man ihn sonst nicht verstanden hätte, da der Regen immer lauter zu werden schien.

Rolf gehorchte. Und er sparte es sich, den Mann brüllend zu fragen, wer er war, wo sie waren und wieso er entführt worden war. Das hätte ihn zu viel Kraft gekostet und die spart er sich lieber auf. Stattdessen versuchte Rolf sich lieber selbst zu orientieren. Er hatte keine Ahnung, wie lange er bereits in dem Lieferwagen gewesen war und wann sie an diesen eigenartigen Ort gelangt waren.

Zunächst einmal erschwerte es ihm die Dunkelheit, sich zu orientieren. Außerdem sorgte der Regen, der in glitzernden Fäden zu Boden fiel, für ein durchgängiges Rauschen, durch das Rolf nichts erkennen konnte. Und dann war da noch der Schlag auf den Hinterkopf, der einen leichten Schwindel in seinem Kopf hervorgerufen hatte. So war es durchaus denkbar, dass Rolfs Verstand ihm gerade einen Streich spielte, denn das, was er vor sich sah, war eigentlich unmöglich. Rolf konnte schwören, dass sie gerade durch ein Tor in ein Fort, eine hölzerne Befestigungsanlage, wie man sie aus dem Wilden Westen kannte, schritten. *Das passiert alles nicht wirklich. Genau, das ist es, gleich wache ich auf und alles war nur ein böser Traum.*

Sein Entführer trieb ihn immer weiter. Rolf befolgte anstandslos die Befehle des Mannes, denn seine nasse Kleidung kühlte seinen Körper schnell aus. *Je schneller ich gehe, desto wärmer wird mir vielleicht.*

Auf der anderen Seite des Tores wurde der Boden matschig und Rolf musste viel Kraft aufbringen, um vorwärtszukommen. Links und rechts von ihm standen Holzhäuser, die ihren Ursprung ebenfalls im Wilden Westen zu haben schienen. Nein, das kann nicht sein. *Ich halluziniere bestimmt. Das muss ein Fiebertraum sein.* Immer weiter schleppte Rolf sich voran. Einmal stolperte er und fiel in den Matsch. Sein Entführer zog ihn wieder auf die Beine und drängte ihn weiterzugehen, bis der Regen ein wenig nachließ.

„Stehenbleiben“, schrie der Mann plötzlich.

Rolf schaute sich um. *Wo, zum Teufel, sind wir hier?* Wenn er sich nicht täuschte, standen er und sein Entführer inmitten eines Kreises aus Tipis. Nein, es bestand kein Zweifel, es handelte sich um Indianerzelte. Der Mann schob Rolf zu einem etwa vier Meter hohen Marterpfahl in der Mitte des Tipi-Kreises.

„Stell dich mit dem Rücken an den Pfahl“, befahl er und fesselte ihn mit Hanfseilen, die er so strammzog, dass Rolf am Ende fast keine Luft mehr bekam.

„Was wollen Sie von mir?“, fragte er nun, da die Situation für ihn immer auswegloser zu werden schien.

„Das wirst du gleich erfahren“, antwortete der Mann.

„Sind Sie einer von den Demonstranten? Haben Sie mir heute die Morddrohung geschickt?“

Der Mann schüttelte den Kopf und zog die Sturmhaube vom Kopf, was Rolf sehr wunderte. *Normalerweise wollen Entführer doch immer unerkannt bleiben, oder nicht? Hoffentlich ist das kein schlechtes Zeichen und er offenbart sein Gesicht, weil er mich ohnehin umbringen will.* Auf jeden Fall hatte Rolf den Mann noch nie zuvor gesehen. „Jetzt mal im Ernst: Wer sind Sie?“, fragte er.

Der Entführer ließ die Frage unbeantwortet. „Ich werde dir jetzt ein Rätsel stellen. Wenn du mir die richtige Antwort sagst, darfst du gehen. Wenn du falschliegst, wirst du sterben, verstanden?"

Rolf schaute den Mann ungläubig an. „Das ist ein Scherz, oder? Sie wollen mir Angst machen. Hören Sie, wir können uns einigen. Ich weiß, dass Sie die Umwelt schützen wollen. Ich höre mir Ihre Vorschläge an und dann entscheiden wir, wie wir weiter vorgehen, ist das ein gangbarer Weg für Sie? Lassen Sie mich gehen und dann vereinbaren wir ein Treffen mit Ihnen und Ihren Freunden gleich morgen, ja?" Rolf merkte, dass seine Worte bei dem Mann nichts bewirkten. Langsam stieg die Angst in ihm auf, die er diesmal allerdings nicht so einfach wegatmen konnte.

Unterschwellig befürchtete er zwar immer noch, dass Zugeständnisse an ein paar halbwüchsige Umweltaktivisten die Investoren für sein Sägewerk abschrecken könnten. Angesichts der Lage, in der er sich befand, hielt er einen Kompromiss aber für besser als den Tod. Rolf konnte sich sowieso schon glücklich schätzen, wenn er morgen keine Lungenentzündung hatte.

Sein Entführer schaute ihn an und begann zu lachen. „Oh, du hältst mich für einen von diesen komischen Leuten, die heute vor dem Tor deines Unternehmens demonstriert haben, das finde ich drollig. Wenn du nur wüsstest ..."

Rolf war irritiert. *Der Mann ist keiner von denen?* Langsam gingen ihm die Ideen aus, wie er sich aus seiner Lage befreien könnte. *Dann muss ich wohl tatsächlich versuchen, dieses bescheuerte Rätsel zu lösen. Aber wie schwer soll das schon sein? Ich habe immerhin einen Hochschulabschluss und leite ein Unternehmen.*

„Hör gut zu, denn ich werde das Rätsel nicht wiederholen, hast du mich verstanden?“, fragte der Mann.

Rolf bestätigte mit brüchiger Stimme.

„Und ich akzeptiere nur eine Antwort, und zwar deine erste. Gut. Drei Forscher wurden von einem Indianerstamm gefangen genommen. Mit verbundenen Augen werden sie hintereinander an drei Marterpfähle gebunden, die in einer Reihe stehen. Dann werden ihnen die Augenbinden wieder abgenommen. Der Indianerhäuptling sagt ihnen Folgendes: Der Vordere von euch sieht keinen Marterpfahl, der Mittlere sieht nur den Marterpfahl des Vorderen und der Hintere kann nur die Marterpfähle der anderen beiden sehen. Wir besitzen fünf Marterpfähle: zwei rote und drei schwarze. Derjenige von euch, der mir die Farbe seines Marterpfahles sagen kann, wird freigelassen. Sollte er allerdings falschliegen, so wird er getötet. Fünf Minuten vergehen. Dann ruft der vordere Forscher, der keinen Marterpfahl sehen konnte: Mein Pfahl ist schwarz! Daraufhin wird er freigelassen. Erkläre mir, wie er das wissen konnte!“

Rolf benötigte einen Augenblick, um das Rätsel sacken zu lassen. „Ich soll Ihnen jetzt verraten, wie er wissen konnte, dass der Pfahl schwarz ist?“

„Genau das ist deine Aufgabe“, antwortete der Mann.

Minuten vergingen, in denen Rolf nachdachte. Vor lauter Anstrengung bekam er bereits Kopfschmerzen. Und er fühlte sich durch sein noch immer vorhandenes Angstgefühl gelähmt. Er hatte ein paar Lösungen im Kopf, von denen er aber nicht sicher wusste, ob sie richtig waren. *Wenn ich ihm die falsche sage, wird er mich umbringen.* Rolf legte sich gedanklich auf eine Antwort fest. „Ich weiß es. Der freigelassene Mann hat mit den anderen heimlich kommuniziert, so konnte er die Farbe seines Pfahls wissen, stimmts?"

Rolfs Entführer kam langsam auf ihn zu. *Ich wusste es, ich bin genial, ich darf gehen,* dachte Rolf. Aber der Mann plante nichts dergleichen. Aus dem Hosenbund zog er einen Gegenstand, den Rolf im Dunkeln nicht identifizieren konnte. Der Mann holte aus, Rolf spürte einen ganz kurzen Schmerz und danach nichts mehr. Sein Blut tropfte aus einer Wunde am Kopf und sammelte sich in einer Pfütze auf dem morastigen Boden.

„Nein, deine Lösung stimmt nicht", sagte der Mann noch zu Rolfs leblosem Körper und stapfte davon.

Kapitel 11

Alexander war ein Mensch, der grundsätzlich gerne einmal über Entscheidungen schlief. Generell betrachtete er Dinge am anderen Morgen oft mit anderen Augen. Heute stellte er sich auf dem Weg nach Altena die Frage, ob er gestern zu hart zu Hellmann gewesen war. Er hatte eigentlich nicht beabsichtigt, Hellmann implizit zu verdächtigen. Die Äußerung war ihm so rausgerutscht und sein Kollege hatte sie dazu noch in den falschen Hals bekommen. Um des guten Arbeitsklimas willen würde er die Sache heute Morgen in Ordnung bringen müssen.

Wie befürchtet erwartete Hellmann seinen Kollegen mit versteinerter Miene und verschränkten Armen in seinem Büro. Alexander stellte ihm als Versöhnungsgeste eine Tasse Kaffee auf den Schreibtisch. Er räusperte sich. „Meine Bemerkung zum Untersuchungsbeschluss gestern – ich wollte sagen, vergessen Sie es einfach, es tut mir leid. Ich stehe momentan in sämtlichen Bereichen meines Lebens unter Druck und da ist mir das so rausgerutscht. Bitte nehmen Sie es nicht persönlich."

Hellmann ließ die Entschuldigung einen Moment auf sich wirken. Schließlich entspannten sich seine Gesichtszüge und er nahm die Kaffeetasse vom Schreibtisch, um einen großen Schluck zu nehmen.

„Es war vielleicht auch nicht ganz in Ordnung von mir, Ihre Ermittlungsmethoden infrage zu stellen. Ich sehe ein, dass Sie beim LKA mit den großen Haien zu kämpfen haben und da noch mal ganz anders auftreten. Wir hier draußen fangen eher die kleinen Fische. Also Schwamm drüber", sagte er.

Alexander war beruhigt, er reichte Hellmann die Hand, und das Thema war damit aus der Welt geschafft.

„Dann können wir uns ja jetzt wieder ganz dem Fall widmen. Machen wir mal eine Bestandsaufnahme: Wir haben einen toten Richter, einen toten Staatsanwalt, einen toten Unternehmer, ein paar Gegenstände, die wir bei den Leichen gefunden haben und die uns Rätsel aufgeben und keine nennenswerten Verdächtigen. Das mag nicht viel klingen, aber wir haben immer noch ein paar Asse im Ärmel."

Hellmann wollte gerade nachhaken, was Alexander damit meinte, als eine uniformierte Polizistin hereinstürmte.

„Wir haben gerade einen Anruf bekommen, es gibt offenbar einen weiteren Toten, diesmal in Elspe."

„Haben Sie eine Adresse für uns?", fragte Hellmann.

„Das dürfte nicht nötig sein. Fahren Sie einfach zu den Karl-May-Festspielen", antwortete die Kollegin.

Hellmann und Alexander schauten einander ungläubig an und machten sich sofort auf den Weg. „Elspe liegt 50 Kilometer entfernt von uns. Warum werden wir wieder verständigt und nicht die Kollegen vor Ort?"

Nach dem gestrigen Fund der Leiche von Bastian Stamm auf dem Galgenberg, der ebenfalls nicht in den Zuständigkeitsbereich der Polizei in Altena fiel, erhärtete sich Alexanders Verdacht immer weiter. „Der Täter will, dass die Polizei Altena um jeden

Preis involviert ist, aus welchem Grund auch immer. Vielleicht liefert die Leiche uns diesmal Antworten und nicht ein weiteres Rätsel.“

Für die Strecke nach Elspe benötigten die Männer eine gute Stunde. Das Gelände der Karl-May-Festspiele war durch das große weiße Zelt über dem Zuschauerbereich schon von Weitem zu erkennen. Hellmann parkte vor dem Eingangsbereich.

„Waren Sie schon mal hier?“, fragte Hellmann.

„Nein, aber ich habe natürlich gehört, dass es Karl-May-Festspiele in Elspe gibt“, antwortete Alexander, „die scheinen sehr beliebt zu sein.“

„Definitiv, jährlich kommen rund 180.000 Besucher hierher“, erklärte Hellmann.

Vor dem Eingang bot sich den Beamten ein bekanntes, in dieser Form allerdings auch etwas surreales Bild: Mehrere Streifenwagen und auch ein Fahrzeug der Spurensicherung waren bereits vor Ort und parkten vor dem Eingangsgebäude, das aussah wie ein hölzernes Fort.

Alexander und Hellmann wurden am Eingang von einem Polizisten abgefangen.

„Sind Sie die Kollegen aus Altena?“

Beide nickten.

„Gut, Sie werden schon sehnsüchtig erwartet, bitte folgen Sie mir.“

Während sie über das Gelände gingen, staunte Alexander. Alles sah tatsächlich aus wie in einer Westernstadt und er fühlte sich, als wäre in die Vergangenheit gereist. Es gab original aussehende Häuser, einen Saloon, eine Rodeo-Arena und sogar eine Western-Eisenbahn, die über das Gelände fuhr. Der Kollege führte Alexander und Hellmann bis zur großen Freilichtbühne, auf der bereits ein Dutzend

Menschen herumliefen. Offensichtlich befand sich dort die Leiche. Noch konnte Alexander nichts erkennen, da überall Tipis herumstanden. Als der Marterpfahl in sein Blickfeld geriet, hatte er Gewissheit.

Was zum Teufel soll das?, war der erste Gedanke, der ihn überkam. Dass die Ermittlungen zu dieser Mordserie nicht einfach werden würden, wusste er bereits nach den ersten beiden Leichenfunden an der Burg Altena. Spätestens jetzt erreichte der Fall eine neue Dimension und Alexander zog ernsthaft in Betracht, dass es sich eher um einen Geisteskranken als um einen Täter mit einem tiefgründigen, bis ins Detail ausgeklügelten Plan handeln könnte.

Der reglose Körper eines Mannes hing schlaff an dem Marterpfahl und wurde lediglich von einem Seil daran gehindert, vornüber zu kippen und in den Matsch zu fallen. In seiner Schläfe steckte eine kleine Hacke, soweit Alexander es erkennen konnte.

Friedhelm Banken tanzte vorsichtig um den Pfahl herum und machte Fotos aus allen denkbaren Blickrichtungen, während zwei seiner Mitarbeiter sich langsam der Leiche näherten und Fußabdrücke und Spuren auf dem Boden sicherten.

„Gibt es schon Hinweise auf die Identität des Toten?", fragte Alexander den Polizisten, der sie hierhergeführt hatte. Es wunderte ihn nicht, dass Hellmann auch diesmal wusste, um wen es sich handelte: „Das ist Rolf Jahnke. Er ist Besitzer des Sägewerks in Altena."

„Kannten Sie ihn?", hakte Alexander nach, „Sie wirken betroffen."

„Das täuscht. Rolf Jahnke kannte vermutlich jeder. Wenn man in einer so von der Forstwirtschaft geprägten Gegend wie dem Sauerland lebt, ist man als Besitzer des Sägewerks so was wie eine lokale Prominenz“, erklärte Hellmann.

„Okay. Wir schicken ein Team zu seiner Adresse. Höchstwahrscheinlich wurde auch bei ihm im Haus eingebrochen“, sagte Alexander und bat Hellmann, alles zu veranlassen.

Nach 20 Minuten hatten die Leute von der Kriminaltechnik alle Spuren in der näheren Umgebung des Leichnams so weit gesichert, dass Alexander und Hellmann sich von Nahem ein Bild machen durften. Alexander erkannte jetzt, dass ein kleiner Pickel in der Schläfe des Toten steckte.

„Ich vermute mal, dass er an der Verletzung gestorben ist?“, fragte Alexander in Friedhelm Bankens Richtung.

„Davon gehen wir erst mal aus. Näheres kann ich Ihnen natürlich erst nach der Obduktion sagen.“

Alexander schaute auf den Boden, auf dem einige Steinchen herumlagen. Diesmal waren es keine Kiesel, sondern unregelmäßig geformte Bröckchen, die Alexander erst mal liegen ließ. Er schaute sich das Gesicht des Toten genauer an. Im Mund der Leiche von Bastian Stamm hatten sie gestern den kleinen Marterpfahl mit der Botschaft entdeckt und so öffnete Alexander auch diesem den Mund. Tatsächlich klebte auch hier ein Zettel auf Rolf Jahnkes Zunge, der durch den Speichel schon sehr durchweicht war. Alexander bat Friedhelm Banken, ihm ein paar Latexhandschuhe zu reichen, und er fummelte den Zettel heraus.

„Was steht da?“, fragte Hellmann.

„Da steht ‚Beide schweigen‘, sonst nichts“, las Alexander vor.

Hellmann wirkte enttäuscht. „Wieder so eine eigenartige Botschaft, von der niemand weiß, was sie zu bedeuten hat."

Alexander drehte den glibberigen Zettel um.

Die Rückseite war im Gegensatz zu den Zetteln, die sie bei den anderen Leichen gefunden hatten, bedruckt und sah auf den ersten Blick so aus, als handelte es sich um die Rückseite eines Flugblatts. Alexander schaute genauer hin.

„Haben Sie etwas entdeckt?", fragte Hellmann.

„Das sieht aus wie der Rest eines Flyers. Nein, warten Sie, das ist ein Stück aus einem Vorlesungsverzeichnis. Sehen Sie? Da steht *Fernuniversität Hagen, Institut für Philosophie, Veranstaltung: Einführung in die Logik Teil I.*"

Alexander machte ein Foto mit seinem Handy. Hellmann setzet seine Brille auf und schaute sich den Papierschnipsel genauer an. „Das heißt also, unser Mörder war Philosophie-Student? Oder ist das nur ein Zufall?"

„Ich denke nicht, dass das ein Zufall ist. Der Täter hat bisher immer Hinweise am Tatort hinterlassen, die auf irgendetwas hinweisen. Einige von denen können wir deuten, andere nicht. Überlegen Sie mal: Beim ersten Opfer haben wir Blätter und Zweige im Mund gefunden, die wohl auf das zweite Opfer hindeuten sollten, das tatsächlich im Wald lag. Bei diesem Opfer haben wir einen kleinen Galgen gefunden, der auf das dritte Opfer verwiesen hat, das auf dem Galgenberg erhängt wurde. Der Tote am Galgenberg hatte einen Marterpfahl im Mund und was sehen wir hier? Einen toten Mann am Marterpfahl. Nein, das kann kein Zufall sein. Auch wenn der Täter offensichtlich eine Störung hat, ist er nicht dumm. Er versucht uns mit seinen Hinweisen an der Nase herumzuführen“, erklärte Alexander.

„Also fahren wir als nächstes zur Fernuniversität Hagen?“, fragte Hellmann.

„Noch nicht direkt. Hatte Rolf Jahnke eine Familie?“

„Er ist geschieden. Die Frau hat ihn verlassen und die Kinder mitgenommen.“

„Zerrüttete Beziehungen sind übrigens etwas, das all unsere Opfer gemeinsam haben, das sollten wir im Hinterkopf behalten“, sagte Alexander, „dann schauen wir uns erst mal im Sägewerk von Rolf Jahnke um und fahren dann weiter zur Fernuni in Hagen.“

Die langen Entfernungen, die er jeden Tag zurücklegen musste, begannen Alexander allmählich auf den Geist zu gehen. Deshalb war er ziemlich froh darüber, dass Hellmann freiwillig angeboten hatte, von Elspe nach Altena zu fahren. Außerdem hatte Alexander so die Gelegenheit, näher über die nun schon vier Morde nachzudenken. Er war sehr unglücklich darüber, dass der Mörder ihnen immer einen Schritt voraus war, er musste schnellstmöglich herausfinden, was hinter den Rätseln steckte, bevor noch mehr Menschen ermordet wurden. Hellmanns Telefon riss ihn zwischendurch aus den Gedanken. Ein Polizist von der Wache in Altena rief an, um ihm mitzuteilen, dass in Rolf Jahnkes Haus tatsächlich eingebrochen worden war. „Wir fahren auf jeden Fall erst mal weiter zu seiner Firma, die Spurensicherung soll sich kümmern“, sagte Alexander.

„Was ist denn da los?“, fragte Hellmann und holte Alexander, der grübelnd aus dem Fenster schaute, ins Hier und Jetzt zurück.

„Da scheint eine Demonstration im Gange zu sein. Schauen Sie sich mal die Plakate an“, antwortete Alexander. Hellmann stoppte inmitten des Pulks von jungen Leuten, die sogleich den Wagen umstellten und anfingen, ihre Parolen zu skandieren. Erst als Alexander durch die geschlossene Scheibe seinen Dienstausweis zeigte, gingen sie zur Seite.

Das Tor zum Gelände des Sägewerks war verschlossen. Ein Mitarbeiter eines Sicherheitsdienstes kam angetrabt, öffnete und ließ sie durchfahren, nachdem Hellmann und Alexander sich als Polizeibeamte vorstellten.

Während ihres Besuchs bei der Firma Stamm Consulting gestern durften die beiden Beamten miterleben, wie die gesamte Belegschaft bereits über den Tod ihres Chefs Bescheid wusste. Hier im Sägewerk von Rolf Jahnke bot sich Alexander und Hellmann heute eine ganz andere Situation.

„Guten Morgen. Ich bin Bernd Hellmann von der Polizei Altena, das ist mein Kollege Alexander Hoorn vom LKA Düsseldorf. Wir sind hier wegen des Mordes an Ihrem Chef, Rolf Jahnke“, stellte Hellmann sich beim Mitarbeiter am Empfang vor, der daraufhin fast einen Nervenzusammenbruch erlitt. Sogleich bereute Hellmann , nicht mit mehr Feingefühl an die Sache herangegangen zu sein, doch woher hätte er wissen sollen, dass noch niemand vom Tod Jahnkes erfahren hatte? Es dauerte einen Augenblick, bis der Mann sich wieder beruhigte.

„Wieso denn ermordet? Wie?“, fragte er.

„Das finden wir gerade heraus. Dürften wir einen Blick in Herrn Jahnkes Büro werfen?“, fragte Alexander.

Der Mann führte die beiden Beamten in das Büro seines Chefs, dessen Einrichtung sehr von Holz dominiert wurde, aber keinesfalls geschmacklos wirkte. *Vom Besitzer eines Sägewerks hätte ich auch nichts anderes erwartet,* dachte Alexander. „Ich lasse Sie dann mal allein, wir erwarten gleich noch Gäste", sagte der Mann.

„Vielen Dank, wir werden später vermutlich noch mit ein paar Fragen auf Sie zukommen", sagte Alexander.

Der Mann nickte und setzte sich wieder an den Empfang.

Hellmann und Alexander schauten sich im Büro um und entdeckten schnell den großen Aktenschrank hinter dem Schreibtisch. „Die Ordner nehmen wir am besten mit, vielleicht finden wir Hinweise darauf, ob Jahnke Feinde oder Konkurrenten hatte, die ihn aus dem Weg räumen wollten. Die Spurensicherung soll auch nicht den Computer vergessen." Alexander setzte sich auf Jahnkes Drehstuhl und schaute nacheinander in die Schreibtischschubladen. Als er die unterste Lade öffnete, stieß er versehentlich den Papierkorb um, aus dem ein zerknülltes Stück Papier herauskullerte.

„Alles kann wichtig sein", sagte Alexander und faltete die Papierkugel auseinander.

„Und? Steht da was Besonderes?", fragte Hellmann

Alexander hielt ihm mit spitzen Fingern den Zettel hin. „Schließe Dein Unternehmen, oder du wirst es bereuen", las er vor. „Dann müssen wir nur noch herausfinden, wer den Zettel geschrieben hat, und schon haben wir unseren Mörder."

In Alexanders Kopf ratterte es. Es war schon möglich und vermutlich sogar wahrscheinlich, dass derjenige, der die Morddrohung verfasst hatte, auch der Mörder von Jahnke war. *Doch wie passt der Mord ins Muster der anderen Morde in der Serie?*

Alexander steckte den Zettel in ein durchsichtiges Plastiktütchen und legte es auf den Schreibtisch. „Die Kriminalistik soll alles mitnehmen und sichten. Wir sind erst mal hier fertig."

Alexander kündigte beim Mann am Empfang an, dass innerhalb der nächsten Stunde die Spurensicherung anrücken würde und bis dahin niemand das Büro von Rolf Jahnke zu betreten habe. Um auf Nummer sicher zu gehen, schloss der Mann das Büro ab und verwahrt den Schlüssel in einer Schublade seines Schreibtischs.

Gerade als Alexander und Hellmann sich verabschiedeten, kamen zwei Männer ins Gebäude. Alexander besaß ein brillantes Gedächtnis für Gesichter und wusste sofort, woher die Männer ihm bekannt vorkamen: Es handelte sich um die beiden Chinesen, denen er und Hellmann im Aufzug bei der Firma Stamm Consulting begegnet waren.

„Guten Tag, wir hatten einen Termin bei Herrn Jahnke", sagte der größere von beiden, der offenbar als einziger Deutsch sprach, mit leichtem chinesischen Akzent zum Mann am Empfang.

„Guten Tag", begrüßte er die Männer, „Herr Guo, ich fürchte, es gibt da ein Problem."

Irritiert schaute Herr Guo seinen Begleiter an und übersetzte.

Alexander entschied, dass er ab hier übernehmen sollte, und stellte sich Herrn Guo vor. „Können wir irgendwo reden, wo wir ungestört sind?" Zusammen mit Hellman führte er die beiden überrumpelt wirkenden Chinesen in einen ruhigeren Bereich des Verwaltungsgebäudes.

„Darf ich erfahren, was hier vor sich geht?“, fragte Herr Guo und übersetzte wieder für seinen Begleiter, der sein Vorgesetzter zu sein schien.

„Entschuldigung, dass wir Sie so überfallen. Natürlich sage ich Ihnen, was hier passiert ist. Sie haben offenbar einen Termin mit Herrn Jahnke. Leider ist Herr Jahnke tot, er wird nicht kommen“, erklärte Alexander.

Herr Guo wirkte schockiert und übersetzte umgehend, sodass auch sein Chef ein bestürztes Gesicht machte. Die beiden unterhielten sich kurz. „Dürfen wir erfahren, wie er gestorben ist?“, fragte Herr Guo Alexander.

„Er wurde ermordet.“

Es folgte eine längere, laute Unterhaltung auf Chinesisch, die Alexander schließlich unterbrach.

„Ich würde gern wissen, was Sie von Herrn Jahnke wollten?“

Bevor er antwortete, beriet Herr Guo sich kurz mit seinem Chef. „Wir stehen in Verhandlungen mit Herrn Jahnke, weil wir das Sägewerk kaufen möchten. Heute wollten wir den Vertrag unterzeichnen.“

„Was haben Sie gestern bei der Firma Stamm Consulting gemacht? Wir haben Sie dort im Aufzug gesehen“, sagte Alexander.

„Die Firma Stamm Consulting hat uns für den Kauf des Sägewerks juristisch beraten. Gestern hat die Firma aber alle Termine abgesagt. Später haben wir dann den Grund dafür erfahren: Bastian Stamm ist auch tot. Wir fragen uns langsam, ob es so klug ist, hier Geschäfte zu machen, wenn alle Beteiligten um einen herum sterben. Hoffentlich arbeitet Ihre Polizei effizient und Sie klären die Fälle bald auf", sagte Herr Guo.

„Machen Sie sich darüber keine Sorgen", beschwichtigte Alexander. Er wusste, dass die Ermittlungsbehörden in China vermutlich leichteres Spiel bei der Strafverfolgung hatten, da sie größere Befugnisse zum Eingriff in die persönliche Freiheit des Einzelnen besaßen. Zu welchem Preis das geschah, darüber ließ sich jedoch streiten. „Darf ich erfahren, wo Sie beide gestern und vorgestern Nacht waren?"

Herr Guo sprach sich einmal mehr mit seinem Chef ab. „An der Bar vom Hotel Imperial hier in Altena. Und danach auf unseren Zimmern."

Alexander schrieb alles in sein Büchlein auf und notierte sich auch die Namen der Geschäftsmänner. „Bitte verlassen Sie die Stadt vorerst nicht", bat er sie zum Schluss und beobachtete danach mit Hellmann, wie die beiden diskutierend das Gebäude verließen.

„Was denken Sie?", fragte Hellmann, „Stecken die Chinesen dahinter?"

„Ich weiß noch nicht. Auf jeden Fall hat sich mit ihnen eine neue Spur aufgetan", antwortete Alexander.

„Gehen wir das mal gedanklich durch: Sie möchten ein Sägewerk kaufen, räumen aber den Chef und dann noch den Chef der Sie beratenden Consulting-Firma aus dem Weg. Das legt Ihnen doch nur noch mehr Steine in den Weg, oder?", sagte Alexander.

„Sie haben recht. Mal abgesehen davon, dass es dem Ruf des Sägewerks schadet, das Sie kaufen möchten. Mit den Demonstranten da draußen gibt es sowieso schon genug schlechte Presse“, ergänzte Hellmann.

„Oh warten Sie!“ Alexander hatte eine Eingebung. „Was ist, wenn die Chinesen doch dahinterstecken und schlechte Presse sogar beabsichtigt haben?“

„Was sollte ihnen das bringen?“

„Überlegen Sie mal: Die Chinesen wollen das Sägewerk natürlich so billig wie möglich kaufen. Wenn Sie durch verschiedene Maßnahmen dafür sorgen, dass sich der Ruf des Unternehmens verschlechtert, drücken sie automatisch auch den Preis. Wer ihnen das Unternehmen dann verkauft, kann ihnen egal sein, da würde es auch nichts ausmachen, wenn der ursprüngliche Eigentümer tot ist. Wie Bastian Stamm, Edgar Herbst und Frank Binder in die Gleichung passen, müssten wir noch herausfinden“, erklärte Alexander.

Hellmann schien von der Theorie überzeugt. „Ich werde mal das Alibi der Chinesen überprüfen, das mache ich am besten gleich. Und wir sollten uns die Demonstranten vorm Tor vorknöpfen. Wenn der Rädelsführer dabei ist, bekommt er eine Vorladung und wir finden raus, ob er von den Chinesen für die Organisation des Aufstands bezahlt wurde.“

Alexander und Hellmann verabschiedeten sich vom Mann am Empfang. Als sie das Gelände des Sägewerks verließen, wurde ihr Wagen sofort wieder von lauthals skandierenden Demonstranten umstellt. Diesmal stiegen die Beamten aus dem Fahrzeug aus und die jungen Leute reagierten sehr irritiert, teilweise ängstlich ob des unerwarteten Auftritts der beiden. Schlagartig wurde es so ruhig, dass Alexander, ohne seine Stimme erheben zu müssen, mit dem Mob sprechen konnte: „Mein Name ist Alexander Hoorn vom Landeskriminalamt. Wir finden es sehr gut, dass Sie sich für die Umwelt einsetzen. Gibt es jemanden unter Ihnen, der diese Demonstration organisiert hat?" Es ertönte ein Raunen.

„Das bin ich", rief plötzlich ein junger Mann und trat vor.

„Sehr schön. Würden Sie uns bitte heute Nachmittag einen Besuch auf dem Revier abstatten? Wir haben ein paar Fragen, es ist auch nichts Schlimmes", versprach Alexander.

„Und was ist, wenn ich nicht komme?", fragte der Mann. Alexanders Einschätzung nach handelte es sich um einen Freizeitrevoluzzer, der in seinem Auftreten nicht besonders selbstbewusst wirkte. Er trug sehr teure Kleidung von Yves Saint Laurent, die absichtlich auf alt gemacht war und die man sich als Student normalerweise nicht leisten konnte. Mutmaßlich musste er für seinen Lebensunterhalt nicht selbst aufkommen, was Alexander sich zunutze machte. Er nahm sich den Mann zur Seite. „Wenn Sie nicht erscheinen, könnte es sein, dass wir Ihnen noch mal schriftlich eine Vorladung zukommen lassen. Die geht allerdings an die Adresse Ihrer Eltern." Alexanders Drohung zeigte Wirkung und der Mann versprach zu kommen, nachdem er Alexander seine Adresse gegeben hatte.

Nach der Aktion stiegen Alexander und Hellmann unbehelligt zurück ins Auto und die Studenten machten den beiden bereitwillig Platz.

„So gehen Sie in Düsseldorf also mit demonstrierenden Studenten um?", fragte Hellmann und konnte sich ein Lächeln nicht verkneifen.

„Nein, so gehe ich mit Demonstranten um, die offenbar nicht nach ihren Überzeugungen demonstrieren."

Alexander setzte Hellmann an der Polizeiwache ab und fuhr weiter nach Hagen. Bis zur Fernuniversität benötigte er, wie das Navigationssystem angekündigt hatte, nicht länger als eine halbe Stunde.

Als er sich dem Campus näherte, staunte er. Er hatte sich die Uni viel kleiner vorgestellt, immerhin konnte man bei einer Fernuniversität davon ausgehen, dass sie nicht unbedingt Räumlichkeiten für tausende Studenten bereithalten musste. Doch die Uni benötigte anscheinend auch so viel Platz. Jedenfalls hatte Alexander anfangs Bedenken, ob er sich zurechtfinden würde. Die Beschilderung, die ihm vom recht leeren Parkplatz aus den Weg zum Info-Schalter wies, stellte sich jedoch zum Glück als recht einfach heraus.

Alexander stellte sich bei der freundlichen Dame am Schalter vor. „Ich habe ein etwas ungewöhnliches Anliegen." Er zog sein Handy aus der Tasche und zeigte der Frau das Foto des Papierstücks, das er im Mund von Rolf Jahnke gefunden hatte. Die Frau las vor. „*Fernuniversität Hagen, Institut für Philosophie, Veranstaltung: Einführung in die Logik Teil I.* Das wurde offenbar aus dem Vorlesungsverzeichnis des aktuellen Semesters herausgerissen."

Alexander freute sich, dass die Frau sofort Bescheid wusste. „Ich glaube, dass dieses Stück Papier ein Hinweis in unserem aktuellen Fall ist, habe aber noch keine Ahnung, worauf. Ich habe gehofft, hier Antworten zu finden."

Die Frau am Schalter überlegte. „Antworten kann ich Ihnen leider auch nicht geben, aber vielleicht wenden Sie sich mal an den Leiter des Instituts für Philosophie.“ Die Frau tippte kurz auf ihrer Tastatur herum. „Das ist Professor Norbert Augustin und laut Anwesenheitsliste ist er heute sogar hier am Campus.“

Alexander ließ sich den Weg erklären und fand, ohne unterwegs noch einmal nachfragen zu müssen, das Institut für Philosophie. Das Büro von Professor Augustin war im zweiten Stock. Die Mitarbeiterinnen und Mitarbeiter, denen er auf dem Flur dorthin begegnete, sahen gar nicht so aus, wie Alexander sich Philosophen so vorstellte: lange Haare, Brille, Bart. So, als kämen Sie direkt aus den Siebzigern. Stattdessen sahen alle ganz normal aus und grüßten ihn freundlich.

Auch Professor Augustin bildete keine Ausnahme. Er bat Alexander herein und bot ihm sogleich einen Stuhl an. Während Augustin Kaffee holte, schaute Alexander sich in dem kleinen Büro um, das sehr klein und unaufgeräumt war. Das einzige Bild an der Wand war ein übergroßes Popart-Porträt von Noam Chomsky. *Wie passend,* dachte Alexander, der sich zwar nie eingehend mit Chomsky beschäftigte, dafür aber schon oft von ihm gelesen hatte.

„Wie kann ich Ihnen denn helfen?“, fragte Augustin, stellte Alexander die Kaffeetasse auf den Tisch und pflanzte sich entspannt in seinen Sessel. Dabei strahlte er eine enorme Ruhe aus, sodass Alexander fast den Eindruck bekam, als säße er vor einem Psychiater. Er erklärte dem Professor die Situation und zeigte Augustin das Foto vom Ausriss des Vorlesungsverzeichnisses. Der Professor hörte aufmerksam und ohne jede Regung zu. Auch als Alexander die Morde beschrieb, verzog er keine Miene.

„Haben Sie denn noch nicht aus den Nachrichten von den Morden erfahren?", beendete der LKA-Ermittler seinen Monolog.

„Nein. Ich konsumiere so wenig Nachrichten wie möglich. Das hält den Geist rein, glauben Sie mir!", antwortet der Professor.

„Glauben Sie denn, dass Sie sich einen Reim auf die ganze Sache machen können?", sagte Alexander.

Augustin nahm einen Schluck Kaffee. „Sie möchten also, dass ich Sie bei den Ermittlungen unterstütze?"

„So können Sie es auch ausdrücken. Helfen Sie uns?"

„Sehr gern. Ich löse sehr gern Rätsel. Das ist sozusagen eine meiner Kerndisziplinen. Eine Kerndisziplin der Philosophie. Wo soll ich hinkommen?", fragte Professor Augustin.

„Sie müssen nirgendwo hin. Wenn Sie möchten, können Sie mir von hier aus helfen. Ich bin ja schon dankbar, dass ich auf Sie zählen kann, dann möchte ich Ihnen nicht auch noch Unannehmlichkeiten bereiten", sagte Alexander.

„Ich versichere Ihnen, dass mir das keineswegs unangenehm ist. Außerdem bringt mich ein Ortswechsel immer auf neue Gedanken und kreative Lösungsansätze. Und in unserem Fall kann das nicht schaden, oder?"

Professor Augustin versprach, maximal eine Stunde später auf der Polizeiwache in Altena zu erscheinen. Zuerst müsse er noch ein paar Bücher aus der Institutsbibliothek besorgen, die seiner Einschätzung nach in diesem Fall hilfreich sein könnten. Alexander kündigte an, schon mal vorzufahren und auf ihn zu warten.

Alexander freute sich über die ungewöhnliche Unterstützung. Zwar arbeitete das Landeskriminalamt oft mit Forensikern der Universitätsklinik in Düsseldorf zusammen, eine Kooperation mit einem philosophischen Institut, von welcher akademischen Anstalt auch immer, hatte es bisher jedoch noch nicht gegeben.

Kapitel 12

Er hockte auf dem Stuhl in dem viel zu kleinen Zimmer und versuchte sich abzulenken. In den vergangenen Tagen hatte er wieder mit Gedankenrasen zu kämpfen gehabt. Und wenn in seinem Kopf gerade einmal nicht die unproduktive Gedankenspirale lief, gab es Gewitter, wie er es nannte. Ein unbeschreibliches Druckgefühl wanderte dann in seinem Schädel willkürlich hin und her. Wie ein springender Flummi in einem Raum, nur viel langsamer und herumwabernd wie das weiche Wachs in einer Lavalampe. Er blätterte hektisch in den Büchern herum, die aufgeschlagen vor ihm auf dem Schreibtisch lagen, aber es wurde nicht besser. Eigentlich hatte er angenommen, dass er diese Probleme nach der Umsetzung seines Plans in den Griff bekam. Dass das zu tun, was ihm gesagt wurde, ihm am Ende Linderung verschaffen würde. Doch davon war noch nichts zu spüren. Seine Probleme schienen im Gegenteil immer schlimmer zu werden. Sogar die Tage selbst auseinanderzuhalten, fiel ihm zusehends schwer. Ein Tag ging in den anderen über, zeitliche und räumliche Grenzen verschwammen ineinander, was durch die Beruhigungsmittel, die er nahm, noch verschlimmert wurde. Es war fast ein bisschen so, als existiere er nicht. So, als hätte er sich in ein nicht greifbares Etwas verwandelt. Er verglich sich mit einer Qualmwolke, die man versuchte einzufangen. Nichts, was er tat, war von Bedeutung.

Er kam sich vor wie Dreck, und alle behandelten ihn auch so. Er war der, mit dem man machen konnte, was man wollte, das hatte er seit seiner Kindheit erlebt.

Seine Gedanken rasten schneller und schneller, er musste sich irgendwie ablenken. Er sprang von seinem Stuhl auf, stellte sich vor die Wand und stieß mit seinem Kopf dagegen. Immer wieder und immer fester. So lange, bis er endlich nur noch den Schmerz spürte und etwas hatte, worauf er sich konzentrieren konnte. Einen Halt, auch wenn es ein selbstzerstörerischer war.

Er wollte nicht so weiterleben. Und auch wenn er bisher noch keine Linderung erfahren hatte, wollte er weitermachen. *Mein Plan ist noch nicht abgeschlossen. Ich muss es zu Ende bringen. Danach wird alles gut. Ja, danach wird alles wieder wie früher sein.*

Kapitel 13

„Wie war es an der Fernuni in Hagen?“, begrüßte Hellmann Alexander.

„Gut. Ich habe den Leiter des Instituts für Philosophie ausfindig gemacht und er hat uns seine Hilfe angeboten. Der Professor wird innerhalb der nächsten halben Stunde hier eintreffen, denke ich.“

Hellmann schaute Alexander skeptisch an. „Ist das nötig? Wie soll ein Philosophie-Professor uns denn weiterhelfen“, fragte er.

„Ich glaube, dass wir in dem Fall an einem Punkt angelangt sind, an dem wir mal unkonventionelle Maßnahmen ausprobieren sollten. Außerdem glaube ich, dass es kein Zufall war, dass wir ausgerechnet einen Schnipsel vom Vorlesungsverzeichnis im Mund von Rolf Jahnke gefunden haben“, erklärte Alexander.

„Na gut.“ Trotz allem wirkte Hellmann noch nicht überzeugt.

„Haben Sie schon das Alibi der beiden Chinesen gecheckt?“, fragte Alexander.

„Ja. Als Sie in Hagen waren, bin ich kurz beim Hotel Imperial vorbeigefahren. Der Mann an der Rezeption hat bestätigt, dass die beiden chinesischen Herren gestern und vorgestern Abend erst an der Hotelbar waren und an beiden Abenden später ziemlich angetrunken auf ihre Zimmer gegangen sind. Er hat mir auch den Bon mit den Getränken gezeigt, die haben ziemlich gebechert.“

„Verstehe. Apropos bechern: Wo bekommt man denn in der Nähe einen guten Cappuccino?“, fragte Alexander.

„Ein Stück die Straße runter ist eine Bäckerei, da werden Sie fündig.“

Hellmann begleitete Alexander zur Bäckerei und holte sich selbst bei der Gelegenheit auch einen Kaffee. Als die beiden Männer zur Wache zurückkehrten, informierte ein Kollege sie darüber, dass ein Professor aus Hagen bereits eingetroffen sei und in Hellmanns Büro auf sie wartete.

Hellmann öffnete die Tür, sah Professor Augustin vor seinem Schreibtisch sitzen und stockte einen Augenblick, bevor er, gefolgt von Alexander, ins Büro ging.

„Das ging schnell, vielen Dank noch mal dafür, dass Sie hier sind“, begrüßte Alexander den Gast. „Das ist Bernd Hellmann von der hiesigen Polizei.“

Augustin streckte Hellmann freudig überrascht, aber doch zögerlich seine Hand entgegen, die dieser ebenso zurückhaltend schüttelte.

„Kennen Sie einander?“, fragte Alexander, der die eigenartige Szene aufmerksam beobachtete und das Verhalten der beiden Männer zu deuten versuchte.

„Ja, das tun wir“, antwortete der Professor.

„Naja, wie man’s nimmt“, korrigierte Hellmann umgehend.

„Was denn nun?“, hakte Alexander nach.

„Wir sind zusammen zur Schule gegangen, auf das Burggymnasium hier in Altena, Abiturjahrgang 95“, erklärte Professor Augustin und schaute seinen ehemaligen Klassenkameraden irritiert an.

„Aber dann haben wir uns komplett aus den Augen verloren. Das ist schon gar nicht mehr wahr!" Hellmann winkte mit einem gequälten Lächeln ab.

„Waren Sie gut miteinander befreundet?", fragte Alexander.

„Wir haben damals doch schon viele Nachmittage miteinander gespielt. Oder ‚rumgehangen', wie man heute sagen würde, oder Bernd?" Professor Augustin schaute Hellmann an.

„Kann schon sein. Wie auch immer. Herr Hoorn hat gesagt, dass du deine Hilfe angeboten hast. Was kannst du denn für uns tun?", lenkte Hellmann ab.

„Ich habe jede Menge nützliche Literatur mit." Augustin stellte eine schwere Stofftasche, die voll mit Büchern war, auf den Schreibtisch. „Aber zunächst benötige ich noch weitere Informationen von euch. Herr Hoorn hat schon angedeutet, worum es geht, ohne dabei weiter ins Detail zu gehen. Ihr habt gerade mit ein paar Rätseln zu kämpfen, wenn ich die Situation richtig verstanden habe, oder?"

Alexander und Hellmann breiteten die Informationen inklusive vieler Fotos von den Toten und von den Hinweisen, die sie bei ihnen gefunden hatten, auf dem Schreibtisch aus. Alexander achtete aus Respekt vor den Toten darauf, dass keine Bilder dabei waren, auf denen ihre Gesichter zu erkennen waren. Augustin hörte aufmerksam zu und schaute sich die Fotos an, während Hellmann sich dezent im Hintergrund hielt.

„Nun wären wir Ihnen dankbar für Ihre Einschätzung. Was haben die ganzen Zettel zu bedeuten?", beendete Alexander seine Präsentation.

„Geben Sie mir zwei Minuten Zeit", sagte Professor Augustin. Er kramte in seiner Stofftasche herum, holte ein paar Bücher heraus und blätterte darin herum, bevor er sie aufgeschlagen auf den Schreibtisch legte. Er räusperte sich.

„Also, wo fange ich an? Ich denke, Sie sind gut damit beraten, dass Sie zu mir gekommen sind. Ich kann Ihnen bei den Rätseln tatsächlich weiterhelfen. Sie müssen wissen, dass Rätsel und deren Lösung mithilfe reiner Logik fest mit dem Fachgebiet der Philosophie verbunden sind. Und die Rätsel, mit denen Sie es bei den vier Mordopfern zu tun haben, stammen wirklich aus dem ersten Semester. Außerdem passen die Tatorte genau zu den Rätseln. Sie werden gleich verstehen, was ich meine. Legen wir also mit Ihrem ersten Toten los. Ich meine denjenigen, den Sie an der Burg Altena gefunden haben. Der Mord gleicht dem Rätsel, das ich unter dem Titel *Der Spion und das Passwort* kenne." Professor Augustin nahm eines der aufgeschlagenen Bücher vom Schreibtisch und begann vorzulesen. „Ein Spion will sich in die Burg einschmuggeln, muss aber an der Torwache vorbei. Da er das Passierwort nicht weiß, beobachtet er andere, wie sie das Tor passieren. Als erstes kommt ein dicker Mönch. Der Torwächter sagt ‚16', worauf der Mönch schlicht ‚8' antwortet. Dann kommt ein Bauer. Der Torwächter sagt ‚28' und der Bauer entgegnet ‚14'. Als ein Händler kommt, sagt der Wächter ‚8' und bekommt als Antwort ‚4'. Alle dürfen passieren. Der Spion denkt sich, dass es ja einfach sei, wenn er jede Zahl nur halbieren muss und antwortet auf des Torwächters Frage ‚12' lässig mit ‚6'. Sofort wird er umgebracht, denn die Antwort war falsch."

Hellmann und Alexander schauten Augustin an. „Was ist die richtige Antwort?", fragte Hellmann.

Augustin deutete auf ein Foto auf dem Schreibtisch. „Im Mund des Toten befand sich ein Zettel mit der Zahl Fünf, und das ist auch die richtige Lösung. Um in die Burg zu gelangen, hätte der Spion auf die Frage ‚12' mit ‚5' antworten müssen, da 12 mit 5 Buchstaben geschrieben wird, 8 mit 4 Buchstaben geschrieben wird, 28 mit 14 und so weiter. In diesem Rätsel ging es also nicht darum, die Zahlen zu halbieren, sondern die Anzahl der Buchstaben zu nennen. Der Mann am Burgtor in Altena, das übrigens die passende Kulisse für das Rätsel abgegeben hat, wusste das offenbar nicht."

Alexander fühlte sich plötzlich auf eigenartige Weise erleuchtet. „Der Mörder hat ihm das Rätsel gestellt, er hat die falsche Antwort gegeben und dann wurde er umgebracht. Die richtige Lösung hat der Täter dann im Mund des Opfers versteckt."

„Und jeweils einen Hinweis auf den nächsten Tatort. In diesem Fall ein Ästchen mit Blättern dran, das uns zum nächsten Opfer im Wald etwas unterhalb der Burg führt", fuhr Professor Augustin fort.

„Das Rätsel, das dem Toten hier gestellt wurde, ist unter Philosophen ebenfalls gut bekannt, es heißt *Forscher im Regenwald* und es geht wie folgt: Ein Urwaldforscher wurde eines Tages von einem einheimischen Stamm gefangen genommen. Es stellte sich heraus, dass dieser Stamm aus Kannibalen bestand, die ihn töten und verspeisen wollten. Sie sagten zu ihm, dass es von seiner nächsten Aussage abhängig sei, wie sie ihn zubereiten würden: Entsprächen seine nächsten Worte der Wahrheit, so würden sie ihn kochen. Sollte er allerdings lügen, dann würden sie ihn grillen. Der Forscher sagte etwas, das ihm das Leben rettete, und das hätte vermutlich auch dem zweiten Opfer das Leben gerettet." Augustin zeigte auf ein weiteres Foto auf dem Schreibtisch, auf dem der Zettel mit der Antwort abgebildet war, die sie im Mund des zweiten Opfers gefunden hatten.

„Ihr werdet mich grillen", las Hellmann vor.

„Ganz genau, dieser Satz hat dem Forscher im Regenwald das Leben gerettet", kommentierte der Professor. „Und in der Leiche haben sie offenbar einen Hinweis auf den nächsten Tatort gefunden, und zwar einen kleinen Galgen. Eindeutiger kann man einen Mord auf dem Galgenberg wohl nicht ankündigen und so kommen wir auch zum dritten Opfer."

„Passenderweise wurde das Opfer dort auch noch erhängt aufgefunden. In diesem Fall waren es aber darüber hinaus auch die schwarzen und weißen Kiesel, die um den Toten herum gefunden wurden. Also zum Rätsel: In einer antiken Stadt war es üblich, den zum Tode verurteilten Dieben eine letzte Chance zu geben, um ihr Leben zu retten. Dabei mussten sie aus einem Säckchen einen Stein ziehen. Im Säckchen befanden sich ein weißer und ein schwarzer Stein. Zog der Dieb den weißen Stein, so gewährte man ihm die Freiheit, zog er hingegen den schwarzen Stein, so wurde er gehängt. Eines Tages wurde dem König dieser Stadt einer seiner kostbarsten Diamanten gestohlen. Als man den Dieb gefasst hatte, wollte der König sichergehen, dass dieser am Galgen hängt. Er befahl dem Henker heimlich, zwei schwarze Steine ins Säckchen zu legen. Am nächsten Tag ging der König mit seinem Gefolge und dem zum Tode Verurteilten zum Galgen, um ihn einen Stein ziehen zu lassen, damit er endlich gehängt werden konnte. Um den

Galgen lagen überall schwarze und weiße Steine. Der Henker las zwei von ihnen auf – aber der Verurteilte konnte sehen, dass er zwei schwarze Steine in das Säckchen legte. Er hatte den Strick schon um den Hals, als ihm die rettende Idee kam: Er zog einen Stein und verschluckte ihn. Um zu überprüfen, welchen Stein er gezogen hatte, musste der Sack nun geöffnet werden. Und siehe da: Der Stein im Sack war schwarz. Da der König nicht zugeben konnte, dass er zwei schwarze Steine in den Sack hatte legen lassen, musste er den Dieb freilassen. Unser Toter auf dem Galgenberg war offenbar wie die beiden anderen vor ihm nicht auf die Lösung seines Rätsels gekommen, die auch wieder in seinem Mund war." Augustin zeigte auf das Foto mit dem Zettel, auf dem *Der König konnte es nicht zugeben* stand.

Alexander fand die Rätsel, die Professor Augustin vortrug, immens interessant. Es ergab für ihn jedoch keinen Sinn mehr mitzuraten, da er die Lösungen durch die Zettel, die der Mörder hinterlassen hatte, schon kannte. „Bleibt also noch unser Opfer Nummer 4", sagte er.

„Richtig." Professor Augustin nahm das letzte aufgeschlagene Buch vom Schreibtisch. „Der Hinweis auf den Tatort, den Sie beim dritten Opfer gefunden haben, war recht einfach. Der Marterpfahl konnte nur auf Elspe hindeuten, den Ort der Karl-May-Festspiele. Wieder handelte es sich um einen passenden Rahmen für ein Rätsel, und zwar *Gefangen am Marterpfahl:*

Drei Forscher wurden von einem Indianerstamm gefangen genommen. Mit verbundenen Augen wurden sie hintereinander an drei Marterpfähle gebunden, die in einer Reihe standen. Dann wurden ihnen die Augenbinden wieder abgenommen. Der Indianerhäuptling stellte ihnen folgende Aufgabe: ‚Der Vordere von euch sieht keinen Marterpfahl, der Mittlere sieht nur den Marterpfahl des Vorderen und der Hintere kann nur die Marterpfähle der anderen beiden sehen. Wir besitzen fünf Marterpfähle: zwei rote und drei schwarze. Derjenige von euch, der mir die Farbe seines Marterpfahles sagen kann, wird freigelassen. Sollte er allerdings falschliegen, so wird er getötet. Fünf Minuten später kommt der vordere Forscher auf die richtige Lösung und wird freigelassen. Was also ist die richtige Farbe?“ Professor Augustin schaute Hellmann und Alexander herausfordernd an. Alexander warf einen Blick auf das Foto mit der Botschaft, die auf der Rückseite des Schnipsels vom Vorlesungsverzeichnis stand. „Beide schweigen“ stand darauf, doch das war keine Antwort auf die Frage. Professor Augustin ließ die beiden Beamten eine Weile überlegen, bis er sich schließlich erbarmte. „Der Marterpfahl ist schwarz“, sagte er.

„Wie ist der vordere Forscher darauf gekommen?“, fragte Hellmann.

„Das beantworte ich Ihnen gern“, sagte Professor Augustin. „Der vordere Forscher hatte folgende Überlegung: Wenn sein Marterpfahl rot wäre, gäbe es zwei Möglichkeiten: Erstens, der Marterpfahl des mittleren Forschers ist ebenfalls rot. Dann hätte der hintere Forscher sofort gewusst, dass sein Pfahl schwarz sein muss. Zweitens, der Marterpfahl des mittleren Forschers ist schwarz. Dann hätte der hintere Forscher nicht sagen können, welche Farbe sein Marterpfahl hat. Aus diesem Schweigen hätte der mittlere Forscher schließen können, dass sein Marterpfahl schwarz ist. Da beide jedoch schweigen, musste sein Marterpfahl schwarz sein, denn dann kann keiner der beiden anderen wissen, welche Farbe sein eigener Marterpfahl hat.“

Hellmann benötigte einen Augenblick, um Augustins Lösung folgen zu können. Ebenso Alexander, der ziemlich beeindruckt war. „Kennen Sie die Rätsel?“, fragte er.

„Die vier genannten kannte ich, das sind absolute Standards im Philosophie-Studium“, antwortete der Professor.

„Die vier toten Männer kannten die Rätsel auf jeden Fall nicht. Wir müssen also davon ausgehen, dass der Mörder die Opfer entführt, ihnen jeweils ein Rätsel gestellt und sie, wenn sie es nicht beantworten konnten, umgebracht hat“, schlussfolgerte Hellmann.

„Das klingt plausibel. Und die Lösungen hat er ihnen dann zum Schluss noch in Form eines Zettels mit auf die letzte Reise gegeben“, sagte Alexander. „Wir müssen uns nun fragen, ob der Täter ein weiteres Mal zuschlagen wird.“

„Nun, ich gehe davon aus, dass er es tun wird. An weiteren Rätseln wird es zumindest nicht scheitern, davon gibt es jede Menge.“ Professor Augustin zeigte auf die teilweise recht dicken Bücher auf dem Schreibtisch vor sich.

„Ehrlicherweise glaube ich auch, dass Opfer Nummer vier nicht das letzte gewesen sein wird. Hinweise haben wir auch gefunden.“ Alexander zeigte dem Professor ein Foto der kleinen Hacke, mit der Rolf Jahnke umgebracht wurde und auch eines der kleinen Bröckchen, die vor seinen Füßen gelegen hatten.

„Das ist interessant.“ Augustin betrachtete die Gegenstände und dachte angestrengt nach.

„Hast du eine Idee, was das bedeuten könnte?“, fragte Hellmann.

„Gehen wir einmal logisch an die Sache heran. Die Gegenstände, die bei den vier ersten Opfern gefunden wurden, waren immer Hinweise auf den nächsten Tatort. Es handelt sich um geografische Hinweise, wenn man so will: Der kleine Zweig deutete auf einen Wald hin, der Galgen auf den Galgenberg, der Marterpfahl auf die Karl-May-Festspiele. Bei der kleinen Hacke und den Steinchen können wir also vermutlich davon ausgehen, dass sie auf den nächsten Tatort hinweisen“, erklärte Professor Augustin.

„Wenn das stimmt und wir finden heraus, wo das ist, dann sind wir dem Täter endlich einen Schritt voraus. Wir müssen nur noch herausfinden, auf welchen Ort genau die Gegenstände hinweisen.“ Alexander war aufgeregt, eventuell war das ihre Chance, den Mörder zu fassen, bevor er das nächste Opfer umbringen konnte.

„Sie müssen wissen, dass der Bergbau im Sauerland eine lange Tradition hat. Der Bergbau war eine der Grundlagen der vorindustriellen wirtschaftlichen Entwicklung der Region bis teilweise ins frühe 20. Jahrhundert. Die ersten Anfänge lassen sich sogar bis in die frühe römische Kaiserzeit zurückverfolgen. In dieser Zeit wie auch im Mittelalter war der Blei- und Kupferbergbau von großer Bedeutung. In der frühen Neuzeit trat dann der Eisenbergbau in den Vordergrund. Ich glaube, dass die kleinen Bröckchen und die Hacke als typisches Bergmannswerkzeug auf ein Bergwerk als nächsten Tatort hinweisen“, sagte der Professor.

Hellmann machte ein abfälliges Geräusch. „Ein Bergwerk? Es gibt hunderte stillgelegte Bergwerke im Sauerland. Die alle zu kontrollieren oder überwachen würde Tage dauern. Ach was, Wochen! Und wenn man sich die Abstände zwischen den letzten Morden anschaut, kann der Täter jeden Tag, jede Stunde erneut zuschlagen.“

Alexander gab seinem Kollegen recht. „Das ist tatsächlich unmöglich. Und es ist umso schwieriger, weil wir dem Mörder zuvorkommen möchten. Und auf einen Glückstreffer zu hoffen, kommt nicht in Frage.“

„Das stimmt natürlich. Wir müssen jedoch bedenken, dass unser Täter klug ist. Ich glaube, dass die Hinweise, die er hinterlassen hat, den Tatort weiter eingrenzen“, sagte der Professor.

„Und wie?“, fragte Hellmann skeptisch.

Der Professor nahm ein Foto vom Fundort des letzten Opfers in Elspe. „Die Antwort liegt, glaube ich, in diesen Bröckchen.“ Augustin zeigte auf die Steinchen, die auch schon Alexander zu Füßen der Leiche von Rolf Jahnke aufgefallen waren. „Ich habe schon erwähnt, dass in den Bergwerken im Sauerland unterschiedliche Minerale abgebaut wurden. Eisen, Kupfer, Blei, Ton, Kohle, Silber und noch ein paar andere Bodenschätze. Wenn wir wissen, um was es sich bei den Bröckchen handelt, können wir noch genauer den womöglich nächsten Tatort bestimmen.“

„Alles klar, ich besorge Ihnen die Steinchen.“ Hellmann machte sich zum Aufbrechen bereit, was ihm sehr gelegen schien. Alexander hatte bereits die ganze Zeit den Eindruck gehabt, als wollte er der Situation entfliehen, was ihm irgendwie eigenartig vorkam.

„Warten Sie, Herr Hellmann. Bitte bleiben Sie hier beim Professor. Ich werde mich um eine Probe der Steinchen kümmern, ich bin in einer Stunde zurück", sagte Alexander.

Hellmann schien tatsächlich nicht begeistert zu sein, kam Alexanders Bitte jedoch nach. „Dann sehen wir uns später", verabschiedete er sich..

Alexander machte sich auf den Weg zu den Kollegen von der Kriminaltechnik. Friedhelm Banken und sein Team waren in der Zwischenzeit mit Sicherheit vom Tatort in Elspe zurückgekehrt und hatten bereits mit der Auswertung und Aufarbeitung der Spuren begonnen. *Einen der besagten Bröckchen mitzunehmen, dürfte kein Problem darstellen,* mutmaßte er. Alexander nutzte die kurze Autofahrt, um beim Landeskriminalamt eine kleine Recherche in Auftrag zu geben. Die Kriminalkommissarin Rebekka Daubner begrüßte ihn am Telefon freundlich und erkundigte sich sogleich danach, wie die Ermittlungen in der Provinz vorangingen.

„Zwischendurch lief es etwas schleppend, aber jetzt gerade haben wir wieder eine heiße Spur, deswegen rufe ich an", antwortete Alexander. „Du brauchst dazu allerdings Unterlagen aus dem Kultusministerium, es geht um eine ältere Klassenliste des Burggymnasiums hier in Altena", erklärte Alexander. Er hatte sich den Namen der Schule gemerkt, den Professor Augustin zuvor beiläufig erwähnte.

„Warum fragst Du nicht direkt bei der Schule nach. Wenn du dich als LKA-Ermittler ausgibst, müssen die dir die Liste aushändigen", sagte Rebekka Daubner.

„Das ist mir klar, aber ich möchte gar nicht, dass die beim Gymnasium hier etwas mitbekommen. Vorerst zumindest. Aus ermittlungstaktischen Gründen, verstehts du? Hier in Altena scheint jeder jeden zu kennen und Informationen breiten sich sehr schnell aus. Deshalb der direkte Weg über das Kultusministerium."

„Okay, was brauchst du?"

„Alle Namen aus der Abiturklasse von 1995. Und die Namen aller Lehrer, die zu der Zeit an dem Gymnasium unterrichtet haben", sagte Alexander.

„Ich bin mir nicht sicher, dass das heute noch was wird, sorry", entschuldigte sich die Kollegin vorsorglich.

„Das ist okay, vielen Dank. Morgen wäre auch völlig ausreichend, bis dahin habe ich auch noch zu tun. Ich bin mir ehrlicherweise auch gar nicht sicher, ob ich so scharf darauf bin, die Liste zu sehen. Sollte ich mit meiner Vermutung recht haben, werden die Ermittlungen hier eine ziemlich scheußliche Wendung nehmen."

Kapitel 14

Professor Augustin und Bernd Hellmann schauten einander stumm an.

„Und? Willst du jetzt was sagen?“, durchbrach Augustin die Stille.

„Ich wüsste nicht, was ich zu sagen hätte. Außerdem ist es manchmal besser zu schweigen, wie man ja gerade gesehen hat“, erwiderte Hellmann.

„Ich habe keine Ahnung, was du meinst.“

„Ich helfe dir gern auf die Sprünge: Du hast meinem Kollegen, seines Zeichens Ermittler beim Landeskriminalamt, gerade mitgeteilt, dass wir beide auf derselben Schule waren“, sagte Hellmann empört.

„Ich wusste nicht, dass das ein Geheimnis ist. Verschweigst du deinem Kollegen etwas?“, sagte Augustin irritiert.

„Nein. Es ist auch kein Geheimnis. Aber Hoorn hat sowieso schon ein komisches Gefühl, weil ich alle Mordopfer kenne“, antwortete Hellmann.

„Die Welt ist nun mal klein. Insbesondere hier im Sauerland, das solltest du am besten wissen“, gab der Professor zu bedenken.

„Soso, das ist also dein Kommentar dazu. Wenn du die Namen der Opfer erfährst, denkst du darüber vielleicht anders.“

„Natürlich habe ich die Namen bereits mitbekommen, na und?“ Der Professor zuckte mit den Schultern.

„Frank? Edgar? Bastian? Und heute Morgen Rolf? Klingelt da was?“, gab Hellmann zu bedenken.

Augustin schüttelte den Kopf. „Wie du vorhin so treffend formuliert hast: Das ist doch schon gar nicht mehr wahr. Ich habe ein reines Gewissen.“

„Ein reines Gewissen also. Und warum hast du Hoorn dann vorhin gesagt, dass du die Namen der Mordopfer nicht kennst, weil du angeblich keine Medien konsumierst?“

Der Professor kam nicht in die Verlegenheit, auf Hellmanns Frage antworten zu müssen, da Alexander einen Moment später den Raum betrat. Die beiden ehemaligen Schulkameraden taten so, als hätte die vorangegangene Unterhaltung nicht stattgefunden, während Alexander sich zu ihnen setzte.

„Ich hoffe, Sie haben mich noch nicht vermisst?“ Alexander blickte zu Hellmann, der erst verlegen wegschaute und dann mit einem seichten „keine Sorge“ antwortete.

„Ich habe eines der Bröckchen besorgt, die wir beim Opfer in Elspe gefunden haben.“ Alexander legte ein Bündel auf den Tisch und schlug das Stofftuch zur Seite. Auf dem Tisch lag ein hellgelber Brocken. Friedhelm Banken hatte ihn einmal unter das laufende Wasser gehalten und den gröbsten Dreck abgespült, sodass das Mineral jetzt matt schimmerte. Alexander hatte einen solchen Stein noch nie gesehen. Professor Augustin dagegen offenbar schon. Er nahm den Brocken und wog ihn in der Hand. „Das hatte ich gehofft“, sagte er. Dann tat Augustin etwas, das Alexander ein wenig irritierte. Er streckte die Zungenspitze heraus und berührte damit ganz leicht das Mineral. „Eindeutig“, bemerkte er. „Es handelt sich um Alaun. Das ist gut für uns.“

Hellmann machte einen angewiderten Gesichtsausdruck. „Warum ist das gut für uns?“, hakte er nach.

„Das erleichtert uns die Suche. Wenn es Blei gewesen wäre, hätten wir uns zwischen dutzenden Bergwerken entscheiden müssen. Alaun wurde in weitaus weniger Minen abgebaut. Genau genommen waren es im gesamten Sauerland nur zwei: Arnsberg und Brilon“, erklärte Augustin.

Die möglichen Tatorte auf zwei Stück eingrenzen zu können, war viel mehr, als Alexander zu hoffen gewagt hatte. „Perfekt, das ist gut.“ Er wandte sich an Hellmann: „Wir müssen zwei Teams aussenden, die die Bergwerke in Arnsberg und Brilon ab jetzt rund um die Uhr beobachten und im Notfall eingreifen. Denken Sie daran, dass die Leute sich versteckt halten, wir müssen den Täter auf frischer Tat ertappen, damit wir später vor Gericht etwas in der Hand haben. Bitte kümmern Sie sich schnellstmöglich darum. Die Teams müssen sofort ausrücken. Vielleicht schlägt der Täter heute Nacht ein weiteres Mal zu.“

Hellmann verließ den Raum, was ihm sehr gelegen kam. Er hatte seiner Ansicht nach ohnehin schon zu viel Zeit mit seinem ehemaligen Schulfreund verbracht. Die Vergangenheit war nun mal die Vergangenheit. Manche Freundschaften gingen halt zu Bruch und Hellmann hatte nicht vor, die zu Augustin wieder aufleben zu lassen.

Während Hellmann Teams mit jeweils 5 Beamtinnen und Beamten nach Brilon und Arnsberg aussandte, nahm Alexander sich ein paar Minuten, um sich beim Professor für seine Hilfe zu bedanken.

„Woher kennen Sie sich eigentlich so gut mit der Geschichte des Bergbaus aus?“, fragte er.

„Das kommt davon, wenn man schon so lange in der Region lebt. Ich habe jegliches Wissen schon immer aufgesaugt wie ein Schwamm. Ich lese unglaublich viel und habe zum Glück auch die Zeit dazu. Das ist einer der Vorteile, wenn man keine Familie hat“, antwortete der Professor. Alexander erfuhr, dass der Professor geschieden war und seitdem mit der Frauenwelt abgeschlossen hatte. „Ich bin einfach nicht für Beziehungen geschaffen und bin auch ganz gern mal allein. Apropos allein: Brauchen Sie mich noch?“

„Ich glaube nicht, ich habe schon viel zu viel Ihrer Zeit in Anspruch genommen. Wenn Sie mir Ihre Handy-Nummer für Rückfragen geben, wäre das allerdings sehr freundlich.“

„Ich gebe Ihnen meine Festnetz-Nummer. Ein Handy besitze ich aus Prinzip nicht. Ich möchte nicht, dass irgendein Geheimdienst am Ende alles mithört, was ich sage oder immer über meinen Standort Bescheid weiß.“ Augustin kritzelte seine Festnetznummer und auch gleich die Adresse auf ein Stück Papier und gab es Alexander, bevor er sich auf den Weg nach Hause machte.

Alexander konnte nichts anderes tun, als zu warten. Aber worauf? Auf den erlösenden Anruf von einem der beiden Teams, dass sie den Täter geschnappt hatten. Diese Vorstellung war fast zu schön, um wahr zu sein. Er setzte sich in Hellmanns Büro und stellte sich vor, wie die Mordserie vielleicht schon heute Nacht endete. Doch vermutlich würde er nicht so viel Glück haben. Es bestand immerhin die

Möglichkeit, dass Professor Augustin mit seiner Vermutung komplett danebenlag. Die Alaunbrocken waren vielleicht gar keine richtigen Hinweise. Andererseits bewiesen die vorangegangenen Mordfälle, dass der Mörder keine bedeutungslosen Gegenstände am Tatort hinterlassen hatte, sondern alles irgendwie einen Sinn hatte.

„Verdammt noch mal…“, sagte er wie aus dem Nichts. Ein böser Verdacht beschlich ihn und er erhob sich langsam von seinem Stuhl.

Hellmann kam herein. „Ist alles in Ordnung bei Ihnen?“, fragte er.

„Gerade bin ich mir unsicher, wie ist es bei Ihnen?“

„Die beiden Teams sind instruiert und unterwegs. Vielleicht teilen wir beide uns auf: Einer fährt mit nach Arnsberg, der andere nach Brilon?“, schlug Hellmann vor.

Alexander schüttelte den Kopf. „Nein, wir können dort ohnehin nichts tun. Erst wenn sich eines der Teams meldet, mache ich mich auf den Weg. Für Sie habe ich eine andere Aufgabe.“

„Wie Sie meinen, was soll ich tun?“

„Bitte fahren Sie nach Hagen und beschatten Sie Professor Augustin.“

Hellmann dachte, er hätte sich verhört. „Gehört der Professor jetzt zu den Verdächtigen? Wir haben ihn doch heute Nachmittag erst um Hilfe bei der Aufklärung der Mordfälle gebeten.“

„Der Professor zählt nicht zu den Verdächtigen. Im Gegenteil, ich möchte nicht, dass er vielleicht das nächste Mordopfer wird“, erklärte Alexander.

„Besteht denn da die Gefahr?“

„Ich weiß nicht. Mir ist gerade nur klar geworden, dass unser Täter keine Hinweise an den Fundorten der Leichen zurückgelassen hat, die keine Bedeutung haben. Vielleicht hat der Schnipsel vom Vorlesungsverzeichnis etwas zu bedeuten. Vielleicht soll der Fetzen Papier uns einen Hinweis auf den Professor als nächstes Opfer geben. Es kann natürlich sein, dass das ein Hirngespinst ist, aber ich möchte auf Nummer sicher gehen. Parken Sie am besten irgendwo vor Augustins Wohnung und verhalten Sie sich unauffällig. Wir sollten ihm selbst auch nicht sagen, dass wir ihn überwachen, er findet die Gedanken, potenziell von Geheimdiensten ausgespäht zu werden, schon fürchterlich."

Das wird eine lange Nacht, dachte Alexander, als Hellmann das Büro verließ. *Eventuell finde ich hier irgendwo ein Sofa oder eine Isomatte. Das ist zwar nicht so gemütlich wie mein Bett in Düsseldorf, aber besser als nichts.*

Ein Beamter klopfte an die Tür und kam herein. „Herr Hoorn, hier ist jemand, der Sie sprechen möchte."

Alexander hob erstaunt den Kopf. *Ach, den hatte ich ganz vergessen,* dachte er, als sein Gast hereinkam und sich hinsetzte. Es war der Student mit der Kleidung von Yves Saint Laurent , der die Demonstration vor dem Sägewerk organisiert hatte. Eigentlich hatte er ihm mit der Vorladung nur ein wenig Angst machen wollen. Aber wenn der Mann schon mal hier war, konnte Alexander die Gelegenheit nutzen und ein wenig mehr über die Proteste in Erfahrung bringen.

„Schön, dass Sie es einrichten konnten", begrüßte Alexander den Mann, der sogleich die Arme verschränkte und eine unverständliche Antwort vor sich hin brummelte.

„Name, Alter, Wohnort und Beruf bitte“, sagte Alexander.

„Philipp Mittelstedt, 25 Jahre, Student aus Hagen.“

„Welches Fach studieren Sie?“

„Philosophie“, antwortete Mittelstedt.

Philosophie. Alexander merkte auf.

„Sie sind also Wortführer der Proteste vor dem Sägewerk. Wie kamen Sie dazu?“, fragte Alexander.

„Wir müssen unsere Umwelt und unsere Wälder schützen. Das Sägewerk ist ein Klimakiller“, antwortete Mittelstedt.

Alexander stutzte. „Holz ist klimaneutraler Baustoff, der das Kohlendioxid aus der Luft bindet und hier in Deutschland nachhaltig geerntet wird. Bitte erklären Sie mir, wie das Sägewerk ein Klimakiller sein kann?“

Obwohl Alexander kein Experte auf dem Gebiet war, brachte er Mittelstedt in Erklärungsnot. Der fing plötzlich an zu weinen.

Ach du je, dachte Alexander und fragte sich, was plötzlich mit dem toughen Anführer vor dem Sägewerk passiert war.

„Ich gebe es zu, ich gebe es ja zu. Ich wurde zu dem Protest angestiftet“, schluchzte Mittelstedt.

„Von wem wurden Sie angestiftet?“

„Da war so ein Chinese. Er hat mir Geld dafür geboten, dass ich mit ein paar Freunden vor dem Betrieb demonstriere“, schluchzte Mittelstedt.

Alexander reichte ihm ein Taschentuch. „Hat er gesagt, warum Sie dort demonstrieren sollten?“

Mittelstedt schüttelte den Kopf.

„Wieviel haben Sie denn bekommen?“, fragte Alexander.

„1000 Euro.“

Erst dachte Alexander, er hätte sich verhört. „Ich möchte Ihnen nicht zu nahe treten, aber wenn ich sehe, dass Sie teure Markensachen tragen, dürften 1000 Euro für Sie nicht viel Geld sein."

„Das stimmt, aber ich wollte einmal selbst etwas verdienen. Damit ich meinen Eltern zeigen kann, dass ich nicht von ihnen abhängig bin. Seit 25 Jahren denken die, dass ich ohne sie nicht klarkomme. Ich wollte ein Zeichen setzen", erklärte Mittelstedt.

„Ich denke, das ist Ihnen gelungen. Naja, einen Rat für die Zukunft möchte ich Ihnen mitgeben: Wenn Sie Geld verdienen möchten, suchen Sie sich einen ordentlichen Job." Alexander geleitete Mittelstedt zur Tür. Er war sicher, dass die Protestaktion vor dem Sägewerk nichts mit dem Mord an Rolf Jahnke oder den anderen Männern zu tun hatte. Die chinesischen Investoren hingegen würde er sich eventuell noch einmal vorknöpfen müssen.

Kapitel 15

Hellmann hatte sich seinen Feierabend weiß Gott anders vorgestellt. Die Sonne war bereits komplett hinterm Horizont verschwunden und anstatt zu Hause seinen Feierabend zu genießen, steckte er auf der A46 im Stau fest. Das war umso ärgerlicher, weil Hagen nur noch eine Ausfahrt entfernt lag. Eine Viertelstunde später ging es endlich weiter und Hellmann gelangte zügig zur Adresse von Augustin.

Tatsächlich hatte Hellmann bereits so lange keinen Kontakt zu seinem ehemaligen Schulfreund gepflegt, dass er nicht wusste wo, geschweige denn wie er wohnte. Bald stellte sich heraus, dass Augustin ein zwar großes, aber nicht protziges Einfamilienhaus in einem schicken Viertel Hagens bewohnte. Hellmann stellte seinen Wagen ein Stück die Straße runter ab. Von dort aus hatte er einen guten Überblick, wurde aber umgekehrt von Augustin im Haus aus nicht sofort gesehen. Da es inzwischen dunkel und die Straße von wenigen Laternen nur spärlich ausgeleuchtet war, machte er sich um Letzteres sowieso eher keine Sorgen.

Hellmann drehte den Zündschlüssel um und lehnte sich zurück. Das Haus war dunkel, Augustin war noch nicht zurückgekehrt. *Er ist vermutlich noch bei der Arbeit in der Universität.*

Dann ist er wenigstens nicht der Einzige, der einen langen Tag hat. Hellmann fragte sich, was er hier eigentlich sollte. Obwohl ihn die Herangehensweise von

Alexander Hoorn meistens beeindruckte, bezweifelte er, dass es gerechtfertigt war, ihn hierherzuschicken. *Glaubt er wirklich, dass jemand ausgerechnet heute Abend dem Professor etwas antun möchte?* Hellmann jedenfalls glaubte nicht daran und am liebsten hätte er ein Nickerchen gemacht. *Ich könnte tatsächlich eine Runde schlafen. Augustin ist noch nicht zurück und Hoorn wird es nicht auffallen.* Hellmann entschied sich gegen das Nickerchen und ließ stattdessen die Scheibe ein Stückchen herab, um frische Luft hereinzulassen. Als auch das nichts half, stieg er aus und vertrat sich ein paar Minuten die Beine. Als am Ende der Straße plötzlich zwei Scheinwerfer auftauchten, setzte er sich zügig wieder ins Auto. Tatsächlich näherte sich Augustins Volvo, den er kurze Zeit später auf die Garagenauffahrt lenkte. Der Professor stieg aus und schaute sich um. Hellmann versank tiefer im Sitz. Auch wenn er nicht glaubte, dass Augustin ihn von hier aus sehen konnte, ging er kein Risiko ein. Er entspannte sich, als Augustin im Haus verschwand.

Die Lichter im Flur, in der Küche und im Wohnzimmer gingen an. Hellmann vermutete, dass Augustin, nachdem er die Jacke abgelegt hatte, es sich im Wohnzimmer gemütlich machte. Tatsächlich wurde das Licht dunkler und durchs Fenster war das typische Flimmern des Fernsehers erkennbar. Hellmann schaute auf die Uhr, vermutlich schaute der Professor gerade die Tagesschau. Dann fiel ihm wieder ein, dass Augustin angeblich gar keine Medien konsumierte.

Draußen auf der Straße war nicht viel los. Ab und zu gingen Leute vorbei, die gerade ihren Hund ausführten, bis es gegen 23 Uhr komplett still wurde.

Gegen Mitternacht ging das Flimmern des Fernsehers aus und Professor Augustin machte sich auf ins Bett. Außerdem meldete sich Alexander Hoorn aus Altena, um sich eine Statusmeldung geben zu lassen und Hellmann mitzuteilen, dass die Teams, die die Stellung bei den Bergwerken in Brilon und Arnsberg hielten, keine besonderen Vorkommnisse meldeten. Für Hellmann war das umso frustrierender. *Was soll ich jetzt eigentlich noch hier? Vielleicht ist die Mordserie ja auch vorbei.*

Plötzlich erschien ein Lichtkegel. Ein Lieferwagen bog in die Straße ein, bewegte sich dann im Schritttempo vorwärts und stoppte etwa eine halbe Minute vor Augustins Haus. Hellmann konnte die Person hinterm Steuer nicht erkennen, merkte sich jedoch das Kennzeichen des Fahrzeugs, das schließlich weiterfuhr. Vorsorglich machte Hellmann sich wieder so klein wie möglich und als der Wagen sein Dienstfahrzeug passierte, glaubte er, dass der Fahrer ihn nicht gesehen hatte. *Wie ein bescheuerter Teenager, der Angst vor der Polizei hat, muss ich mich hier verstecken, das ist doch scheiße,* dachte er. *Wie lange soll ich eigentlich hier Wacheschieben? Hoorn erwartet doch wohl nicht, dass ich die ganze Nacht hierbleibe, oder?*

Hellmann checkte die Straße und entschied, kurz austreten zu gehen. Ein Gebüsch in der Nähe eignete sich hervorragend dazu, sodass er entspannt die Hose öffnete und seine Notdurft verrichtete.

Er zog gerade den Reißverschluss wieder hoch, als er ein Rascheln hinter sich hörte. Noch bevor er schauen konnte, ob jemand hinter ihm war, spürte er einen Schlag auf seinen Hinterkopf und sackte zusammen. Hellmann war nicht komplett ausgeknockt. Wie in Watte gepackt nahm er noch wahr, wie er auf den nicht allzu harten Boden aufprallte und danach über den kalten Bürgersteig zurück zu seinem Auto gezogen wurde. Hellmann wollte etwas sagen, protestieren und sich wehren, aber er hatte keine Kraft dazu. Tatenlos musste er es über sich ergehen lassen, wie derjenige, der ihn niedergeschlagen hatte, ihn mit einigem Aufwand in den Kofferraum wuchtete. Bevor die Klappe sich über ihm schloss, meinte er die Worte „Noch nicht" aus dem Mund des Mannes zu hören. Dann sah er nichts mehr. Hellmann fiel in eine tiefe Ohnmacht mit einem Traum aus seiner Vergangenheit. Die Vergangenheit, die er mit Augustin teilte und die er rückblickend oft als beste Zeit seines Lebens betrachtete. Bis zu jenem Tag, an dem sich alles ändern sollte.

Kapitel 16

Altena, 1990

Norbert Augustin hockte auf einem großen Findling und beobachtete das große rote Backsteinhaus auf der gegenüberliegenden Straßenseite. Sein Herz klopfte und er versuchte sich krampfhaft mit allerlei Fragen abzulenken. *Wann wurde das Gebäude wohl gebaut? Wie groß ist es? Wie viele Fenster hat es? Ist jemand in der Nähe, er mich sehen könnte? Wie viele Leute leben dort?* Die letzte Frage war unnötig, da er sie bereits selbst beantworten konnte: Ein alter Mann lebte hier und Norbert fragte sich jedes Mal, wenn er ihn sah, wie die gebrechliche Gestalt es schaffte, den großen Garten auf der Rückseite des Hauses allein in Schuss zu halten.

Augustin und die anderen Jungs wussten nicht viel von dem alten Mann. Nur so viel, dass er Albert mit Nachnamen hieß, dass er es bevorzugte, allein zu leben und dass er das anderen Menschen auch auf teils rabiate Art zu verstehen gab. Herrn Alberts Haus stand wohl nicht umsonst so weit von jeglicher anderer Bebauung entfernt. Außerdem hatte es schon viele Vorfälle gegeben, in die er verwickelt war. Die Tatsache, dass der Greis jeden auf das Übelste beschimpfte, der sich seinem Haus näherte, oder völlig ausrastete, wenn man den kleinen Wanderweg beschritt, der seitlich an seinem Garten entlangführte, bildete da noch die harmloseren Beispiele. Ein paar

Mal hatte er Spaziergängern sogar schon mit dem Tode gedroht. Während eines Vorfalls, bei dem zwei Spaziergänger die Schimpftiraden des Alten nicht einfach so über sich ergehen lassen wollten und anfingen zu diskutieren, holte er kurzerhand seine Schrotflinte aus dem Haus und zielte auf die beiden. Das war das einzige Mal, bei dem die Polizei bei Herrn Albert auf der Matte stand, was jedoch ohne Konsequenzen blieb. Er durfte seine Jagdwaffen behalten und änderte auch sein Verhalten nicht. In dem Wissen, sich unter Umständen beim Spaziergang eine Ladung Schrot einzufangen, mieden Spaziergänger fortan das Haus und den Wanderweg. Nur ab und zu verirrten sich fremde Wanderer in die Nähe des Hauses und wurden schroff in die Flucht getrieben.

Und hier steh ich nun also wenige Meter von dem Haus entfernt. In dem Wissen, dass der Alte mich vermutlich in diesem Moment durch eines der Fenster beobachtet und vielleicht sogar mit seiner Schrotflinte auf mich zielt.

Augustin versuchte sich wieder zu beruhigen. *Er hat mich bestimmt noch nicht gesehen. Andernfalls hätte er mich schon längst angeschrien oder schlimmer noch angeschossen. Und selbst wenn er mich gesehen hat, es nützt nichts, ich muss in den Garten. Und zwar jetzt, heute Nachmittag.*

Die Jungs hatten ihm gesagt, dass die Mutprobe genau heute stattfinden musste. Kein Absagen, kein Aufschieben, ansonsten war's das mit der Aufnahme in den Club. Nach dieser Ansage hatte Augustin sich oft die Frage gestellt, ob es das wert war: Sein Leben zu riskieren, nur um Teil einer Vereinigung zu sein, die aus sehr exklusiven, angesagten Leuten besteht. In seinem zarten Alter von 15 Jahren war er immer wieder zum selben Schluss gekommen: Ja.

„Gestern Nacht, als der Alte tief und fest geschlafen hat, haben wir eine Blechdose in seinem Gartenhäuschen platziert. Deine Aufgabe besteht darin, die Blechdose wieder herauszuholen und uns zu bringen. Wenn du das geschafft hast, bis du Mitglied im Club“, hatten sie ihm gesagt.

Eigentlich ist das wirklich nicht schwierig. Ich beeile mich einfach, spring über seinen Zaun, sprinte über den Rasen zum Gartenhaus, hole das Ding da raus und dann Hackengas. Er stand von seinem Findling auf und suchte unauffällig die Umgebung nach Spaziergängern ab. Niemand war in Sicht. *Der einzige Vorteil war, dass er alle immer sofort verscheucht.* Um nicht zu auffällig zu wirken, entschied Augustin sich dazu, ein Stück die Straße runterzugehen und sich dann von hinten dem Garten von Herrn Albert zu nähern, um nicht sofort von ihm gesehen zu werden. Trotz der Vorsichtsmaßnahme wurde er das Gefühl nicht los, dass der Greis ihn bereits auf dem Schirm hatte und jeden seiner Schritte beobachtete. *Egal. Solange ich nichts von ihm höre, mache ich weiter, als wäre nichts.*

Durch die ständige Nicht-Benutzung war der Wanderweg am Haus bereits so zugewuchert, dass man ihn nicht mehr beschreiten konnte, ohne sich an den hohen Disteln das Gesicht zu zerkratzen. Auch ohne die Disteln hätte Augustin sich von hinten an das Haus herangeschlichen. Auf der Wiese an der Rückseite stand hohes Gras, in dem er sich, wenn es nötig wurde, schnell verstecken konnte. Man musste nur aufpassen, dass es nicht zu sehr raschelte und die Halme sich nicht zu sehr bewegten. Während er sich langsam näherte, fühlte er sich wie ein Soldat auf einer geheimen Mission.

Bald war der Zaun in Sichtweite und aus seiner Deckung prüfte er sorgfältig den Garten. Die Rückseite des Gartenhäuschens bildete zusammen mit dem Zaun die hintere Grundstücksgrenze und war zum Greifen nah. Leider gab es jedoch keinen Hintereingang oder lose Bretter, die einen Zugang von hier aus ermöglicht hätten. *Ansonsten wäre die Mutprobe auch irgendwie witzlos,* dachte Augustin. Ihm blieb nur die Möglichkeit, in den Garten zu gelangen, das Häuschen zu umrunden und durch den Eingang, der leider zum Haus des Alten zeigte, ins Innere zu gelangen, wo er hoffentlich schnell die Blechdose finden würde.

Augustin robbte sich vor bis zum Zaun. Gerade als er aufspringen wollte, um über den Zaun zu klettern, kam der Alte aus dem Haus und begann durch den Garten zu flanieren. Er näherte sich dem Zaun so weit, dass Augustin seine Schritte hören konnte. Er machte sich ganz klein und war erleichtert, als Herr Albert sich zurück zum Haus bewegte. Leider ging er nicht hinein, sondern rückte sich einen Gartenstuhl zurecht und setzte sich für ein Mittagsschläfchen hin.

„Verdammter Mist“, fluchte Augustin, „das darf nicht wahr sein.“

Soll ich hier abbrechen? Oder morgen noch mal wiederkommen. Nein das geht nicht. Kein Abbrechen und kein Aufschieben, haben sie gesagt. Ich muss das heute durchziehen.

Augustin entschied sich zu warten, bis Herr Albert eingeschlafen war. *Alte Leute haben so einen tiefen Schlaf, dass er bestimmt nicht mitbekommt, wie ich über den Zaun steige und in das Gartenhäuschen gehe.*

Ängstlich beobachtete Augustin den schlafenden alten Mann auf der Terrasse. Als er 20 Minuten lang seine Augen nicht mehr geöffnet hatte, raffte Augustin sich auf. Mit einem großen Satz sprang er über den an einigen Stellen rostigen Maschendrahtzaun und versuchte, so sacht wie möglich im Beet auf der anderen Seite zu landen. Ängstlich schaute er zu Herrn Albert hinüber, der sich nicht regte. Augustin schlich zur Tür des Gartenhauses und drückte die Klinker herunter. *Scheiße, sie ist verschlossen.*

Seine Oma hatte den Schlüssel ihrer Laube immer auf dem Türrahmen versteckt, vielleicht war das auch hier der Fall? Tatsächlich fand er den Schlüssel und steckte ihn ins Loch. Mit einigem Kraftaufwand ließ sich das schwergängige Schloss öffnen. Kurz darauf musste Augustin feststellen, dass sich die Tür nur unter leichtem Quietschen öffnen ließ. Ängstlich zog er sie auf und schaute immer wieder voller Angst zum Alten auf die Terrasse. Er saß immer noch schlafend auf seinem Stuhl.

Zum Glück hat er nichts gehört. Augustin huschte in das Gartenhäuschen. *Scheiße, warum gibt es keine Fenster?* Ein Lichtschalter war auch nicht zu sehen. Er kramte in seiner Tasche herum und fand ein Feuerzeug. Im schwachen Licht der Flamme sah er die Unmengen von Gartengeräten und Krempel, die überall herumstanden. *Wie kann man auf nur vier Quadratmetern so viel Zeug haben?,* ging ihm durch den Kopf.

Das Objekt seiner Begierde stand in der Mitte des Häuschens auf dem Boden. Das silberne Blech der Dose glänzte ihm selbst im schwachen Feuerzeug-Licht entgegen. Geschwind bückte er sich und hob sie auf. Sie war leicht, vermutlich leer. *Warum sollte auch was drin sein? Und jetzt nichts wie raus hier.* Augustin lugte vorsichtig aus dem Türspalt – und bekam einen großen Schreck. Der Alte saß nicht mehr auf der Terrasse. *Sein Herz schlug ihm bis zum Hals. Was ist, wenn er mich gesehen hat? Dann bin ich erledigt!* Starr vor Angst blieb er an Ort und Stelle. Er konnte vor Aufregung lange Zeit keinen klaren Gedanken fassen. *Er muss doch gesehen haben, dass die Tür zum Gartenhäuschen ein Stückchen offen stand! Ich muss hier weg.* Er streckte seinen Kopf noch mal nach draußen, um sicherzugehen, dass er dem Alten nicht in die Arme lief, wenn er lossprintete. Dann stieß er die Tür auf – und kam nicht weit, da sich Herr Albert bereits mit der Schrotflinte im Anschlag neben der Tür postiert hatte. *Wie ist der so schnell dorthin gekommen?*

„Du hast wohl gedacht, ich seh dich nicht, Bürschchen, hä? Hast gedacht, du könntest einfach bei einem alten hilflosen Mann einbrechen und dich an seinen Sachen bedienen, ja?“, sagte Herr Albert.

Augustin begann zu stottern. „Nein, Entschuldigung, es tut mir leid, ich wollte nicht bei Ihnen einbrechen, das ist ein Missverständnis.“

„Was für ein Missverständnis soll das sein? Du bist ohne Erlaubnis auf mein Grundstück gekommen und hast etwas aus meinem Gartenhaus entwendet. Ich habe jedes Recht der Welt, dich hier zu erschießen! Was ist das da überhaupt, was du in der Hand hältst?“ Herr Albert kam Augustin immer näher und bohrte schließlich den Doppellauf der Flinte in seinen Oberarm.

„Das tut weh“, sagte Augustin, „und außerdem gehört diese Dose nicht Ihnen. Meine Freunde haben sie gestern Abend hier versteckt.“

„Ach die Kröten, die hier gestern Nacht noch auf meinem Grundstück unterwegs waren. Die sind genauso verblödet wie du, Freundchen. Die dachten, ich würde sie nicht sehen. Nur weil es dunkel war. Aber ich weiß immer ganz genau, wer sich hier rumtreibt. Ich hätte mir denken können, dass ihr noch mal wiederkommt. Du gehst jetzt mit mir ins Haus und dann rufe ich die Polizei, na los. Und versuche bloß keinen Quatsch zu machen."

Herr Albert trieb Augustin vor sich her wie ein Stück Vieh. *Der Alte darf auf keinen Fall die Polizei rufen, das gibt Riesenärger zu Hause. Wer sagt mir außerdem, dass er wirklich die Polizei benachrichtigen will. Was ist, wenn er mich im Haus erschießen und dann meine Leiche verschwinden lässt? Dem ist doch alles zuzutrauen. Ich muss hier weg.*

In einer einzigen schnellen Bewegung drehte Augustin sich um, schlug die Mündung der Flinte zur Seite und rannte los. Dabei stieß er mit dem überraschten Herrn Albert zusammen, der kurz taumelte und dann schreiend auf den Boden fiel. Obwohl die Strecke bis zum rettenden Zaun nur wenige Meter betrug, kam sie Augustin unendlich lang vor.

„Bleib stehen, du Bastard", fluchte Herr Albert, der auf dem Rasen lag und sich aufrappelte. Augustin dachte gar nicht daran, zu gehorchen. Der Zaun kam immer näher und Herr Albert schrie wieder. „Bleib stehen, oder ich schieße!"

Angetrieben durch die Drohung lief Augustin noch schneller. Dann knallte es und er zuckte zusammen. Sollte er jetzt aufgeben und stehen bleiben? Nur zwei Sätze vom Zaun entfernt? Der Alte schien daneben gefeuert zu haben. Zumindest spürte Augustin keine Verletzung. Einen zweiten Schuss hatte er noch, der nur Sekunden später durch den Garten peitschte. *Wieder daneben.* Augustin drehte sich um. Der Alte hatte in die Luft geschossen. Jetzt hatte er nichts mehr zu befürchten, bis der Greis mit seinen Gichtfingern nachgeladen hatte, war Augustin schon längst über alle Berge. Er warf die silberne Blechdose über den Zaun und sprang hinterher. Sofort war er von hohem Gras umgeben und damit in Sicherheit. In einiger Entfernung zum Garten ließ Augustin sich einfach fallen und atmete durch. In der Ferne hörte er den Alten brüllen: „Ich werde dich kriegen, dich und deine verdammte Bande!"

Als der Schreck überwunden war, fing er vor Erleichterung an zu lachen. Augustin rollte sich auf die Wiese und hielt die Blechdose triumphierend in die Höhe wie einen Pokal. „Ich habe es geschafft!", rief er.

Gegen Abend machte Augustin sich auf den Weg zum verabredeten Treffpunkt, einem idyllisch gelegenen Waldspielplatz vor den Toren Altenas. Um diese Zeit waren alle Mütter mit ihren Kindern bereits nach Hause gegangen und so gab es keine Störfaktoren mehr. Im Sommer und insbesondere in den Ferien trafen sich für gewöhnlich viele Jugendliche in den Abendstunden auf dem Spielplatz. Heute war es wegen eines Stadtfestes extrem ruhig hier draußen und der einzige Mensch auf dem Spielplatz war Bernd Hellmann. Er saß auf dem Karussell, mit dem er sich, immer wieder durch sein linkes Bein angetrieben, langsam drehte. Augustin versuchte sich anzuschleichen und Hellmann zu erschrecken. Im letzten Augenblick wurde er jedoch gesehen und sein Plan war dahin. Stattdessen kam ihm eine neue Idee, wie er seinen Freund ärgern konnte: Er begann das Karussell zu drehen. Obwohl Hellmann mit seinem Fuß zu bremsen versuchte, drehte das Spielgerät sich immer schneller.

„Na, wird dir schon schlecht?“, fragte Augustin.

Selbst wenn es so gewesen wäre, hätte Hellmann das niemals zugegeben. Trotzdem wurde ihm langsam schwindelig und er vollführte einen komplizierten Balanceakt, um schließlich vom sich drehenden Karussell abzuspringen. Es dauerte einen Augenblick, bis Hellmann wieder, ohne zu wanken, geradeaus gehen konnte und Augustin lachte lauthals über seinen torkelnden Freund.

„Sehr witzig, Norbert“, sagte Hellmann, „ich hoffe, dass du bei deiner Mutprobe auch so kreativ warst. Hast du sie?“

„Was glaubst du denn? War easy!“ Augustin hielt Hellmann die Blechdose vor die Nase. „Das war auf jeden Fall um einiges schwerer, als die Blechdose da nachts zu verstecken! Der Typ hat mich mit seiner Schrotflinte bedroht, ich konnte gerade noch abhauen! Fast hätte der mich abgeknallt, hat aber danebengeschossen. Dagegen war deine Mutprobe bestimmt ein Klacks!“ Wie die meisten anderen Jungs in seinem Alter neigte Augustin zu leichten Übertreibungen.

„Naja, da wäre ich mir nicht so sicher!“, protestierte Hellmann, „ich musste immerhin Polizeiautos manipulieren. Wenn ich erwischt worden wäre, hätten die mich eingesperrt. Und ich hab mir im Gegensatz zu dir die Hände schmutzig gemacht. Das war eine ganz schöne Sauerei, die Mandarinen in die Auspuffrohre zu stopfen“, erinnerte sich Hellmann.

„Wie auch immer, ich habe mir die Aufnahme in die Clique redlich verdient“, sagte Augustin.

„Wenn die anderen Jungs das genauso sehen, ist ja alles gut. Dann mach dir doch schon mal Gedanken über die Mutprobe für den nächsten. So läuft das bei uns nämlich."

„Ich denke, mir fällt da schon was ein." Augustin schaute auf das Karussell neben sich.

Kapitel 17

Er drückte sanft den Kofferraum zu. *Bloß nicht zu laut sein. Ich kann froh sein, wenn mich so schon keiner gehört hat. Hauptsache, der Bulle im Kofferraum bleibt schön ruhig.* Er schloss den Wagen ab und wandte sich wieder dem eigentlichen Grund zu, aus dem er hier war: Professor Augustin. Die Uhr zeigte kurz nach Mitternacht und im Haus war inzwischen alles dunkel, der Professor war offensichtlich im Bett. *Es ist so weit,* sagte er sich, *ich darf es allerdings nicht durch die Vordertür versuchen.*

Auf der Rückseite des Hauses gab es einen großen Garten. Über die Rasenfläche – immer schön am Rand des Bewuchses entlang, um nötigenfalls schnell in Deckung gehen zu können – näherte er sich zügig dem Haus. Vorsichtig setzte er einen Fuß auf die Veranda, denn das Holz knarzte manchmal, und das hätte den Professor aufgeschreckt. Alles lief glatt. Die Gittertür ließ sich problemlos öffnen, aber die Tür dahinter war abgeschlossen. Ein Dietrich löste das Problem schnell.

Im Haus konnte man fast nichts mehr sehen. Außerdem war Neumond, was die Orientierung zusätzlich erschwerte.

Mit abgedeckter Taschenlampe fand er in den Flur. Langsam bis zur Treppe, hinauf und dann nichts wie raus, legte er sich den Plan im Kopf zurecht. Er setzte sich in Bewegung – und hielt sofort inne. Er war auf eine knarzende Holzdiele getreten. Der Gedanke daran, das Haus so schnell wie möglich wieder zu verlassen, hatte ihn für einen entscheidenden Augenblick die Vorsicht vergessen lassen. Ängstlich abwartend lauschte er, ob der Professor etwas mitbekommen hatten, aber im Obergeschoss rührte sich nichts. *Glück gehabt.* Langsam, Schritt für Schritt nach oben. Er hatte von draußen genau beobachtet, wo das Zimmer des Professors war, es befand sich hinter der letzten Tür im Flur. Gut, dass hier ein Teppich lag, die eigenen Schritte waren kaum hörbar. Geräuschlos ließ sich auch die Tür öffnen, die ohnehin nur angelehnt war. Normalerweise schliefen nur Kinder oft mit angelehnter Tür, damit beim Einschlafen noch etwas Licht ins Zimmer fiel und sie keine Angst verspürten. Der Professor war in seiner Entwicklung vielleicht irgendwo stehen geblieben, ging ihm durch den Kopf.

Durch die nicht abgedunkelten Fenster fiel etwas Licht von den Straßenlampen ins Schlafzimmer, weshalb er hier besser sehen konnte als im Rest des Hauses. Professor Augustin lag zusammengerollt im Bett und schlief fest. Er schnarchte kaum hörbar. Für lange Augenblicke schaute er den reglosen Mann an. Wie gern hätte er einfach so lange auf ihn eingestochen, bis er tot war. Doch er widerstand dem Impuls. *Ich habe etwas anderes mit dir vor, etwas Besseres.*

„Hey, aufstehen!“, rief er plötzlich.

Der Professor öffnete zaghaft seine Augen. Zunächst nahm er nicht wahr, dass jemand neben seinem Bett stand. Benommen dachte er, es handelte sich um einen Traum. Bis er realisierte, dass tatsächlich jemand im Zimmer war. Er sprang auf und brüllte den Eindringling an. „Wer sind Sie? Verschwinden Sie aus meinem Haus!“

Der Fremde überhörte die Aufforderung.

Er ging zur Tür und drückte den Lichtschalter. Augustin kniff die Augen zusammen. Er hatte keine Ahnung, wer der Mann mit der Sturmhaube war. Doch das war in diesem Moment auch wohl zweitrangig.

„Sie können alle Wertsachen mitnehme, aber bitte tun Sie mir nichts. Ich werde auch nicht die Polizei verständigen, sobald Sie verschwunden sind“, versprach Augustin.

Der Einbrecher musste lachen, was der Professor sehr gruselig fand. „Wieso nehmen Sie nicht einfach mit, was Sie wollen, und lassen mich in Ruhe?“

„Das habe ich vor, mein Freund, das habe ich vor.“ Der Mann warf Augustin eine Socke aufs Bett. „Steck sie dir in den Mund.“

Augustin schaute ungläubig die Socke und dann den Fremden an.

„Na los!“, brüllte der, als es ihm zu lange dauerte.

Am Ende gehorchte der Professor, was der Mann zufrieden zur Kenntnis nahm, da er diesmal, anders als bei den vorhergegangenen Entführungen, keine Gewalt anwenden musste.

Als Augustin sich die Socke in den Mund gestopft hatte, klebte der Mann sogleich einen Streifen Klebeband darüber, bevor er die Hände des Professors mit Kabelbindern fesselte.

„Wir machen jetzt zusammen einen kleinen Spaziergang. Und komm bloß nicht auf dumme Gedanken, während wir auf der Straße sind. Das würdest du bereuen!“

Professor Augustin empfand es als große Demütigung, in seinem Pyjama auf die Straße gehen zu müssen. Das Gefühl, falsch gekleidet zu sein, wich jedoch schnell einer aufkeimenden Todesangst.

Bevor der Entführer den Professor vor sich her aus dem Haus trieb, schaute er draußen nach, ob noch jemand auf der Straße war.

Hoffentlich sieht mich jemand, dachte der Professor, doch inzwischen war auch der letzte Nachbar mit seinem Hund Gassi gegangen, sodass Augustins Hoffnung platzte.

Der Entführer hatte seinen Lieferwagen etwa 150 Meter vom Haus entfernt geparkt. Schroff forderte er Augustin auf, in den fensterlosen Laderaum zu klettern.

Der Holzboden war hart und kalt. Augustin kauerte sich in eine Ecke und versuchte vergeblich sich auszureden, dass er bald sterben würde. *Das ist der Mann, der auch die vier anderen getötet hat. Ich bin der Nächste, ganz sicher. Warum würde er mich sonst entführen? Das lässt sich mit der nötigen Logik ganz einfach vorhersagen. Das Schlimmste ist, dass ich nicht mal weiß, warum ich sterben soll oder wer der Mann ist.*

Augustin hörte, wie der Entführer den Motor startete. Der alte Motor des Lieferwagens brachte den Boden zum Vibrieren und im Laderaum begann es nach Dieselqualm zu riechen. Die Abgase verflüchtigten sich, als der Wagen ruckelnd losrollte.

Wo bringt er mich wohl hin? Dann überkam Augustin ein Geistesblitz. *Warum bin ich nur so dumm? Ich war doch heute noch bei der Polizei. Es gibt zwei Möglichkeiten, wo wir hinfahren: Entweder ins Bergwerk Brilon oder ins Bergwerk nach Arnsberg.*

Augustin fühlte plötzlich große Erleichterung. *Wenn er versucht, mich dort umzubringen, läuft er der Polizei in die Falle. Die Beamten beobachten die beiden Bergwerke und warten dort auf uns.*

Augustin drückte sich mit dem Rücken in eine Ecke des Laderaums und versuchte, anhand der Kurvenbewegungen des Lieferwagens zu interpretieren, in welche Richtung sie unterwegs waren. Das klappte besser als erwartet, und als sie auf die Autobahn fuhren, stellte sich für Augustin nur noch die Frage, ob es nun Arnsberg der Brilon werden würde. *Beide Städte liegen an der A46. Von Hagen aus liegt Arnsberg näher, und zwar etwa 10 Minuten,* dachte Augustin. Leider war es in einer Situation wie dieser, in der das Zeitgefühl zu verschwimmen schien und Augustin darüber hinaus keine Uhr dabeihatte, unmöglich, eine solche Zeitdifferenz auszumachen.

Als sie von der Autobahn abfuhren, schätzte Augustin, dass sein Entführer ihn wohl nach Brilon bringen würde.

Die Strecke von der Autobahnabfahrt bis zum Bergwerk kam Augustin ungewöhnlich lang vor. Doch er schob diesen Eindruck auf sein verzerrtes Zeitempfinden. *Hoffentlich fahren wir wirklich nach Brilon,* dachte er, *ansonsten besteht keine Hoffnung auf Rettung.*

Als Augustin mit dem Rücken an die Wand gedrückt wurde, merkte er, dass der Lieferwagen langsam abbremste. *Gleich werde ich wissen, wo wir sind.* Nach ein paar Minuten setzte sich das Fahrzeug wieder in Bewegung, bevor es nach kurzer Zeit ein weiteres Mal stoppte und den Professor nun völlig ratlos werden ließ. Als sich die Schiebetür zum Laderaum quietschend öffnete und er einen ersten Blick nach draußen erhaschen konnte, war er leider auch nicht schlauer. Im Mondlicht sah Augustin zwar einen Förderturm, wie ihn die meisten Bergwerke hatten, um die Stahlkonstruktion einem bestimmten

Bergwerk zuordnen zu können, war es allerdings zu dunkel.

Wenn gleich ein Sondereinsatzkommando auf uns zuprescht, werde ich es wissen, ging ihm durch den Kopf.

Nur war weit und breit noch nichts von der Polizei zu bemerken.

Augustins Entführer trat an die Ladekante. „Raus mit dir!“, befahl er dem Professor. Augustin stieg umständlich aus dem Fahrzeug und eilte mit seinem ihn antreibenden Entführer über das letzte Stück eines langen Hofes bis zu einem hohen Industriegebäude mit einer breiten Fensterfront. Es war kalt hier drin und Professor Augustin fror zusehends in seinem Pyjama. *Sollte die Polizei noch kommen, dann jetzt bitteschön,* flehte der Professor im Stillen.

Einige Meter vor einer rostigen Gittertür blieb sein Entführer plötzlich stehen. Augustin erkannte, dass es ein Aufzugschacht war. Da sie sich unverkennbar in einem Bergwerk befanden, musste es sich um den Aufzug hinunter in den Stollen handeln. Wärmere Luft strömte aus ihm nach oben und der Professor fand es angenehm, sich ein wenig aufwärmen zu können.

„Ich werde dir jetzt ein Rätsel stellen. Hör gut zu, denn ich werde es nicht wiederholen. Wenn du die Antwort weißt, darfst du leben. Wenn nicht, musst du sterben. Hast du das verstanden?“, fragte der Fremde.

Augustin dachte im ersten Moment, er hätte sich verhört. Doch auf seine Nachfrage bestätigte der Entführer noch mal, dass er dem Professor nun ein Rätsel stellen würde, von dem sein Leben abhing. Selbst wenn die Polizei nicht noch eingreifen würde, ein Rätsel betrachtete Augustin als Chance, immerhin hattet er beruflich damit zu tun. Er hörte gut zu, während sein Entführer monoton den Text herunterleierte, den er auswendig gelernt zu haben schien.

„In einem fernen Land wurden von einem Stamm der Ureinwohner 50 Gefangene gehalten. Diese mussten für den Stammesführer in einem Bergwerk arbeiten. Als eines Tages der Stammesführer 50 Jahre alt wurde, entschloss er sich, seinen Gefangenen die Chance zu geben, ihre Freiheit zurückzuerlangen. Er brachte sie alle in die Dunkelheit des Bergwerks und setzte jedem einen Hut auf. Dann sagte er zu ihnen: ‚Ich habe jedem von euch einen Hut aufgesetzt - entweder einen schwarzen oder einen weißen. Gleich werdet ihr einer nach dem anderen aus dem Bergwerk gelassen. Eure Aufgabe ist es, euch in einer Reihe nach Farben sortiert aufzustellen: Die mit den schwarzen Hüten links, die mit den weißen Hüten rechts. Ihr dürft euch weder untereinander verständigen noch euren eigenen Hut ansehen. Gelingt euch das, so werdet ihr die Freiheit erhalten.‘ Und hier ist deine Aufgabe: Sage mir, wie die Gefangenen diese Aufgabe bewältigen können.“

Als der Entführer seinen Monolog beendete, war Professor Augustin unglaublich erleichtert. Das Rätsel, das er ihm gestellt hatte, war ihm bekannt. Mehr als das, gehörte es zum Lerninhalt des ersten Semesters der meisten Philosophiestudenten. *Hat der Entführer beabsichtigt, mich freizulassen, oder hat er versehentlich so ein leichtes Rätsel ausgesucht?* Da Augustin nicht sicher war, wie der Mann reagieren würde, wenn er ihm sofort die Lösung präsentierte, tat er so, als würde er angestrengt nachdenken. Nach einer ihm angemessen erscheinenden Zeitspanne von gefühlten zwei Minuten antwortete er schließlich. „Nun ja, ich habe mir folgende Lösung überlegt. Der erste Gefangene geht aus dem Bergwerk und stellte sich hin. Der zweite Gefangene kann nach dem Verlassen des Bergwerks die Hutfarbe des ersten Gefangenen sehen. Hat der Erste einen schwarzen Hut auf, dann stellt sich der Zweite einfach rechts daneben. Sollte der Erste einen weißen Hut aufhaben, stellt er sich einfach links daneben. Der dritte Gefangene sieht nach dem Verlassen des Bergwerks entweder zwei verschiedene oder zwei gleiche Hüte. Sollte er zwei gleiche Hüte sehen, verhält er sich genauso wie der zweite Gefangene. Sollten die Hüte verschieden sein, stellt er sich einfach zwischen die beiden anderen. Genauso verhalten sich dann auch alle anderen Gefangenen. Fertig."

Augustin nahm in den Augen des Mannes wahr, dass dieser sichtlich erstaunt, vielleicht sogar verärgert darüber war, dass jemand sein Rätsel gelöst hatte. Den Rest des Gesichts konnte er leider nicht deuten, da sein Entführer noch immer seine Sturmhaube trug.

Augustin musste an das Märchen vom Rumpelstilzchen denken. Allerdings zerriss sich das kleine Männchen im Märchen selbst, nachdem der König ihm seinen korrekten Namen genannt hatte. Augustins Entführer wurde nur wütend. Für einen Moment wandte er sich vom Professor ab und musste nun angestrengt überlegen, wie es weitergehen sollte. Professor Augustin laufen zu lassen war in seiner Vorstellung nicht vorgesehen.

„Ich stelle dir ein zweites Rätsel. Das war zu einfach für dich."

Professor Augustin protestierte lauthals. Mit dem Resultat, dass der Fremde ihm mit der Taschenlampe ins Gesicht schlug. Augustin schrie laut auf. Er verspürte ungeheure Schmerzen und vermutete, dass sein Entführer ihm das Jochbein gebrochen hatte. Augustin beschloss, lieber zu gehorchen, anstatt noch einen Schlag mit der Taschenlampe zu bekommen.

„Bekomme ich wenigstens die Garantie, dass Sie mich gehen lassen, wenn ich Ihr Rätsel diesmal auch löse“, fragte Augustin.

„Du bekommst die Garantie, dass ich dich umbringe, wenn du es nicht löst.“

Augustin überkam ein mieses Gefühl. Er hegte den Verdacht, dass das nächste Rätsel einfach nicht lösbar war.

„Also, hör mir gut zu: Warum stellt ein Mensch einem anderen Menschen ein Rätsel und bringt ihn, wenn er es nicht lösen kann, mit dem Tod in Verbindung?“ Der Entführer schaute Augustin in die Augen.

„Ich verstehe nicht“, antwortete der Professor, „können Sie mir das bitte erklären?“

„Ich habe dir gesagt, dass ich das Rätsel nicht wiederhole. Also: Warum? Warum? Warum?“

Mit jedem Warum wurde der Mann lauter, was den verunsicherten Professor ein paar Schritte zurückweichen ließ.

„Ich habe keine Ahnung, was die Antwort ist!“, beteuerte Augustin. Ein Rätsel aus der Disziplin der Logik, wie sie im Rahmen der Philosophie gelehrt wurde, war es jedenfalls nicht, das hätte der Professor gekannt.

„Du hast also keine Ahnung, ja? Vielleicht hilft dir das auf die Sprünge!“ Der Mann riss sich die Sturmhaube vom Kopf und bewegte sein Gesicht ganz nah an das von Augustin heran. Im Kopf des Professors ratterte es. Krampfhaft versuchte er, sich an eine Situation in der Vergangenheit zu erinnern, in der er dem Mann schon mal begegnet war. Ohne Erfolg. Das wahre Rätsel an der gesamten Situation, in der er sich befand, stellte die Identität seines Entführers dar.

Augustins Angst wich nun blanker Wut.

„Ich weiß nicht, wer Sie sind, woher Sie kommen oder was in Ihrem kranken Kopf vorgeht. Lassen Sie mich einfach gehen und begeben Sie sich danach direkt in die Klapsmühle.“

„Verstehe“, antwortete der Entführer, „ist das deine Antwort?“

„Ja, das ist meine Antwort und wenn du möchtest, gebe ich sie dir auch gern schriftlich.“

„Dann habe ich keine andere Wahl.“ Der Entführer machte ein bedrohliches Gesicht und trieb Augustin weitere Schritte zurück, bis er mit dem Rücken direkt an der Gittertür stand. *Was passiert jetzt?* Nach seinem mutigen Auftreten bekam der Professor es jetzt mit der Angst zu tun.

Der Entführer drückte einen grünen Knopf neben der Gittertür, die sich daraufhin quietschend nach oben schob. Als Augustin Gewissheit darüber hatte, was der Mann mit ihm vorhatte, hörte er auch schon einen Knall und spürte, wie die Pistolenkugel in seinen Bauch eindrang. Der Professor fiel rücklings in den Schacht. Während des Sturzes ins Dunkle schrie er vor Verzweiflung und Schmerz. Der Fall schien ewig zu dauern, es mussten hunderte Meter nach unten sein und Augustin hatte lange Sekunden Gelegenheit, darüber nachzudenken, was er seinem Entführer angetan haben könnte. Kurz vorm Aufprall auf dem Boden fiel es ihm ein.

Kapitel 18

Alexander tippte nachdenklich mit den Fingern seiner rechten Hand auf dem Schreibtisch von Bernd Hellmann herum. Hellmann. Er wusste nicht mehr, wie oft er in den vergangenen Stunden versucht hatte, seinen Kollegen übers Handy zu erreichen. Warum war er nicht rangegangen? Es war 6 Uhr am Morgen und Alexander hatte das letzte Mal von ihm gehört, als er nach Hagen gefahren war. Die einfachere Erklärung wäre wohl die gewesen, dass er während der Observation von Professor Augustins Wohnhaus nicht telefonieren wollte, um keine Aufmerksamkeit zu erregen. Die komplexere Erklärung beinhaltete eine Theorie, in der Hellmann am Ende doch noch in die Mordfälle der vergangenen Tage verwickelt war. Vielleicht war aber auch nur sein Handy kaputt oder der Akku leer. Jedenfalls war Alexander gespannt auf die Begründung.

Wenn er nicht hier die Stellung hätte halten müssen, um auf Nachricht von den Teams in Brilon und Arnsberg zu warten, um gegebenenfalls schnell losfahren zu können, wäre er auch selbst nach Hagen gefahren, um nachzuschauen. Es klopfte an der Tür.

„Herein“, rief Alexander.

Ein Polizist in Uniform betrat den Raum. „Es gibt Nachricht von den beiden Teams.“

Alexander merkte auf. War der Plan aufgegangen? Sollten sie am Ende tatsächlich den Mörder auf frischer Tat gefasst haben? „Was gibt es denn?“

„Die Teamleiter möchten wissen, ob sie abrücken sollen? An den Einsatzorten kommen schon wieder Wandergruppen vorbei und keiner glaubt daran, dass heute Morgen noch ein Mord dort geschieht. Weder in Brilon, noch in Arnsberg“, erläuterte der Uniformierte.

Alexander versuchte die Enttäuschung vor seinem Kollegen zu verbergen, dies gelang ihm aufgrund der schlaflosen, kräftezehrenden Nacht nicht sehr gut.

„Dann lassen Sie sie abrücken. Heute Nacht starten wir einen neuen Versuch.“ Alexander sah ein, dass es keinen Sinn hatte, tagsüber an einem gut besuchten Ort nach einem Mörder Ausschau zu halten. Außerdem war es nie sicher gewesen, dass der Täter ausgerechnet gestern Nacht erneut zuschlagen würde.

„Haben Sie eigentlich etwas von Bernd Hellmann gehört“, fragte Alexander.

„Nein, wir dachten, er steht mit Ihnen in Kontakt. Sie leiten doch die Ermittlungen hier“, sagte der Polizist.

Alexander hörte einen leicht protestierenden Unterton heraus. „Dann ist es doch umso eigenartiger, dass er nicht angerufen hat. Irgendetwas stimmt da nicht. Ich werde umgehend nach Hagen fahren. Bitte halten Sie die Stellung. Sie erreichen mich übers Handy. Es sei denn, der Handyempfang in Hagen ist so schlecht, dass Hellmann sich deshalb nicht melden konnte.“ Alexander fand seinen eigenen Witz sehr schlecht. Er reichte aber, um dem Polizisten zum Abschied ein Lächeln und ein freundliches „Viel Erfolg“ abzuringen.

Der Berufsverkehr um diese Zeit früh am Morgen war fürchterlich und Alexander benötigte für die Strecke von Altena nach Hagen mehr als eine Stunde. Das Haus von Professor Augustin fand er ohne Schwierigkeiten, es war in der Straße aufgrund seiner Größe und der exponierten Lage schwer zu übersehen.

Alexander parkte direkt vor Augustins Auffahrt. *Hellmann müsste hier irgendwo sein,* dachte er, stieg aus und schaute sich in der Gegend um. Er entdeckte den Wagen seines Kollegen nach kurzer Zeit, er stand ein Stück die Straße runter. Vorsichtig näherte er sich. Es saß niemand auf dem Fahrersitz, so viel konnte er schon mal sagen. *Vielleicht schläft er auf der Rückbank. Das würde einiges erklären.* Alexander inspizierte gründlich von außen den Innenraum des Fahrzeugs, er war leer. *Ist Hellmann vielleicht austreten?* Alexander suchte die nähere Umgebung ab, ohne Erfolg. Zurück bei Hellmanns Auto fasste er an den Griff der Fahrertür. Es klackte, der Wagen war nicht verschlossen. Einen Augenblick später klackte es noch einmal. Und noch mal. *Was ist das?* Alexander ließ den Griff los. Zu dem wiederholten Klacken kam ein Hämmern, dann ertönten dumpfe Hilfeschreie. *Der Kofferraum.* Alexander eilte zum Heck des Fahrzeugs und öffnete die Klappe. Darunter lag Hellmann, der sich hektisch aufsetzte und einige tiefe Atemzüge nahm. Es dauerte eine Minute, bis er wieder sprechen konnte. „Vielen Dank, ich habe Ihnen mein Leben zu verdanken", keuchte er. Alexander half seinem Kollegen, der am ganzen Körper zitterte und noch ein bisschen wackelig auf den Beinen war, beim Ausstieg aus seinem engen Gefängnis.

„Wie lange waren Sie denn da drin? Mein Gott…“ Alexander war besorgt.

„Irgendwann nach Mitternacht. Ein paar Stunden waren es schon“, antwortete Hellmann.

„Noch etwas länger und Sie wären erstickt. Möchten Sie vorsichtshalber ins Krankenhaus?“

„Nein, es geht schon“, hustete Hellmann.

Alexander beobachtete Hellmann noch eine kurze Zeit, es schien ihm tatsächlich gut zu gehen und es bestand keine unmittelbare Gefahr mehr für ihn.

„Wer hat Sie dort eingesperrt?“, fragte Alexander schließlich.

„Ich bin mir inzwischen sicher, dass es unser Mörder war. Ich war kurz im Busch und er hat mich von hinten ausgeknockt, bevor er mich in den Kofferraum gesperrt hat.“

„Scheiße“, fluchte Alexander und ging unvermittelt los.

Hellmann folgte ihm. „Was ist denn los?“

„Wenn das unser Mörder war, warum war er dann hier? Wohl nicht, um Ihnen eins überzuziehen. Ich glaube, ich lag gestern mit meiner Vorahnung richtig, Sie hierher zu schicken und auf den Professor aufzupassen“, erklärte Alexander.

Hellmann wusste, worauf er hinauswollte. „Sie haben recht.“

Die beiden Männer gingen schneller.

„Konnten Sie das Gesicht des Mörders erkennen?“, fragte Alexander.

„Leider nicht. Ich schließe aus Ihrer Frage, dass die Teams in Arnsberg und Brilon nicht erfolgreich waren?“

„Nein, er ist nicht aufgetaucht“, antwortete Alexander.

Hellmann bekam ein schlechtes Gewissen. Es war seine Aufgabe gewesen, den Professor im Auge zu behalten, und er hatte versagt.

Augustins Haustür war nicht verschlossen und die Männer traten ein. Wie die beiden erwartet hatten, gab es im gesamten Haus keine Spur vom Professor. Das Bett war durchwühlt, weshalb Alexander vermutete, dass Augustin im Schlaf überrascht worden war. Und noch etwas war nicht zu übersehen, wie Alexander feststellte. „Hier wurde auch einiges mitgenommen. Alle Schubladen und Schränke sind geöffnet worden“, sagte Alexander und fragte sich erneut, wie die Einbrüche zu den Morden passen könnten.

„Wie auch immer, wir schicken die Spurensicherung hierher, der Professor hat jetzt erst mal Priorität. Wenn wir uns beeilen, finden wir ihn vielleicht noch lebend.“ Alexander hegte die Hoffnung, dass, wenn Augustin gestern Nacht nicht in Brilon oder Arnsberg umgebracht wurde, sie vielleicht noch eine Chance hätten, ihn heute zu finden. Der Täter hatte seine Opfer immer nachts umgebracht, so müssten sie also noch Zeit haben.

Ein eingehender Anruf von einer Beamtin der Polizeiwache Altena wenige Minuten später machte Alexanders Hoffnungen zunichte.

Hellmann kannte den Weg und hatte angeboten, vorwegzufahren. Während Alexander auf das Heck des Autos von seinem Kollegen starrte, versuchte er seine Gedanken zu ordnen. Man hatte eine Leiche gefunden, tief unten im Schacht des Besucherbergwerks in Ramsbeck, einem Stadtteil von Bestwig. Es war zwar noch nicht klar, ob es sich um die Leiche von Professor Augustin handelte, doch Alexander glaubte nicht an so krasse Zufälle und wie wahrscheinlich sollte es schon sein, dass ausgerechnet heute ein anderer Toter als der entführte Augustin in einem Bergwerk gefunden wurde. *Also doch nicht Brilon oder Arnsberg,* dachte Alexander.

Er ärgerte sich über seinen falschen Riecher an der Stelle, freute sich aber immer noch, dass er mit dem Professor richtig gelegen hatte. Dumm nur, dass der vorher außer Gefecht gesetzt worden war und er die Entführung nicht hatte verhindern können. Aber Alexander machte Hellmann keinen Vorwurf. Eigentlich hatte er sogar Glück, denn so skrupellos wie der Mörder war, hätte er zweifellos nicht vor einem weiteren Mord zurückgeschreckt.

Der Förderturm des Bergwerks Ramsbeck erinnerte Alexander an die Zechen im Ruhrgebiet, die sozusagen bei ihm um die Ecke lagen - auch wenn er nicht ganz so hoch war.

Die lokale Polizei war bereits vor Ort und hatte das Gelände abgeriegelt.

„Wir wussten noch nicht, wer zuständig ist", wurden Alexander und Hellmann von einem Hauptkommissar aus Bestwig in Empfang genommen. „Ich übergebe den Fall hiermit an Sie!" Alexander hatte den Eindruck, dass der Beamte froh war, die Verantwortung für den Fall abgeben zu können. Immerhin führte er sie noch in das Gebäude und gab einen anständigen Bericht ab. Bei Wartungsarbeiten unten im Bergwerk sei von Arbeitern ein Toter entdeckt worden, er habe auf einem Aufzugkäfig gelegen. Dem Aufzug, der gerade kaputt ist und heute repariert werden sollte. Daraufhin habe man sofort die Polizei verständigt.

Der Hauptkommissar überließ Alexander und Hellmann das Feld und machte sie noch mit dem Leiter des Besucherbergwerks bekannt. Sein Name war Herr Heuer und er wirkte völlig aufgelöst. „Ich weiß nicht, wie das passieren konnte“, wiederholte er immer wieder. „Das ist schlimm, eine riesige Katastrophe.“

Alexander gelang es recht gut, den Mann zu beruhigen und ihn ein wenig abzulenken.

„Wir müssen bitte einmal da runter. Würden Sie uns mit dem zweiten Aufzug runterbringen?“

„Das geht leider nicht“, antwortete Heuer, „Wir haben den zweiten Schacht gesperrt, er ist der einzige Zugang zu… naja, Sie wissen schon, und da sind bereits ein paar Polizeibeamte unten.“

„Gibt es einen anderen Weg nach unten?“, fragte Alexander.

„Ja, bitte kommen Sie mit.“

Alexander und Hellmann folgten Heuer bis zu einer Halle, die wie ein kleiner Bahnhof aussah. Ein Zug mit kleinen Waggons stand dort auf Gleisen, die in einem dunklen Loch verschwanden. Heuer sprach kurz mit einem Mann, der sich daraufhin auf die kleine Lokomotive vor dem Gespann setzte.

„Und jetzt bitte alles einsteigen“, forderte er die Polizisten auf. Die beiden Beamten setzten sich mit Heuer in einen der Waggons. Die Kabinen darin waren so eng, dass jeweils nur vier Menschen auf zwei gegenüberliegenden Bänken darin Platz fanden.

„Das hier ist die originale Grubenbahn aus den 1950er-Jahren“, erklärte heuer, während der Zug ratterte. Der Leiter des Besucherbergwerks war in seinem Element und Alexander hatte den Eindruck, als wäre seine Nervosität von vorhin verflogen. „Wir fahren jetzt 1,5 Kilometer in den Dörnberg hinein, dann befinden wir uns 300 Meter unter Tage. Dort beträgt die Temperatur das ganze Jahr über rund 12 Grad Celsius. Schon seit dem Mittelalter wurde hier Erz gefördert, 1974 wurde dann das Besucherbergwerk errichtet."

Nach ein paar Minuten endete die Fahrt schon wieder und Heuer führte die Beamten durch ein unübersichtliches Gängelabyrinth bis zu den Aufzügen.

Zwei uniformierte Polizisten standen dort und bewachten den Fundort der Leiche. Einer von ihnen führte Alexander und Hellmann zum Aufzug, der ganz unten im Schacht stand. Den Beamten bot sich ein gruseliges Bild: Der Tote, dessen Gesicht nicht zu erkennen war, lag auf dem Dach der aus Gittern bestehenden Kabine. Blut tropfte herunter und unten hatte sich bereits eine große Lache gebildet.

„Ist es Professor Augustin?", fragte Hellmann.

„Das gilt es jetzt rauszufinden. Wie kommen wir dort oben hin?", fragte Alexander Heuer.

„Zwei Männer klettern durch den Aufzugschacht daneben nach oben und geben den zwei anderen den Leichnam an", schlug Heuer vor und brachte sich selbst in sicheren Abstand, um keine Bilder zu sehen, die er nie wieder aus dem Kopf bekäme, wie er es ausdrückte.

Es gestaltete sich etwas umständlich, aber nach etwa 5 Minuten hatten Alexander, Hellmann und die beiden anderen Polizisten den Toten vom Aufzug heruntergeholt. In seinem Körper gab es offenbar keinen Knochen, der durch den Aufprall nicht gebrochen war, und so fühlte die Leiche sich an wie ein labberiger Sack ohne Steifigkeit. Auch das Gesicht war deformiert, als die vier Männer den Toten auf dem Boden ablegten, konnten Alexander und Hellmann nur mit einiger Mühe erkennen, wer da vor ihnen auf dem Boden lag.

„Professor Augustin. So eine Scheiße." Alexander und Hellmann überkamen dieselben negativen Gefühle, wenn auch aus unterschiedlichen Gründen. Bei Hellmann war es das schlechte Gewissen, bei seiner Observation versagt zu haben. Bei Alexander war es dagegen das Bedauern, bei seinem Verdacht mit dem Professor nicht noch konsequenter gehandelt und stattdessen die Idee mit einem möglichen Mord in Arnsberg und Brilon den Vorzug gegeben zu haben.

„Sein Mörder hat ihn hier runtergestoßen", bemerkte Hellmann, „was für ein schlimmer Tod."

„Vielleicht ist er auch vorher erschossen worden", antwortete Alexander.

„Wie kommen Sie darauf?", fragte Hellmann.

Alexander kniete sich neben die Leiche und zeigte auf ein Loch auf Bauchhöhe in der Pyjamajacke des Professors.

Hellmann wurde blass, als er das Loch sah. „Er hat den Professor erschossen? Das passt nicht in sein Muster. Wo ist die seltsame und zum nächsten Rätsel passende Todesart wie bei den anderen Morden?"

„Das werden wir vielleicht früher erfahren, als uns lieb ist. Mich interessiert eher, was für eine Waffe der Mörder benutzt hat. Aber die Klärung der Frage überlassen wir wohl eher den Kollegen von der Spurensicherung", sagte Alexander.

„Die Frage kann ich Ihnen auch sofort beantworten. Es handelt sich um eine Walther P99." Einer der beiden Polizisten kam herbei und präsentierte eine Pistole, die er mit spitzen Fingern in die Höhe hielt.

„Eine Polizeiwaffe also“, bemerkte Alexander, „wo haben Sie die gefunden?“

„Sie lag im Aufzugschacht.“ Der Polizist roch an der Mündung. „Die Waffe wurde vor kurzem abgefeuert.“

„Dann lassen wir später die Registrierungsnummer checken und finden heraus, auf wen die Waffe zugelassen ist“, sagte Alexander.

Hellmann räusperte sich. „Ich glaube, wir müssen nicht erst im Register nachschauen, die Frage kann ich Ihnen bereits beantworten.“

Alexander schaute ihn neugierig an.

„Das ist meine Waffe. Ich fürchte, dass Augustin mit meiner Pistole erschossen wurde“, gab Hellmann niedergeschlagen zu.

Alexander brauchte einen Augenblick, um diese Information zu verarbeiten.

„Der Mörder muss sie mir abgenommen haben, als er mich außer Gefecht gesetzt hat.“

Alexander schüttelte fassungslos den Kopf. „Und das ist Ihnen jetzt gerade aufgefallen, dass Ihre Waffe fehlt?“

„Nicht ganz. Mir ist es schon aufgefallen, als Sie mich aus dem Kofferraum befreit haben. Da war ich mir aber erst nicht sicher, ob ich die Waffe überhaupt dabeihatte. Ich nehme sie nicht immer mit, müssen Sie wissen“, rechtfertigte Hellmann sich.

Trotz seiner Wut und Verständnislosigkeit reagierte Alexander ruhig. „Selbst dann hätten Sie mir Bescheid geben müssen. Wenn auch nur der leiseste Hauch einer Möglichkeit besteht, dass mit Ihrer Waffe weitere Menschen erschossen werden, müssen wir das fürs weitere Vorgehen wissen, vielleicht ist das bereits passiert“, sagte Alexander und wurde jetzt doch lauter.

„Aber die Pistole war ja hier“, verteidigte sich Hellmann.

„Das konnten wir vorher nicht wissen. Ich möchte mit Ihnen auch nicht darüber diskutieren. Der Verlust einer Dienstwaffe muss umgehend gemeldet werden, Punkt!“

Hellmann war trotzig, aber einsichtig und er brachte ein leises „Entschuldigung“ hervor. Alexander öffnete derweil vorsichtig den Mund von Professor Augustin und leuchtete mit seiner Handytaschenlampe hinein.

„Und? Ist ein Hinweis drin?“, fragte Hellmann.

Alexander schüttelte den Kopf.

„Vielleicht bedeutet das ja, dass die Serie vorbei ist“, gab Hellmann zu bedenken.

Auch wenn das eine schöne Vorstellung seines Kollegen war, glaubte Alexander nicht daran. „Wir werden weiter mit Hochdruck versuchen, den Mörder zu finden“, unterstrich Alexander. „Wir fahren jetzt zurück zur Wache und überlassen der Spurensicherung das Feld.“

„Und wo sollen wir weitermachen? Uns sind die Anhaltspunkte ausgegangen“, sagte Hellmann.

„Vertrauen Sie mir, ich habe noch ein paar Asse im Ärmel, fahren wir erst mal zurück nach oben.“

Alexander und Hellmann übergaben den Fundort der Leiche wieder an die beiden Polizisten. Herrn Heuer fanden sie an der Grubenbahn, er unterhielt sich mit dem Lokführer. Während die kleine Eisenbahn zurück gen Tageslicht ratterte, wurde die

Luft immer besser, bis Alexander, oben angekommen, wieder richtig durchatmen konnte.

Hier gab es auch wieder Empfang und plötzlich pingte sein Handy. Ein Anruf in Abwesenheit.

Alexander entschuldigte sich, begab sich in eine ruhige Ecke und rief die Nummer zurück.

Die Nummer, von der aus Alexander angerufen wurde, stammte aus dem Landeskriminalamt. Am anderen Ende der Leitung meldete sich Rebekka Daubner.

„Hi Alex, wie geht es dir?"

„Lass uns lieber nicht darüber sprechen. Du bist früh dran heute Morgen", bemerkte Alexander.

„Ich habe gerade meinen Rechner hochgefahren und da hatte ich eine E-Mail vom Kultusministerium zu deiner Anfrage im Postfach. Ich habe so früh nicht damit gerechnet, aber das Ministerium hat tatsächlich die komplette Liste der Abiturklasse 1995 des Burggymnasiums in Altena geschickt. Ich werde sie dir gleich weiterleiten", sagte Rebekka Daubner.

Wenigstens gibt es schon mal eine gute Nachricht heute, dachte Alexander. „Vielen Dank, Rebekka. Dürfte ich dich um noch einen Gefallen bitten? Es dauert auch nicht lang."

„Wenn es nicht lange dauert, gern."

„Ich bin ein bisschen ungeduldig, könntest du mir die Namen auf der Liste bitte vorlesen?"

„Das mache ich, Sekunde." Alexander hörte Rebekkas Mausklicken durchs Telefon, dann begann sie die Namen auf der Liste vorzulesen. Es waren nur etwa 30 und Rebekka benötigte nur zwei Minuten, um alle vorzulesen. Alexander hörte ruhig zu, bedankte sich knapp und beendete das Gespräch, bevor er sich zurück zu Hellmann begab.

„Gibt es etwas Neues bezüglich des Falls?“, fragte Hellmann neugierig.

„Wir sprechen, wenn wir wieder in Altena sind. Lassen Sie uns aufbrechen.“

Die beiden Beamten fuhren im Konvoi zurück. Während er hinterm Steuer saß, schäumte Alexander innerlich. Er konnte es kaum abwarten, Bernd Hellmann ins Gebet zu nehmen. Er hoffte nur, dass er dabei auch diesmal seine gewohnte Ruhe beibehalten würde.

„Setzen Sie sich!“, forderte Alexander Hellmann auf und deutete auf dessen Schreibtischstuhl, als er die Bürotür schloss. Irritiert nahm Hellmann Platz.

„Sie wissen, dass wir beide gewisse Startschwierigkeiten hatten“, begann Alexander, „und ich hatte eigentlich gedacht, wir hätten diese mit unserem klärenden Gespräch aus der Welt geschafft.“

„Das haben wir“, unterbrach Hellmann.

„Ich bin mir da ehrlich gesagt nicht mehr sicher. Und ich sage Ihnen auch, warum. Die Grundlage für jede Zusammenarbeit ist Ehrlichkeit, und die vermisse ich bei Ihnen“, fuhr Alexander fort.

„Ich weiß nicht, wovon Sie sprechen.“ Hellmann lehnte sich zurück und verschränkte die Arme.

„Dann helfe ich Ihnen auf die Sprünge. Sie erinnern sich bestimmt, dass ich regelmäßig bei Ihnen nachgehakt habe, ob Sie die Opfer kennen. Das war bei Frank Binder der Fall, bei Edgar Herbst, Bastian Stamm und so weiter. Das habe ich getan, weil Sie meines Erachtens bei jeder Leiche irgendwie persönlich betroffen gewirkt haben. Ihre Antwort war stets, dass Sie die Opfer nur flüchtig kannten. Bis Sie bei Professor Augustin schließlich zugeben mussten, dass Sie zusammen zur Schule gegangen sind."

„Das habe ich. Ich war also ehrlich zu Ihnen", sagte Hellmann.

„Es war Ihnen unangenehm und Sie haben es nur zugegeben, weil Sie keine andere Wahl hatten", sagte Alexander. Hellmann widersprach.

„Sie werden Verständnis dafür haben, dass ich mich angesichts dieser Situation genötigt sah, einige Recherchen anzustellen."

Hellmann antwortete kleinlaut.

„Ich habe mir vom Kultusministerium des Landes die Namensliste Ihrer Abschlussklasse schicken lassen. Sie wissen bestimmt, was jetzt kommt", sagte Alexander.

„Ich kann das erklären", versuchte Hellmann erneut zu unterbrechen.

Alexander erhob seine Stimme. „Frank Binder, Edgar Herbst, Bastian Stamm, Rolf Jahnke und Professor Norbert Augustin waren alle in derselben Klasse. Und wissen Sie wer noch? Bernd Hellmann! Sie sind mit allen Opfern zur Schule gegangen und haben es mir verschwiegen. Ich muss Ihnen eigentlich nicht sagen, was das bedeutet. Aber damit Sie es verstehen: Sie sind raus! Ich kann mit Ihnen nicht mehr zusammenarbeiten! Mehr noch, Sie stehen jetzt auf einer Liste potenziell Gefährdeter. Sie und noch 24 weitere Menschen. Da draußen läuft immer noch ein Mörder herum und wer sagt mir, dass er es nicht auf die ganze Abiturklasse von 1995 abgesehen hat?"

Alexanders Vorsatz, ruhig zu bleiben, hatte sich in Luft aufgelöst.

Hellmann war hin- und hergerissen. Einerseits wollte er etwas erwidern und sich nicht kampflos geschlagen geben. Auf diese Weise das Feld verlassen zu müssen, bedeutete immerhin einen großen Gesichtsverlust. Andererseits sah er ein, dass das, was er getan hatte, nicht richtig war. Langsam erhob er sich von seinem Schreibtischstuhl.

„Dann soll es wohl so sein", sagte er zum Abschied und verließ den Raum.

Alexander war grundsätzlich jemand, der all seine Entscheidungen gründlich reflektierte. Waren sie angemessen? Hatte er zu hart agiert? Hätte er Hellmann noch eine Chance geben müssen? So oft er sich diese Fragen auch stellte, kam er immer wieder zu dem Schluss, dass Hellmann vom Fall abzuziehen die richtige Entscheidung war. *Ich werde ab jetzt hier allein in dem Fall weiterermitteln. Ich habe Unterstützung aus der Ferne vom LKA und von den Beamten hier an der Wache. Womöglich bin ich auf diesem Weg sogar effizienter,* dachte *Alexander.*

In diesem Augenblick hatte er keine Lust, überhaupt jemals wieder mit Hellmann zu reden. Früher oder später, das sah er ein, würde er jedoch nicht umhinkommen, Hellmann noch mal nach seinen ehemaligen Klassenkameraden zu befragen. Selbst jetzt konnte er sich jedoch nicht sicher sein, dass Hellmann dann auch die Wahrheit sagen würde. *Nein, ich muss dort mit meiner Recherche weitermachen, wo ich ehrliche Informationen bekomme.*

Kapitel 19

Altena, 1990

Der Waldspielplatz war leer und eine unheimliche vorabendliche Stimmung breitete sich aus. Der Sommerwind rauschte in den Blättern und bewegte die beiden Schaukeln, die sanft quietschend vor- und zurückpendelten. Bernd Hellmann und Norbert Augustin saßen gelangweilt auf dem Karussell und drehten sich langsam im Kreis.

„Wann kommen die denn endlich?“, fragte Augustin. Seit einer Stunde saß er mit seinem Kumpel bereits auf dem Spielplatz herum und wartete. Ein paar Minuten später erschienen die Umrisse von vier Jungen am Waldrand.

„Da kommen sie“, sagte Hellmann und stieg vom Karussell. Augustin sprang ebenfalls ab und merkte seine zittrigen Knie. Er war nervös. *Nehmen die Jungs mich jetzt wirklich in die Clique auf? Ich kann es noch gar nicht glauben. Was ist, wenn doch noch etwas schiefgeht? Was ist, wenn die es sich anders überlegen und mich nicht aufnehmen?*

Die sechs Jungen begrüßten einander.

„Und? Hast du sie?“, fragte Frank Binder.

„Ja, hier.“ Augustin überreichte Binder die Blechdose, die er dem Alten aus dem Gartenhaus geklaut hatte.

„Gut gemacht. Dann mal herzlichen Glückwunsch, du bist bei den Sieben Söhnen aufgenommen." Frank Binder schaute sich in der Runde um und erntete zustimmende Blicke bei seinen Freunden Edgar Herbst, Bastian Stamm, Rolf Jahnke und selbstverständlich Bernd Hellmann.

Norbert Augustin freute sich unbeschreiblich, Mitglied in dieser elitären Vereinigung zu werden. Von außen betrachtet waren die Sieben Söhne immer so was wie ein Geheimbund gewesen. Jeder Junge wollte Mitglied werden in diesem Club. Auch wenn niemand wusste, was er eigentlich tat oder wer alles Mitglied war. Die Sieben Söhne waren angesagt und deshalb wollte man als männlicher Teenager mitmachen, so war das nun mal.

Neben der Tatsache, ausgewählt worden zu sein, freute Augustin sich als neugieriger Mensch darüber, endlich Antworten auf einige seiner Fragen zu bekommen.

„Wie viele Mitglieder sind eigentlich bei den Sieben Söhnen?", fragte Augustin. „Ich meine, sind wir komplett? Wir sind doch nur sechs!"

„Gehen wir erst mal zum Clubhaus, da kannst du so viel fragen, wie du willst", antwortete Frank Binder.

Augustin war einverstanden, das Clubhaus war genauso spannend und er war sehr aufgeregt zu sehen, wo es wohl war.

Die sechs Jungen machten sich auf den Weg. Bevor sie den schützenden Wald verließen, stellte Edgar Herbst sicher, dass sie niemand beobachtete, indem er sich immer wieder umschaute.

„Wenn jemand sieht, dass wir an einem Abend in den Ferien nicht mit den anderen in der Stadt rumhängen, machen wir uns verdächtig. Es soll keiner wissen, wer bei den Sieben Söhnen ist“, sagte Edgar.

„Und wenn wir durch die Stadt gehen? Spätestens dann sieht uns doch jemand“, wandte Augustin ein.

„Wir gehen nicht durch die Stadt“, entgegnete Edgar.

Die Jungen stapften über ein Stoppelfeld und eine Wiese, bis sie in den nächsten Wald gelangten. Die Fichten standen hier dicht beieinander und die untergehende Sonne spendete nicht mehr genügend Licht, um den gesamten Forst zu erhellen. Es war unheimlich an diesem Ort, aber die Jungen setzten ihren Weg unbeirrt fort. Auf einer Lichtung erreichten sie ein kleines umzäuntes Jagdhaus. Edgar Herbst sprang unter den skeptischen Blicken von Norbert Augustin über den Zaun.

„Was denn? Du bist doch heute selbst noch über einen Zaun auf ein fremdes Grundstück gesprungen. Der Unterschied hier ist, dass dich kein griesgrämiger Alter mit Schrotflinte empfängt“, sagte Herbst und lachte hämisch. „Das war ein Scherz. Das Jagdhäuschen gehört meinem Vater, keine Angst, kommt mit.“

Herbst öffnete die Tür, über der ein großes Geweih prangte, und die Jungen traten ein. Hier drin roch es nach altem Holz und Rauch. Die rustikale Einrichtung bestand aus massiven Holzmöbeln, im hinteren Bereich stand eine Theke. Die Jungen verteilten sich auf die Sessel, die um einen schweren Holztisch herumstanden und Edgar verteilte Bier aus dem Kühlschrank hinter der Theke.

Bastian Stamm kramte eine Plakette aus seiner Tasche und überreichte sie Augustin. „Das ist unser Erkennungszeichen, jeder von uns hat eine davon.

Ich hab sie bei meinem Vater in der Werkstatt machen lassen.“

„Danke, sieht cool aus“, entgegnete Augustin. „Wie lange dürfen wir hierbleiben.“

„So lange wir wollen. Nur wenn mein Vater und seine Freunde auf die Jagd gehen, müssen wir uns kurzzeitig was anderes suchen. Das hat aber bisher immer geklappt“, sagte Herbst.

Augustin wusste, dass die Väter von Edgar Herbst und Frank Binder privat befreundet waren. Auch beruflich hatten sie viel miteinander zu tun, denn beide waren Richter am Landgericht. Augustin schaute sich in der Runde um. Der Vater von Bastian Stamm hatte ein eigenes Unternehmen, genau wie Rolf Jahnkes Papa. Bernd Hellmanns Vater hatte eine gute Position im Innenministerium und sein eigener Papa war Universitätsprofessor. Je mehr er darüber nachdachte, desto klarer wurde ihm, was für Jungs bei den Sieben Söhnen waren: die Sprösslinge einflussreicher Eltern.

„Wir trinken auf unser neues Mitglied, Norbert Augustin, prost!“, sagte Edgar Herbst unter dem Klirren der Bierflaschen.

„Vielen Dank, ich freu mich.“ Augustin nahm einen kleinen Schluck. Er wollte nicht zu schnell trinken, bisher hatte er nur wenig Erfahrungen mit Alkohol gesammelt. „Und warum heißen wir jetzt Sieben Söhne?“, fragte er.

Edgar Herbst exte seine Bierflasche und rülpste. „Alles fing an mit Frank und mir. Wir saßen hier eines Tages herum, haben Bier getrunken und da haben wir uns gedacht, dass eine Clique doch ganz cool wäre. Eine mit exklusivem Zugang, begrenzten Plätzen und Aufnahmeprüfung und so. Und es sollte natürlich nicht jeder Penner aufgenommen werden dürfen. Weil hier sieben Sessel um den Tisch herumstehen, haben wir uns dann gesagt, dass der Club aus nicht mehr als sieben handverlesenen Mitgliedern bestehen darf. Ein Platz ist noch frei." Edgar deutete auf den einzigen leeren Sessel am Tisch.

„Ist auch schon mal jemand nicht aufgenommen worden?", fragte Augustin.

Edgar Herbst und Frank Binder lachten. „Ganz am Anfang ist das vorgekommen, ja." Herbst stand auf und holte eine neue Runde Bier für diejenigen, die schon ausgetrunken hatten.

„Und wann wird der Siebte Sohn aufgenommen?" Augustin schaute auf den leeren Sessel.

„Wenn alles klappt, morgen Abend. Da findet die nächste Mutprobe für einen Kandidaten statt. Ich weiß nicht, ob Bernd dir schon Bescheid gesagt hat, aber dabei bist du gefragt", kündigte Edgar Herbst an.

„Bernd hat mir schon Bescheid gesagt. Ich muss mir die nächste Mutprobe ausdenken. Ich habe auch schon eine Idee", sagte Augustin.

„Eine Sache musst du noch wissen, die Mutproben werden von Mal zu Mal schwerer. Das ist bei uns so", erklärte Herbst. „Denk dir also etwas aus, das gefährlicher ist als bei dem bekloppten Opa mit Schrotflinte über den Zaun zu springen und etwas aus dem Schuppen zu klauen."

Augustin überlegte. „Ich denke, das kommt hin."

„Na dann schieß mal los."

Die fünf Jungen hörten gespannt zu, während Augustin seine Pläne für eine Mutprobe vorstellte.

„Wann ist dir die Idee dazu gekommen?", fragte Edgar.

„Vorhin auf dem Spielplatz, als Bernd und ich auf euch gewartet haben“, antwortete Augustin.

„Hat das schon mal jemand gemacht? Das klingt tatsächlich ziemlich gefährlich“, gab Rolf Jahnke zu bedenken und wurde sofort von Edgar Herbst abgewürgt. „Papperlapapp, die Idee ist genial. Wir machen das. Dann brauchen wir nur noch ein Auto.“

Bastian Stamm meldete sich. „Wenn wir das nachts machen, kann ich den Audi von meinem Vater aus der Garage nehmen. Fahren kann ich schon, seitdem ich 12 bin. Ich war damals schon immer mit Papa auf den abgelegenen Wirtschaftswegen unterwegs.“

„Und was ist, wenn die Polizei dich erwischt?“, fragte Rolf Jahnke.

Die anderen Jungen lachten. „Hier in Altena? Mitten in der Nacht? Das wird nicht passieren“, beteuerte Frank Binder. „Wenn die Sache gelaufen ist, stellt Bastian den Wagen wieder zurück in die Garage seines Vaters und niemand wieder je bemerken, dass der Audi weg war. Todsicher. Morgen um Mitternacht nehmen wir den siebten Sohn auf. Oder auch nicht. Je nachdem, wie er sich schlägt.“

„Wie heißt eigentlich der Junge?“, fragte Augustin.

Edgar Herbst grinste. „Das erfährst du morgen.“

Kapitel 20

Alexander konnte immer noch nicht begreifen, dass Bernd Hellmann ihm über einen so langen Zeitraum wichtige Fakten vorenthalten und ihn darüber hinaus sogar angelogen hatte. Ihn lediglich von den Ermittlungen auszuschließen war eigentlich noch sehr freundlich von Alexander gewesen. Er kannte LKA-Kollegen in Düsseldorf, die ein Disziplinarverfahren gegen Hellmann hätten einleiten lassen. Insofern musste er sich keine Sorgen wegen übertriebener Härte machen.

Wenn es Alexander auf der Arbeit zu viel wurde, ging er für gewöhnlich in der Mittagspause am Rhein laufen. Obwohl er sehr gestresst war, hatte er momentan diese Möglichkeit nicht. Stattdessen hatte er sich entschieden, die Strecke von der Polizeiwache zum Burggymnasium zu Fuß zu gehen und als er die Schule erreichte, war sein Kopf tatsächlich wieder frei.

Zunächst hatte er aus ermittlungstaktischen Gründen noch darauf verzichtet, das Gymnasium direkt zu kontaktieren, um unnötige Aufmerksamkeit zu vermeiden, und war stattdessen den Weg über das Kultusministerium gegangen. Jetzt, da die Dinge so eine Wendung genommen hatten, war es an der Zeit, die Taktik zu ändern.

Kaum war er im Gebäude, fiel ihm einmal mehr auf, dass Schulen von innen irgendwie alle gleich rochen.

„Hey du! Wo finde ich denn wohl das Sekretariat“, fragte er einen vorbeikommenden Schüler, der ihn den Gang hinunterschickte.

Hinter der Tür am Ende des Gangs saß die Sekretärin Frau Bruns. Alexander schätzte sie auf etwa 60 Jahre. *Sie ist alt genug, um noch die Schüler des Abiturjahrgangs von 1995 zu kennen. Vielleicht kann sie mir schon weiterhelfen,* dachte Alexander.

„Guten Tag“, begrüßte ihn Frau Bruns und schaute ihn fragend an.

„Guten Tag, Alexander Hoorn vom LKA Düsseldorf. Ich leite die Ermittlungen zu den Mordfällen der jüngsten Zeit.“

„Oh ja, das ist ganz furchtbar. Die Nachrichten sind ja voll davon.“

„Ich habe ein paar Fragen. Alle Mordopfer sind nämlich hier auf das Burggymnasium gegangen, Abiturjahrgang 1995, vielleicht erinnern Sie sich?“ Alexander schaute Frau Bruns mit einem freundlichen Lächeln an.

„Das tut mir leid, ich bin erst seit 10 Jahren an dieser Schule. Wenn Sie wissen möchten, was 1995 passiert ist, müssen Sie den Direktor, Herrn Heidegger, fragen. Er ist der Einzige im Kollegium, der schon so lange hier ist“, sagte Frau Bruns.

„Wo finde ich Herrn Heidegger?“

„Er gibt gerade eine Unterrichtsstunde, Sie können gern hier warten“, bot Frau Bruns an.

Alexander setzte sich auf den Zweisitzer in einer Ecke, der zusammen mit einem Holztisch den Wartebereich darstellte. Etwa zehn Minuten später ertönte der Schulgong und das an das Sekretariat angrenzende Lehrerzimmer füllte sich. Herr Heidegger kam ein paar Minuten später ins Sekretariat und wurde von der Sekretärin über den wartenden Gast vom LKA informiert. Alexander schätzte Heidegger auf Anfang 60 und bis zu seiner Pension war es mutmaßlich nicht mehr lang. Er war sehr freundlich und bat Alexander in sein Büro.

„Ich habe in meiner Laufbahn schon viel erlebt, aber Besuch vom Landeskriminalamt hatte ich noch nie. Was kann ich für Sie tun?"

„Es geht um Hintergründe zu den jüngsten Mordfälle in und um Altena. Ich hätte diesbezüglich ein paar Fragen. Mir wurde gesagt, dass Sie schon recht lange an der Schule sind", sagte Alexander.

„Kann man so sagen. Seit 1990, wenn Sie es genau wissen wollen."

„Das ist tatsächlich lang. Dann können Sie mir bestimmt auch ein paar Dinge zur Abiturklasse von 1995 verraten", sagte Alexander.

Herrn Heidegger wich das Lächeln aus dem Gesicht. Er musste einen Moment nachdenken, bevor er antwortete. „Oh, das ist schon so lange her, da kann ich Ihnen nicht weiterhelfen, ich erinnere mich nicht, tut mir leid."

Er stand von seinem Schreibtisch auf und streckte Alexander die Hand zum Abschied entgegen. Der dachte aber nicht daran, einfach so wieder zu gehen, und blieb demonstrativ sitzen. *Natürlich weiß er was, er will nur nicht darüber sprechen,* dachte Alexander. „Sie sind wahrscheinlich der Einzige, der mir die Informationen geben kann, die ich brauche. Ich bitte Sie, helfen Sie mir!", bat Alexander. Nach einer kurzen Pause setze Heidegger sich langsam auf seinen Stuhl. Trotzdem schien er noch nicht restlos überzeugt, dem Ermittler die erbetene Auskunft zu erteilen. „Herr Heidegger, wir haben bisher fünf

Opfer innerhalb einer Mordserie. Alle sind in dieselbe Klasse gegangen, hier auf dem Burggymnasium. Ich muss wissen, ob die Jungs über die Tatsache hinaus, dass sie zusammen das Abitur absolviert haben, irgendetwas miteinander verbindet. Da draußen läuft ein Mörder frei herum und ich will nicht, dass er noch mehr Menschen tötet."

Alexander konnte sehen, wie Heidegger mit sich rang. Schließlich schlug der Direktor auf den Tisch. „Ich kann es Ihnen nicht sagen. Ich möchte Ihnen so gern helfen, aber glauben Sie mir, ich darf es nicht. Wenn Sie wüssten, was passiert ist, würden Sie es verstehen."

Alexander versuchte minutenlang, Heidegger zu überreden, doch er hatte keinen Erfolg. Alexander war kurz vorm Ausrasten.

„Ich gebe Ihnen einen Tipp: Vielleicht finden Sie im Stadtarchiv, wonach Sie suchen. Die Bände mit den Zeitungen aus dem Monat Juli 1990 dürften Sie interessieren", gab der Direktor Alexander zum Abschied mit auf den Weg, was ihn wieder versöhnte. Allerdings änderte das nichts daran, dass er langsam die Geduld verlor.

Das Stadtarchiv im Gebäude des Rathauses an der Lüdenscheider Straße hatte eigentlich bereits geschlossen. Es kostete Alexander noch einmal all seine Überzeugungskraft, beim Sekretariat des Bürgermeisters um Einlass zu bitten, doch er war erfolgreich.

Das Archiv war ein Keller, in dem Dutzende graue Metallregale aufgestellt waren.

„Ich lasse Sie dann jetzt mal alleine", sagte der Mitarbeiter, der ihn hier heruntergeführt hatte und schloss die Tür hinter sich. Plötzlich wurde es still und mit Ausnahme des gleichmäßigen Surrens der Leuchtstoffröhren gab es keine weiteren Geräusche.

Die Regale waren beschriftet und Alexander fand die Abteilung mit den archivierten Zeitungsausgaben schnell, sie war auf der hinteren Seite des Raumes. Alexander ging los, das Licht flackerte und ging für einen kurzen Moment aus. Offenbar war schon lange niemand mehr hier unten gewesen und die Röhren waren nicht mehr die besten. *Gut, dann wollen wir mal schauen.* Alexander ging das Fach mit den Zeitungen entlang, die in großen schwarzen Lederordnern abgeheftet waren. Der Archivar war erfreulicherweise sehr gründlich bei der Beschriftung vorgegangen. Alexander zog den schweren Ordner aus dem Regal und schleppte ihn zu einem verstaubten Holztisch, wo er ihn aufschlug wie eine mittelalterliche große Bibel. Er wusste nicht genau, wonach er im Juli 1990 suchen sollte, weshalb er sich vornahm, auf die Schlagworte *Burggymnasium*, *Schüler* oder einen der Namen der ermordeten Männer zu achten. Es dauerte nicht lang, bis er fündig wurde. Und es war nicht nur ein Artikel, den er fand, der gesamte Altenaer Anzeiger war voll davon. Ungläubig las er jeden einzelnen Artikel durch. *Das gibts doch nicht,* dachte er, *wenn das wahr ist …* Plötzlich ging im Keller das Licht aus. Alexander wartete einen Moment. Die Röhren würden bestimmt, wie vorhin, nach einer kurzen Zeit wieder zünden. Doch diesmal blieben sie aus. *Dann hat es die Röhren wohl zerlegt. Wie komme ich noch mal zur Tür?* Es war stockfinster und zu allem Überfluss hatte Alexander sein Handy vergessen. *Okay, ich taste mich an der Wand entlang, bis ich beim Ausgang ankomme.* Dann öffnete sich quietschend die Tür und etwas Licht fiel aus dem Nebenraum ins

Archiv. Die Tür fiel wieder ins Schloss und die Dunkelheit kehrte zurück.

„Hallo?“, rief Alexander, doch es kam keine Antwort. Stattdessen klangen Schritte durch den Raum, die sich auf ihn zubewegten.

Kapitel 21

Altena, 1990

Die Sonne war in dieser Sommernacht bereits lange hinterm Horizont verschwunden, doch die Dunkelheit sorgte einfach nicht für Abkühlung.

Die Sieben Söhne hatten sich für kurz nach Mitternacht verabredet. Um diese Zeit waren die anderen Jugendlichen aus Altena bereits zu Hause und sie hatten freie Bahn auf dem Spielplatz.

Norbert Augustin war der Erste am Treffpunkt und er trug alle Utensilien bei sich, die sie für die heutige Mutprobe benötigten: *ein langes Seil und eine Rolle Panzertape. Jetzt fehlt nur noch das Auto. Und der potenzielle siebte und letzte Sohn in unserem Club*, dachte Augustin. *Wer er wohl ist? Auf jeden Fall glaube ich, dass es jemand aus einer gut betuchten oder einflussreichen Familie ist. Das ist bei uns anderen sechs auch der Fall und außerdem würden Edgar und Frank sich mit niemand Durchschnittlichem zufriedengeben. Das wäre unter deren Niveau, unter unserem Niveau.*

Tatsächlich musste Augustin nicht lange warten, bis sich seine Frage beantwortete. Denn der zweite Junge, der an diesem Abend am Treffpunkt erschien, war der Anwärter auf den letzten freien Platz bei den Sieben Söhnen. Zuerst hörte er im Dunkeln nur das

Knistern von Schritten auf dem trockenen Waldboden. Als die Umrisse eines Menschen sich im restlichen Licht abzeichneten, schaltete er seine Taschenlampe an und leuchtete die Person an. Augustin sah mitten in ihr Gesicht. Es war ein Junge, Augustin schätze ihn auf 14 oder 15, und damit auf sein Alter. Auf den zweiten Blick konnte er das Gesicht auch zuordnen, es handelte sich um einen Jungen aus der Parallelklasse. Sein Name war Thorsten. Oder Thorben. Augustin wusste es nicht genau. Der Junge erschrak, als ihm plötzlich unerwartet ins Gesicht geleuchtet wurde, und er hob zum Schutz seinen Unterarm davor.

„Bist du hier für die Mutprobe?“, fragte Augustin.

„Ja, ich bin Thorben. Ich sollte hier eigentlich Edgar Herbst treffen“, antwortete Thorben mit zittriger Stimme.

„Die anderen kommen gleich, wir müssen nur noch etwas warten, es ist ja noch früh“, sagte Augustin.

Um kurz vor halb eins trudelten die anderen ein, nur Bastian Stamm fehlte.

„Wo ist Bastian mit dem Auto?“, erkundigte sich Augustin.

„Seine Eltern waren heute länger wach, es wäre ihnen aufgefallen, wenn er einfach mit dem Wagen aus der Garage gefahren wäre. Ich habe bis gerade zu Hause auf seinen Anruf gewartet, deshalb sind wir auch später. Er müsste jetzt jede Minute hier sein“, erklärte Edgar. „Wir können Thorben in der Zwischenzeit schon mal seine Mutprobe für die Aufnahme erklären. Du hast sie dir ausgedacht, Norbert, dann kannst du das am besten übernehmen.“

„Na klar." Augustin lenkte Thorbens Blick auf das Karussell. „Du wirst heute auf dem Karussell hier extrem beschleunigt, und zwar mit einem Auto. Wenn du das überstehst, ohne zu schreien oder irgendeinen anderen Mucks zu machen, hast du die Probe bestanden und du bist aufgenommen."

Thorben schaute ungläubig auf das Spielgerät. „Ist das nicht gefährlich?"

„Das heißt Mutprobe, weil es Mut erfordert, sie zu absolvieren. Ansonsten wäre es witzlos. Eine Aufnahme in unseren Club erhält man nicht einfach so", sagte Edgar.

„Aber was ist, wenn ich mich nicht mehr halten kann und runterfalle, während sich das Ding so schnell dreht! Ernsthaft, ich kann sterben", wandte Thorben ein.

„Du musst dich nicht festhalten. Wir werden dich mit Panzertape an Händen und Füßen an der Außenseite des Karussells festkleben. Da kann gar nichts passieren." Augustin hielt Thorben das Panzertape vor die Nase.

„Und? Was sagst du?", fragte Edgar.

Obwohl Thorben nicht restlos überzeugt war, willigte er ein. Nicht mehr allein aus dem Grund, Mitglied eines exklusiven Clubs zu sein, sondern mittlerweile auch deswegen, um nicht als Feigling abgestempelt zu werden.

Die Rücklichter eines Autos leuchteten auf und färbten den Wald in ein unheimliches Rot. Endlich war Bastian mit dem Auto da und er fuhr langsam rückwärts auf den Spielplatz zu.

„Okay, da ist er, es geht los", sagte Edgar.

Augustin gab Thorben Anweisungen, wie er sich an das Karussell-Geländer zu stellen hatte, und zwar mit dem Rücken nach außen. Thorbens Füße und seine Hände band er mit Panzertape an den Streben des Geländers fest. Er ging nicht sparsam mit dem Klebeband um und Thorbens Fuß- und Handgelenke sahen nachher aus wie mit Stulpen gepolstert.

„Das ist ein bisschen fest“, bemerkte er.

„Sei froh, dann hält es wenigstens“, entgegnete Augustin. Nachdem er Thorben gefesselt hatte, nahm er das Seil und befestigte das hintere Ende mit einem sich selbst lösenden Knoten an einer Strebe des Karussells. Er umrundete das Spielgerät mit dem Seil in der Hand mehrere Male unterhalb von Thorbens Füßen, sodass diese nicht abgequetscht wurden, und zog es anschließend so fest, dass es nicht abrutschen konnte. Das Karussell glich nun einem großen Aufziehkreisel mit Thorben als Unwucht. Augustin nahm das lose Ende des Seils und knotete es an die Anhängerkupplung des Autos. Bastian setzte sich hinters Steuer und startete den Motor.

„Das ist ein Automatik, oder? Dann drückst du gleich einfach das Gaspedal bis ganz nach unten und fährst volles Rohr geradeaus. Freie Bahn hast du ja“, wies Augustin Bastian an.

Edgar Herbst schaute sich alles genau an und als die Vorbereitungen abgeschlossen waren, ging er zu Thorben hinüber.

„Du kannst es dir jetzt noch anders überlegen“, sagte Edgar.

Thorben schüttelte den Kopf. „Nein, ich ziehe das jetzt durch.“

„Die Antwort wollte ich hören. Willst du noch ein paar letzte Worte loswerden?“ Edgar grinste und klopfte Thorben auf die Schulter.

„Ich freu mich, dass ich ab gleich Mitglied bei euch bin".

„Perfekt. Ab jetzt also kein Ton mehr, bis die Prüfung abgeschlossen ist." Edgar und die anderen Jungs entfernten sich vom Karussell. Niemand von ihnen hatte so was schon mal gemacht und keiner wusste, was passieren würde. Deshalb war ein gewisser Sicherheitsabstand und Deckung hinter den anderen Geräten auf dem Spielplatz nicht verkehrt. Bastian schloss die Fahrertür und ließ den Motor ein paar Mal aufheulen. Er wartete auf Edgars Startsignal. „Los!", brüllte der schließlich und Bastian drückte aufs Gas. Die nächsten Sekunden nahm Augustin wie in Zeitlupe wahr. Für einen Augenblick drehten die Räder des Wagens auf dem sandigen Boden durch und wirbelten eine Menge Staub auf. Schließlich bekam der Wagen Traktion und die über 200 PS ließen ihn nach vorn preschen wie ein wildes Tier. Augustins Plan, dass der Wagen das Karussell drehte, funktionierte gut. Zu gut. Die Jungs konnten gar nicht so schnell gucken, wie das Karussell von dem sich rasch entfernenden Auto auf eine enorm hohe Drehgeschwindigkeit beschleunigt wurde. Augustin hatte gar keine Chance, Bastian hinterm Steuer in irgendeiner Weise verständlich zu machen, dass er wenigstens etwas mit dem Fuß vom Gaspedal gehen sollte. Was danach folgte, brannte sich den Jungen ins Gedächtnis wie nichts zuvor in ihrem Leben. Es war wohl nicht das Panzertape, das der starken Zentrifugalkraft nicht mehr standhielt und riss. Vielmehr waren es Thorbens Gliedmaßen, die durch die Klebeband-Fesseln glitten, die dafür doch nicht fest genug gewickelt waren. Thorbens Körper löste sich vom Karussell und wurde fortgeschleudert wie ein Stein von einem Katapult. Thorben gab dabei keinen Ton von sich. Doch das weniger, weil er noch immer die Regeln der Mutprobe befolgte, sondern eher, weil er zu diesem Zeitpunkt bereits das Bewusstsein verloren hatte. So war es fast schon eine Gnade, dass er nichts davon mitbekam, wie er mit dem Rücken gegen ein Klettergerüst prallte. Das Klettergerüst, hinter dem sich Rolf Jahnke in diesem Moment versteckt hielt. Er konnte hören, wie Thorbens Genick brach. Er konnte im Licht der roten Rückleuchte des Audi sehen, wie Thorbens Kopf nach hinten abknickte, sein Körper hart auf den Boden knallte und dort regungslos liegen blieb. Danach war es still und nur das Zirpen der Grillen in den Wiesen jenseits des Waldes schallte herüber zu den Jungen, die in Schockstarre verharrten, bis Bernd Hellmann als erster aus seinem Versteck hervorkam und seine Sprache zurückerlangte. Zögerlich bewegte er sich auf den leblosen Körper zu. „Thorben? Thorben, hörst du mich?“ Keine Antwort. „Thorben?“, wiederholte Hellmann. Diesmal antwortete Rolf. „Der wird nicht antworten, Mann. Ich glaube, er ist tot!“

„Wie kommst du darauf?“, schrie Hellmann.

„Ich stand daneben, als er sich sein scheiß Genick gebrochen hat.“

Edgar kam herbeigerannt, kniete sich neben Thorbens Körper und horchte an seinem Mund und fühlte seinen Puls. „Scheiße“, rief er und begann verzweifelt auf dem Brustkorb von Thorben herumzudrücken.

„Das sieht nicht professionell aus. Bist du sicher, dass du das richtig machst?“, fragte Frank Binder.

„Wenn du es besser kannst, darfst du gerne weitermachen“, schrie Edgar seinen Freund an.

„Keiner von uns kann das, wir müssen den Notarzt rufen“, bemerkte Rolf.

„Das kommt nicht infrage“, riefen Edgar und Frank aus einem Mund. Edgar fing an, noch verzweifelter auf Thorbens Brustkorb herumzudrücken.

„Der Notarzt kann ihn vielleicht wiederbeleben, so haben wir wenigstens eine Chance“, schaltete Augustin sich ein.

„Auf gar keinen Fall. Frank und ich wollen Juristen werden. Wenn wir mit so was in Verbindung gebracht werden, können wir unsere Karriere direkt abhaken, bevor sie angefangen hat“, sagte Edgar.

„Eure Karrieren sind euch wichtiger als das Leben eines Menschen?“, konterte Rolf und klang dabei immer verzweifelter.

Bastian war inzwischen mit dem Wagen zurückgekommen und hatte von dem Unfall nichts mitbekommen. „Und, hat er bestanden?“, fragte er völlig ahnungslos.

„Sieht das aus, als hätte der gerade eine Mutprobe bestanden?“, brüllte Bernd Hellmann.

„Er ist doch nicht…“ Bastian realisierte erst jetzt, was passiert war. „Was machen wir jetzt?“

„Wir überlegen gerade, den Notarzt zu rufen“, erklärte Augustin.

Bastian protestierte. „Habt ihr einen Vogel? Wenn der Notarzt kommt und das hier sieht, kommt auch die Polizei! Wisst ihr, was für einen Ärger ich dann bekomme? Ich bin das Auto gefahren. Mal abgesehen davon, dass ich keinen Führerschein habe und mein Vater dann vermutlich auch noch dran ist.“

Augustin platzte der Kragen. „Ihr könnt euch doch nicht alle der Verantwortung entziehen! Wisst ihr was? Ihr wollt immer, dass neue Mitglieder bei den Sieben Söhnen eine Probe bestehen, um ihren Mut zu beweisen. Jetzt kommt es einmal richtig darauf an, mutig zu sein und Verantwortung zu übernehmen und ihr zieht den Schwanz ein! Ich könnte echt kotzen!“

Bastian kümmerte Augustins Ansprache nicht.

„Mir ist egal, was ihr denkt, ich bin jedenfalls weg.“ Er setzte sich ins Auto.

„Warte auf mich“, rief Edgar und setzte sich auf den Beifahrersitz. Jetzt gab es auch bei den anderen kein Halten mehr. Keiner wollte als Letzter zurückbleiben und Gefahr laufen, die Verantwortung für den Vorfall übernehmen zu müssen. Alle, auch Augustin, stürmten zum Auto und quetschten sich hinein. Bastian drückte aufs Gas und der Audi raste los.

Kapitel 22

Die Schritte im dunklen Archivraum des Rathauses kamen immer näher. Alexander hatte schon ein paar Mal versucht, Kontakt zu der Person im Raum aufzunehmen, doch er bekam keine Antwort. Er stellte sich innerlich darauf ein, im Notfall zur Verteidigung seine Waffe zu ziehen. Aber zunächst tastete er sich bis zum nächsten Regal vor und versteckte sich dahinter. *Wenn ich den anderen nicht sehe, kann er mich auch nicht sehen*, ging ihm durch den Kopf.

Plötzlich entfernten die Schritte sich zur Seite. *Die Person ist irgendwo abgebogen.* Alexander war ein wenig beruhigt. *Aber was will der andere denn nun hier unten?* Auf einmal klackerte es und die Leuchtstoffröhren im gesamten Archivraum gingen wieder an. Alexander kniff die Augen zusammen. Als er sich an die Helligkeit gewöhnt hatte, hielt er nach der anderen Person im Archiv Ausschau. Vor einem großen Sicherungskasten wurde er fündig. Ein älterer Mann schloss gerade die Klappe und drehte sich um. Er schien nicht erstaunt zu sein, als er Alexander erblickte.

„Die Lampen hier sind alt, sie gehen jeden Tag mindestens einmal aus. Das hätten die ihnen vorhin sagen müssen", sagte der Mann.

„Das haben sie wohl vergessen, ist aber nicht so schlimm. Ich bin übrigens Alexander Hoorn vom LKA."

„Sie müssen etwas lauter reden, bitte. Ich hatte schon ein paar Hörstürze und seitdem bin ich etwas schwerhörig."

Alexander wiederholte und schrie dabei fast.

„Franz Schulten, angenehm, ich bin für das Archiv verantwortlich."

„Kompliment, Sie haben eine gute Ordnung hier", sagte Alexander.

„Das freut mich. Ich hoffe, dass das auch noch so bleibt, wenn ich in ein paar Monaten in Rente bin. Aber das soll dann auch nicht mehr mein Problem sein. Sie haben also gefunden, wonach Sie gesucht haben?", fragte Schulten.

„Oh ja, da vorne, ich habe noch nicht geschafft, den Ordner wieder zurückzustellen, es wurde dunkel", sagte Alexander.

„Das macht nichts, ich übernehme das gern. So stelle ich immer sicher, dass der Ordner wieder an Ort und Stelle landet." Alexander folgte Schulten zurück zum Tisch, wo der Ordner mit den Zeitungen noch immer aufgeschlagen lag.

„Wie ich sehe, interessieren Sie sich für die Vorkommnisse von 1990", bemerkte Schulten, als er die Überschriften der Zeitungsartikel in dem Ordner sah.

Alexander merkte auf. „Sie können sich an den Vorfall erinnern?"

„Vage. Es ist doch damals ein Jugendlicher ums Leben gekommen. Bei so einem Quatsch-Spiel mit dem Karussell auf dem Spielplatz oben im Wald. Der andere Junge, der dafür verantwortlich war, hat einen

Schaden fürs Leben davongetragen, der sitzt heute noch in der Geschlossenen“, erinnerte sich Schulten.

„Sie können sich vermutlich nicht mehr an seinen Namen erinnern, oder?“ Alexander hatte wenig Hoffnung.

„Nein.“ Schulten lachte. „Aber warten Sie, ein paar Monate später gab es einen Gerichtsprozess. Sekunde.“ Schulten blätterte in dem Ordner mehrere Seiten nach vorn. „Da haben wir es, der Name des Jugendlichen war Simon S.“

„Großartig, vielen Dank!“, sagte Alexander. Er verabschiedete sich von Franz Schulten und wünschte ihm alles Gute für seinen Ruhestand. Er hatte ein gutes Gefühl und konnte es kaum erwarten, zur Polizeiwache zurückzukehren, wo er sein Handy in Hellmanns Büro wiederfand und sogleich seine Kollegin Rebekka beim LKA anrief.

„Ich hatte nicht damit gerechnet, so schnell wieder von dir zu hören“, begrüßte sie ihn augenzwinkernd.

„Ich hoffe, ich störe dich nicht. Ich muss wissen, in welcher Psychiatrischen Klinik ein gewisser Simon S. untergekommen ist. Er wurde im Jahr 1990 erstmals eingewiesen und war damals 15 Jahre alt. Ach ja, und ein Nachname wäre nicht schlecht. Und vielleicht das Gerichtsurteil gegen ihn und die Urteilsbegründung.“

Keine 20 Minuten später rief Rebekka mit den Informationen zurück.

„Dein Patient heißt Simon Steinbach. Er wurde 1990 in die LVR-Klinik Düsseldorf eingewiesen, wo seine lange Karriere von Aufenthalten in psychiatrischen Einrichtungen startete. Heute ist er in der LWL-Klinik Iserlohn zu Hause. Das Gericht sah es damals als erwiesen an, dass er einen anderen

Jugendlichen, der festgebunden an einem Karussell war, mit einem Auto so schnell beschleunigt hat, dass er starb. Ich schicke dir alles per E-Mail zu“, sagte Rebekka.

„Vielen Dank, du bist unbezahlbar.“

Nach einer gewissen Stagnation und damit verbundenem Frust spürte Alexander wieder frischen Elan. Simon Steinbach also betrat als neuer Beteiligter das Parkett. In seinem Kopf strickte Alexander sich bereits alle möglichen Theorien zurecht. Zwar konnte er noch nichts zu einem möglichen Motiv sagen, aber wenn Simon Steinbach in der Psychiatrie in Iserlohn lebte, wohnte er nah genug an den Opfern: Iserlohn lag nur gut 20 Minuten von Altena entfernt.

Der Weg zur LWL-Klinik war gut ausgeschildert und Alexander parkte direkt vor der Tür. Das Gebäude war von einem großen Park umgeben, in dem Patienten spazierten. Einige waren mit, andere ohne einen Betreuer unterwegs.

Als Alexander das Foyer betrat, war der Empfang unbesetzt und er musste einige Minuten warten, bis schließlich eine freundliche Frau kam und ihn begrüßte.

„Guten Tag, mein Name ist Alexander Hoorn von LKA Düsseldorf. Darf ich einen Ihrer Patienten besuchen?“

„Natürlich, das ist kein Gefängnis hier. Wen suchen Sie denn?“

„Das ist gut, ich suche Herrn Simon Steinbach.“

Die Frau tippte auf der Tastatur vor sich herum. „Station 2b, Zimmer 3. Sie nehmen den Aufzug in den zweiten Stock und gehen dann nach rechts und schon sind Sie da.“

Alexander bedankte sich und nahm die Treppe in den zweiten Stock. Auf der Station 2b fand er schnell Zimmer Nummer 3 und klopfte an die Tür. Während er auf die Antwort wartete, fragte er sich, wie es wäre, Steinbach gegenüberzutreten. Er wusste zwar nicht, ob er tatsächlich ein Mörder war, doch er musste sich auf jede Reaktion gefasst machen. Zumal Alexander nicht wissen konnte, um was für eine psychische Erkrankung es sich bei Steinbach handelte.

Niemand antwortete auf der anderen Seite und so versuchte Alexander es im Aufenthaltsbereich, in dem mehrere Patienten herumsaßen, Gesellschaftsspiele spielten, sich unterhielten oder Fernsehen schauten. Die Betreuer waren an ihrer weißen Kleidung zu erkennen. Alexander rief einen von ihnen zu sich. Er hatte tätowierte Arme, machte einen zuvorkommenden Eindruck und war freundlich. Sein Namensschild verriet, dass er Olaf Lange hieß. Als Alexander sich vorstellte, keimte Panik in seinen Augen auf, weil er sich Sorgen darum machte, dass einem der Patienten auf der Station etwas zugestoßen sein könnte. Alexander versuchte den Mann zu beruhigen. „Deswegen bin ich nicht hier, keine Angst. Ich möchte nur mit einem Ihrer Patienten sprechen. Sein Name ist Simon Steinbach."

Olaf Lange musterte Alexander skeptisch. „Was wollen Sie von ihm?"

„Das möchte ich gern mit ihm selbst besprechen, also?"

„Er ist draußen im Park unterwegs, ich lasse ihn holen." Olaf Lange verschwand im Büro und kehrte sogleich zurück. „Er kommt gleich."

„Danke. Dürfen die Patienten hier eigentlich immer raus?", fragte Alexander.

„Tagsüber ja, das ist kein Gefängnis hier. Nachts bleiben alle Patienten auf der Station, die ist dann auch abgeschlossen“, antwortete Lange.

Das sprach in Alexanders Augen gegen Simon Steinbach als Täter, da der Täter ausnahmslos nachts zugeschlagen hatte. „Und es gibt keine Möglichkeit, dass die Patienten nachts türmen?“

„Auf keinen Fall“, beteuerte Lange.

„Wer hatte in den letzten Nächten denn Nachtdienst?“, fragte Alexander.

„Das war ich, deshalb bin ich mir auch so sicher, dass keiner zwischendurch getürmt ist“, antwortete Lange selbstbewusst.

Ein großer schlanker Mann betrat den Aufenthaltsbereich. Er hatte dunkle Haare und dunkelbraune Augen, es war Simon Steinbach. „Du hattest nach mir gerufen“, sagte er zu Olaf Lange.

„Oh ja, hier ist jemand vom LKA, der dich sprechen möchte. Natürlich nur, wenn das nicht zu viel Stress für dich bedeutet“, antwortete Lange.

„Oh nein, das ist schon in Ordnung. Wenn es mir zu viel wird, sage ich direkt Bescheid“, sagte Steinbach.

„Sehr gut, können wir uns irgendwo ungestört unterhalten?“, fragte Alexander.

„Auf meinem Zimmer. Ich habe aber nicht aufgeräumt.“ Alexander folgte Steinbach auf sein Zimmer, das etwa zehn Quadratmeter groß war. Steinbach setzte sich auf sein Bett, Alexander bot er den einzigen Stuhl im Zimmer an.

„Ich hoffe, dass ich Sie nicht zu sehr überfalle“, begann Alexander.

„Nein, das macht gar nichts. Warum möchten Sie mich denn sprechen?“

„Mich interessieren ein paar Dinge aus Ihrer Vergangenheit. Sie waren auf dem Burggymnasium, richtig?“

„Das ist korrekt“, antwortete Steinbach.

„Kennen Sie Frank Binder, Edgar Herbst, Bastian Stamm, Rolf Jahnke und Norbert Augustin?“

„Wir waren alle auf dem Gymnasium, Frank Binder und Edgar Herbst kannte ich persönlich, die anderen nur vom Sehen. Alle sind tot, nicht wahr? Sie brauchen nicht so erstaunt schauen, hier drinnen gibt es auch Radio, Fernsehen und Internet.“

Alexander war immer wieder erstaunt. Oft neigte man dazu, Patienten in einer Psychiatrie als verrückt, manchmal auch unwissend abzustempeln. Bei Simon Steinbach handelte es sich aber ganz offensichtlich um einen sehr intelligenten und gut informierten Mann.

„Sie wissen schon Bescheid, umso besser. Alle fünf Männer wurden in den vergangenen Tagen ermordet“, sagte Alexander.

„Wissen Sie schon, wer Sie umgebracht hat?“, erkundigte sich Steinbach.

„Zum Stand der Ermittlungen möchte ich Ihnen keine Auskunft geben. Ich habe in Erfahrung gebracht, dass Sie wegen eines Unfalls mit einem Karussell im Jahr 1990 in der Psychiatrie sind“, sagte Alexander.

„Nicht wirklich. Das trifft auf meinen ersten Aufenthalt zu, der hat bis 1995 gedauert. Seitdem habe ich die Kurve nicht mehr richtig bekommen und bin immer wieder in verschiedenen Einrichtungen gelandet. Mit Unterbrechungen, in denen ich bei meinem Vater in Altena gewohnt habe“, erklärte Steinbach.

„Ich möchte noch mal näher auf den Vorfall mit dem Karussell selbst eingehen. Was haben Sie damals getan?", fragte Alexander.

„Gar nichts. Ich habe rein gar nichts damit zu tun", sagte Steinbach.

„In der Zeitung stand aber etwas anderes. Bitte erzählen Sie mir doch aus Ihrer Sicht, was damals passiert ist." Alexander merkte, dass Steinbach nicht darüber reden wollte. Stattdessen machte er dicht. „Das wird mir etwas zu stressig. Ich hätte nichts dagegen, jetzt ein wenig allein zu sein", sagte Steinbach.

Alexander hatte befürchtet, dass das passieren würde. „Herr Steinbach, Sie haben jetzt die Gelegenheit, ein paar Dinge richtigzustellen. Das hilft Ihnen doch auch dabei, die Vergangenheit zu bewältigen."

„Sie können sicher sein, dass ich im Laufe der Jahre meine eigenen Methoden gefunden habe, die Vergangenheit zu bewältigen. Bitte gehen Sie jetzt."

Als Alexander ein weiteres Mal versuchte, Steinbach zum Reden zu bringen, rief dieser nach Olaf Lange, der Alexander freundlich, aber bestimmt zum Gehen aufforderte und ihn nach draußen begleitete.

Alexander ärgerte sich, dass er nicht mehr aus Simon Steinbach herausbekommen hatte. Dennoch war er jetzt überzeugt, dass er irgendetwas zu verbergen hatte. *Wenigstens weiß ich jetzt, dass Steinbach einen Vater hat, der in Altena wohnt. Vielleicht kann er mir weiterhelfen,* dachte Alexander. Es kostete ihn einen Anruf bei der Polizeiwache, um die Adresse und den Namen des Mannes herauszufinden. Sein Name war Gregor Steinbach und er wohnte in einem Häuschen am Stadtrand. Pflanzen wucherten wild im Vorgarten, die ursprünglich roten Klinker des Gebäudes waren zum Großteil verwittert und Unkraut wuchs zwischen den Fugen der Pflasterung auf der Garagenauffahrt. Das Namensschild an der hölzernen Haustür war gerade noch lesbar und nachdem er feststellte, dass die Klingel nicht funktionierte, klopfte er. Nach einer Weile öffnete ein Mann. Er mochte an die 70 Jahre alt sein, hatte schütteres graues Haar und einen Dreitagebart.

„Guten Tag, sind Sie Gregor Steinbach?“, fragte Alexander und stellte sich vor.

„Ja, der bin ich.“ Steinbach schien eher wortkarg zu sein.

„Ich habe ein paar Fragen, die ich gern drinnen mit Ihnen besprechen möchte. Darf ich reinkommen?“

Wortlos ging Steinbach zur Seite und machte Platz, was Alexander als Einladung auffasste. Im Haus war es, wie Alexander erwartet hatte, sehr unordentlich. Steinbach musste erst ein paar auseinandergepflückte Zeitungen und Rätselbücher vom Sofa räumen, bevor er Alexander einen Platz anbieten konnte.

„Sie mögen Rätsel?“, fragte Alexander. Was sich wie Smalltalk anhörte, hatte natürlich einen Hintergrund.

„Ja, Rätsel symbolisieren das ganze Leben, sie sind Ausdruck dafür, dass man allein mit der Kraft des menschlichen Verstands Ordnung in das Chaos bringen kann“, sagte Steinbach.

„Wie auch immer. Ich bin hier, weil ich mit Ihnen über die Ereignisse aus dem Sommer 1990 sprechen möchte. Ich weiß, dass das schon lange her ist, aber vielleicht können Sie sich noch erinnern“, sagte Alexander.

Steinbach machte ein abfälliges Geräusch. „Schon lange her… schauen Sie sich doch mal hier um. Sieht das hier so aus, als würde ich ein normales Leben führen? Sieht das so aus, als hätte der Sommer 1990 mich jemals losgelassen? Schon lange her… Nein, die Ereignisse sind seitdem jeden Tag Teil meines Lebens.“

„Das müssen Sie mir erklären“, sagte Alexander.

„Na gut. Ich bin ein Mensch mit einem sehr ausgeprägten Gerechtigkeitssinn, Ungerechtigkeiten sind für mich sehr schwer zu ertragen. Und genau das ist meinem Sohn widerfahren. Er wurde für etwas verurteilt, was er nicht getan hat, während die wahren Täter ungeschoren davongekommen sind. Das war der Auslöser dafür, dass sein komplettes Leben den Bach runtergegangen ist. Und meins ganz nebenbei auch. Wenn ich Ihnen sage, was ich in meinem Leben für Gerichtskosten ausgegeben habe, Sie würden es nicht glauben. Mein ganzes Vermögen ist bei dem Gang durch die Instanzen draufgegangen.“ Steinbach redete sich in Rage und bekam einen roten Kopf.

„Sie sprechen von dem Unfall mit dem Karussell, bei dem ein Junge uns Leben gekommen ist. Ich war heute schon bei Ihrem Sohn in der Psychiatrie und er hat jegliche Schuld von sich gewiesen. Aber wer hat den Jungen wirklich auf dem Gewissen?“, fragte Alexander.

Steinbach begann zu lachen. „Hören Sie, Sie kommen hier zu mir, ohne dass ich Sie kenne, und stellen mir Fragen zu einem Fall, deren Hintergründe Sie nicht verstehen. Selbst wenn ich Ihnen auf Ihre Frage antworten wollte, dürfte ich es nicht. Man hat mir einen juristischen Maulkorb angelegt und ich werde mich nicht zu irgendwelchen Aussagen hinreißen lassen, die mich am Ende noch tiefer in den Sumpf ziehen. Wer sagt mir denn, dass ich Ihnen vertrauen kann. Sollten Sie es aber ernst meinen, gebe ich Ihnen einen Tipp: Schauen Sie sich an, wer in dem Prozess gegen meinen Sohn das Sagen hatte. Ich habe jedenfalls aufgegeben, gegen dieses kranke System zu kämpfen."

„Eine Frage habe ich noch: Was sagen Sie zu den Mordfällen der vergangenen Tage?", fragte Alexander.

„Vielleicht hatten die Opfer es verdient, vielleicht auch nicht, wer weiß das schon."

„Darf ich Sie fragen, wo Sie in den letzten vier Nächten waren?", fragte Alexander.

„Wo soll ich schon gewesen sein? Hier natürlich", antwortete Steinbach.

Am Ende der Unterhaltung brachte Steinbach Alexander zur Haustür. Alexander war unsicher, wie er den Mann einschätzen sollte. Einerseits hatte er ein Motiv: Rache für seinen Sohn. Andererseits hatte er offenbar nach Jahren des Kampfes resigniert. Auf jeden Fall aber hatte er Alexander einen potenziell hilfreichen Tipp gegeben, er sollte nachschauen, wer im Prozess gegen seinen Sohn das Sagen hatte.Alexander setzte sich ins Auto und zückte das Handy. In seinem Postfach erschien die E-Mail mit dem Urteil gegen Simon Steinbach und der dazugehörigen Begründung, die er von Rebekka bekommen hatte, ganz oben. Er öffnete den Anhang und warf einen Blick auf das Dokument. Mehr war nicht nötig, denn bereits auf der ersten Seite fand er, wonach er gesucht hatte: Der Richter im Prozess gegen Simon Steinbach damals war Reinhold Herbst.

Alexander nahm das Handy runter und gab sich einen Augenblick, um die Information zu verarbeiten. „Verdammt, das ist Edgar Herbsts Vater“, sagte er zu sich selbst.

Kapitel 23

Altena, 1990

Im Jagdhäuschen saßen Frank Binder, Edgar Herbst, Rolf Jahnke, Bastian Stamm, Bernd Hellmann und Norbert Augustin um den Tisch herum und schwiegen einander an. Die Stimmung war gedrückt, keiner wusste so recht, was er sagen sollte.

„Wer hat denn heute Morgen die Leiche gefunden?", durchbrach Frank Binder schließlich das Schweigen.

„Eine Mutter, die mit ihrem Kind auf dem Spielplatz war. Die Frau steht unter Schock, das Kind hat wohl nicht verstanden, dass da ein Toter lag, haben sie im Radio berichtet", antwortete Rolf Jahnke.

„Wir müssen zur Polizei gehen und gestehen", sagte Augustin, „wenn wir denen sagen, dass es ein Unfall war, werden wir keine Strafe bekommen", sagte Norbert Augustin. Edgar Herbst reagierte gereizt. „Ich werde die Diskussion von gestern Abend nicht noch einmal führen! Wir werden nicht zur Polizei gehen, und damit hat sich's! Niemand hat uns gesehen und somit kann uns auch niemand etwas nachweisen. Und wenn wir alle dichthalten, kommt die Sache nicht ans Licht. Oder haben die im Radio gesagt, dass die Polizei jemanden verdächtigt?"

Rolf Jahnke schüttelte den Kopf.

„Na seht ihr.“ Herbst wandte sich an Bastian Stamm. „Hat dein Vater bemerkt, dass sein Wagen gestern Nacht nicht in der Garage war?“

„Nein. Er ist heute Morgen ganz normal eingestiegen und zur Arbeit gefahren. Ich habe den Kilometerzähler auch auf Null gestellt und ein bisschen Benzin aus dem Kanister für den Rasenmäher in den Tank geschüttet“, sagte Bastian.

„Also, alles ist perfekt. Wir gehen jetzt alle nach Hause und verhalten uns möglichst unauffällig. Ihr werdet sehen, dass spätestens bis zum Ende der Ferien Gras über die ganze Sache gewachsen sein wird. Dann spricht niemand mehr davon, und das ist ganz sicher.“

In den ersten Tagen nach dem Vorfall vermieden die Jungen es, sich zu treffen. Die Wunde war zu frisch und jeder wollte selbst versuchen, irgendwie sein persönliches Trauma zu verarbeiten. Das war umso schwieriger, da sich niemand von ihnen irgendjemandem anvertrauen konnte. Reden wäre so hilfreich gewesen, die Seele zu erleichtern, doch die Jungen hatten sich für einen anderen Weg entschieden.

Thorbens Beerdigung fand an einem Mittwoch statt. Es war das größte Begräbnis, das Altena seit langem gesehen hatte. Hunderte Schüler des Burggymnasiums waren auf dem Friedhof, um Thorben die letzte Ehre zu erweisen. Das war hart für die Sieben Söhne, obwohl die Jungen der Beerdigung nicht einmal beiwohnten. Keiner von ihnen brachte den Mut auf, an Thorbens Grab zu stehen oder die bitterlich weinenden Eltern des Jugendlichen zu ertragen.

Vielleicht war es die Tatsache, dass die Sieben Söhne der Beerdigung ferngeblieben waren. Vielleicht war es das auffällig unauffällige Verhalten der Jungen, das Verdacht erregt hatte. Vielleicht hatte einer von ihnen aber auch einfach nur den Mund nicht halten können. Jedenfalls klingelte eines Nachmittags, als die Ferien schon ein paar Wochen vorbei waren, ein Kriminalhauptkommissar namens Ludger Hörst an der Haustür von Familie Herbst. Edgar öffnete, fragte sich selbst zunächst nichtsahnend, wer der fremde Mann wohl sein mochte, und verfiel in eine Art Schockstarre, als er erklärte, warum er zur Familie Herbst gekommen war.

„Ich ermittle in dem Fall des verstorbenen Thorben Menke. Du hast bestimmt von ihm gehört, ihr wart auf einer Schule“, erklärte der Beamte.

„Ja, kann sein.“ Edgar fühlte sich überrumpelt und ihm fiel in diesem Augenblick keine bessere Antwort ein. Genau das beabsichtigte Hörst, anhand spontaner Reaktionen Rückschlüsse auf mögliche Schuld oder Unschuld zu ziehen.

„Darf ich hereinkommen? Ich würde mich gern einmal mit dir unterhalten“, bat Hörst.

Edgar wusste nicht, was er antworten sollte. War er überhaupt verpflichtet, den Polizisten ins Haus zu lassen? Nie zuvor in seinem Leben war er so froh darüber gewesen, seinen Vater früher nach Hause kommen zu sehen wie heute. Richter Reinhold Herbst stieg aus seinem BMW und beäugte skeptisch den fremden Mann, der sich an der Haustür mit seinem Sohn unterhielt.

„Können wir Ihnen helfen?“, fragte der Richter.

„Tatsächlich können Sie das. Ludger Hörst von der Kriminalpolizei. Ich möchte mich gern mit Ihrem Sohn unterhalten."

„Darf ich bitte Ihren Ausweis sehen?", fragte Reinhold Herbst.

„Selbstverständlich." Hörst zeigte dem Richter seinen Dienstausweis.

„Ist das die neue Masche bei der Polizei, minderjährige ohne Erziehungsberechtigte oder Rechtsbeistand zu befragen? Und worum geht es überhaupt?" Reinhold Herbst versuchte nicht einmal, seinen Ärger über den Auftritt des Polizisten zu verbergen.

„Ich ermittle in dem Fall des verstorbenen Thorben Menke und habe diesbezüglich ein paar Fragen an Ihren Sohn", erklärte Hörst.

„Das ist doch der Junge, der tot vom Karussell gefallen ist. Was soll mein Sohn mit dem zu tun haben?" Reinhold Herbst schaute Edgar fragend an.

„Das möchte ich herausfinden. Also, gehen wir jetzt ins Haus? Ich kann Ihnen natürlich auch eine Vorladung schicken. Wenn es Ihnen lieber ist, machen wir die Befragung gern auf der Polizeiwache", schlug Hörst vor.

Da dies weder in Edgars noch im Interesse seines Vaters war, stimmte der Richter zähneknirschend einer Befragung im Haus zu.

Edgar und die beiden Männer setzten sich an den Tisch im Esszimmer. „Lassen Sie uns bitte beeilen, meine Frau kommt in einer halben Stunde zurück und ich möchte nicht, dass Sie sich unnötig Sorgen macht, wenn Sie ihren Sohn hier mit einem Polizisten antrifft", sagte Reinhold Herbst.

„Oh, da kann ich Sie beruhigen. Wenn Ihr Sohn mich überzeugen kann, bin ich ganz schnell wieder weg, versprochen. Da sind wir auch schon beim Thema. Edgar, in welchem Verhältnis standest du zu Thorben Menke?“, fragte Hörst.

Edgar fühlte sich unwohl und er blickte zu seinem Vater hinüber, der ihm ermutigend zunickte.

„Er war halt auf unserer Schule, wir hatten nicht viel miteinander zu tun“, antwortete Edgar. Sein Vater sprang ihm bei: „Das kann ich bezeugen, er war nie hier bei uns zum Spielen zu Hause. Der Kontakt kann also nicht besonders ausgeprägt gewesen sein.“

„Das heißt also, dass es nicht sein kann, dass Thorben Menke sich auf dem Schulhof mit dir und noch jemandem unterhalten hat. Ich frage, weil ihr drei vor ein paar Wochen häufiger mal zusammen gesehen wurdet“, sagte Hörst.

„Wer ist denn ihre Quelle?“, fragte Reinhold Herbst.

„Das soll hier keine Rolle spielen. Ich verrate Ihnen trotzdem, dass es sich um Lehrpersonal handelt“, sagte Herbst.

„Viele Lehrer sind kurzsichtig, es gibt sogar welche mit Alkoholproblemen. Ihre sogenannte Quelle ist unzureichend“, argumentierte Reinhold Herbst.

Edgar schwieg und überließ bereitwillig seinem Vater das Feld.

„Wie Sie meinen“, sagte Hörst. „Wir vermuten, dass es sich bei dem Tod von Thorben um eine missglückte Mutprobe handeln könnte, bei der ein Karussell mit einem Auto beschleunigt wurde. Weißt du etwas dazu?“

Edgar schüttelte den Kopf.

„Wir würden gern Reifenabdrücke von Ihrem Wagen nehmen. Ist eine reine Routinesache“, sagte Hörst zu Richter Herbst, der seine Zustimmung gab.

„Und zum Schluss würde ich gern noch wissen, was du in der Nacht von 24. auf den 25. Juli gemacht hast, und dann bin ich auch schon verschwunden“, versprach Hörst.

„Wir haben einen Fernsehabend gemacht“, antwortete Edgar, „hier bei uns zu Hause.“

„Na sehen Sie, dann bedanke ich mich, das war’s schon. Bei Rückfragen melde ich mich noch mal bei Ihnen.“

Edgar und Reinhold Herbst brachten Ludger Hörst zur Tür.

Als der Beamte weg war, atmete Reinhold tief durch. „Edgar, komm bitte noch mal mit.“ Wie ein geprügelter Hund folgte Edgar seinem Vater ins Esszimmer, wo die beiden sich an den Tisch setzten.

„Hast du etwas mit dem Tod von Thorben Menke zu tun?“, fragte Reinhold Herbst.

Edgar schaute zu Boden und schüttelte den Kopf.

„Sieh mich an, wenn ich mit dir rede!“, befahl Reinhold.

Edgar hob den Kopf.

„Ich frage dich noch einmal: Hast du etwas mit dem Tod von Thorben Menke zu tun?“, wiederholte Reinhold.

„Nein“, antwortete Edgar leise.

„Warum hast du dann bei der Frage nach dem Alibi gerade gelogen? Du hast in der Nacht vom 24. auf den 25. keinen Fernsehabend gemacht. Vielleicht warst du vorher hier, aber deine Mutter und ich haben gehört, wie du um Mitternacht aus dem Haus gegangen bist. Wie erklärst du das?“, fragte Reinhold.

„Ich wollte nur noch mal frische Luft schnappen", antwortete Edgar.

Reinhold schüttelte den Kopf. „Ich kann dir helfen mein Sohn, aber du musst ehrlich zu mir sein. Davon hängt dein späteres Leben ab. Also, hast du Thorben Menke gekannt und hast du etwas mit seinem Tod zu tun? Es ist deiner Mutter und mir nicht entgangen, dass du dich in letzter Zeit verändert hast. Steht das irgendwie mit dieser Sache in Verbindung?", fragte Reinhold.

Edgar reagierte zunehmend genervt. „Zum letzten Mal: Nein. Und außerdem bin ich in der Pubertät, Teenager haben häufig Stimmungsschwankungen. Darf ich jetzt gehen?"

Reinhold stöhnte. „Meinetwegen." Er war ein intelligenter, emphatischer Mensch und er hatte sich während seiner Laufbahn als Richter eine sehr gute Menschenkenntnis angeeignet. Während er Edgar hinterhersah, kam in ihm die Ahnung auf, dass sein Sohn ihn angelogen hatte. Er wusste nicht, was mehr wehtat: Die Tatsache, dass sein Sohn unehrlich zu ihm war, oder der Umstand, dass er, in welcher Form auch immer, in ein Tötungsdelikt verwickelt war. Auf jeden Fall war er noch immer sein Sohn und Reinhold würde ihn, egal was passierte, immer unterstützen.

Kapitel 24

Er hockte auf seinem Stuhl, starrte die Wand an und biss in sein Handgelenk. Das hatte er sich für den Fall angewöhnt, dass er nervös war, und der Schmerz wirkte tatsächlich Wunder. Er markierte einen Punkt, auf den er sich konzentrieren konnte, wenn seine Gedanken ihm zu entgleiten drohten. Und das taten sie gerade. Ob es vor Aufregung, Angst oder Vorfreude war, vermochte er nicht zu sagen. Wahrscheinlich war es ein bisschen von allem. „Heute endet es. Heute Nacht", flüsterte er immer wieder.

Kapitel 25

Mühsam fügte sich für Alexander das Gesamtbild zusammen. *Wir haben fünf Mordopfer, die alle in derselben Klasse waren. Alle wurden umgebracht, nachdem sie ein Rätsel nicht lösen konnten, das wiederum auf den nächsten Mord hingewiesen hat. Dann haben wir noch eine mysteriöse Einbruchserie, die nicht ganz ins Bild passt. Und wir haben Bernd Hellmann, der mir einige wichtige Details verschwiegen hat und der mehr weiß, als er zugeben möchte. Wir haben einen psychisch Kranken, der für ein Verbrechen, das Jahrzehnte zurückliegt, verurteilt wurde - nach seiner Aussage und der Aussage seines Vaters zu Unrecht, in jedem Fall jedoch wurde er vom Vater eines der Mordopfer verurteilt*: Reinhold Herbst. Alexander hatte in der Zwischenzeit herausgefunden, dass Reinhold Herbst drei Jahre zuvor verstorben war. Den Richter zu befragen hätte ihn bei den Ermittlungen weiter vorangebracht, jetzt befand er sich wieder in einer Sackgasse.

Wie er es auch drehte, er würde nicht umhinkommen, Bernd Hellmann ein weiteres Mal aufzusuchen und zu dem alten Fall zu befragen. *Hoffentlich redet er noch mit mir*, dachte Alexander und startete den Motor.

Kapitel 26

Bernd Hellmann fühlte Verzweiflung, Wut und Haltlosigkeit. Sein ganzes Leben drehte sich um die Arbeit. Jetzt, da ihn ein Ermittler aus Düsseldorf suspendiert hatte, den er bis vor ein paar Tagen nicht einmal kannte, hatte er nicht einmal die.

Hellmann entschied, das zu tun, was wohl die meisten in seiner Situation tun würden: sich volllaufen lassen.

Seine Stammkneipe, der *Fährmann*, öffnete um 19 Ihr und Hellmann war der erste Gast.

„Guten Abend Bernd, heute schon so früh?“, begrüßte ihn der Wirt Rainer Bölling, der den Fährmann schon in dritter Generation führte.

„Freu dich doch, dann machst du wenigstens mal etwas Umsatz“, antwortete Hellmann patzig und setzte sich an den Tresen.

„Oh, da ist jemand gut gelaunt“, sagte Bölling. „Jetzt mal im Ernst und ohne jede Ironie, Bernd, habt ihr von der Polizei nicht einen Serienmörder zu fassen? Die Medien machen uns ziemlich Angst mit der Geschichte.“

„Ja, ja. Die Medien, die Medien, die wollen uns erledijen“, antwortete Bernd.

„Oder habt ihr den Killer schon gefasst? Dann bist du bestimmt hier, weil du was zu feiern hast, oder?“, vermutete Bölling.

„Gib mir lieber mal ein Gedeck, dann erzähl ich dir vielleicht mehr von unserem tollen Fall und dem noch viel tolleren Landeskriminalamt."

Bölling zapfte Hellmann ein Bier und goss ihm einen Schnaps ein. Beides war in 30 Sekunden weg. „Noch mal das Gleiche." Das zweite Gedeck leerte Hellmann in einer Minute. Nach der dritten Runde wurde er auf Böllings Nachbohren etwas redseliger. „Also du bist nicht im Dienst?", begann Bölling, „dann dürftest du nämlich nichts trinken."

„Nein, ich bin nicht im Dienst." Hellmann lallte bereits ein bisschen. „Und ich weiß auch nicht, wann ich das nächste Mal im Dienst sein werde. Ich bin nämlich suspendiert, weißt du?" Bölling schaute seinen Gast entgeistert an. „Ja, Herr Hoorn vom tollen LKA hat mich von dem Fall mit dem Serienkiller abgezogen und nach Hause geschickt. Und soll ich dir was sagen? Ich weiß nicht mal, ob er dazu die Befugnis hat. Aber ist mir ehrlich gesagt auch scheißegal."

„Willst du dich nicht beschweren? Ich meine, das ist immer noch deine Stadt. Der kann doch nicht einfach aus Düsseldorf kommen und bestimmen, wie die Sachen hier bei uns zu laufen haben", empörte Bölling sich.

„Nein, das werde ich mit Sicherheit nicht tun. Ich bin auch ziemlich froh, dass ich mit dem nichts mehr zu tun habe." Hellmann verschwieg dem Wirt natürlich, dass er Alexander Hoorn die Wahrheit verschwiegen und seine Suspendierung somit selbst zu verantworten hatte.

Je mehr Hellmann trank, desto mehr kam der Frust bei ihm durch. Der Wirt seiner Stammkneipe war erstaunt und irritiert, denn obwohl er Hellmann zu kennen glaubte, hatte er ihn noch nie so erlebt. Im Verlauf des Abends kamen noch weitere Gäste in die Kneipe, die sich ebenfalls über den angetrunkenen Kriminalkommissar wunderten, aber auch interessiert dem lauschten, was er alles von sich gab.

„Rainer, ich sag dir was. Der ganze Scheiß hat 1990 angefangen. Bis dahin war noch alles gut. Seitdem ging es nur noch bergab“, lallte Hellmann.

„Was meinst du damit?“, hakte Bölling nach.

„Wir alle sind verflucht, das meine ich damit.“ Hellmann trank einen Schluck Bier.

„Wir alle?“ Bölling wusste nicht, worauf Hellmann hinauswollte.

„Nicht wir alle, nur die Sieben Söhne. Edgar Herbst, Frank Binder, Bastian Stamm, Rolf Jahnke, Norbert Augustin und ich. Und der Tod von Thorben Menke war die Ursünde. Keiner von uns anderen ist danach je glücklich geworden. Wir alle sind emotionale Wracks, die unfähig sind, Beziehungen zu führen. Alle sind einsam gestorben. Und ich werde auch einsam sterben.“ Hellmann leerte sein Glas.

„Wir alle sterben einsam, Bernd. Wir kommen mit nichts auf die Welt und gehen mit nichts und keiner kann uns begleiten. So ist das im Leben“, sagte Bölling. Er dachte sich nichts bei dem, was Hellmann erzählte.

„Wenn du das sagst, wird es schon stimmen. Ich für meinen Teil werde jetzt nach Hause gehen.“

Hellmann bezahlte und torkelte zum Ausgang.

„Soll ich dir ein Taxi bestellen?“, fragte Bölling.

„Nicht nötig, ich komm schon nach Hause“, antwortete Hellmann.

„Das ist die Hauptsache. Ich will nicht, dass du morgen aus der Lenne gefischt wirst“, gab Bölling ihm mit auf den Weg.

Hellmann hatte in seinem Zustand Schwierigkeiten, den richtigen Weg zu finden und noch gerade zu laufen. Während er dem Lauf der Lenne nach Hause folgte, glaubte er plötzlich Schritte hinter sich zu hören. Er drehte sich mühsam um, doch er sah niemanden. Dann verschwand das Geräusch. „Hallo? Komm raus!“ Er bekam keine Antwort und ging weiter. Schemenhaft erkannte er in einiger Entfernung die Umrisse eines Bushaltestellenhäuschens, das im Licht der Straßenlaterne immer deutlicher wurde. Wenigstens war er richtig gelaufen, sein Haus stand nicht weit von hier entfernt. Als er in seine Straße abbog, kamen die Schritte zurück. „Hallo? Wer ist da? Willst du mich auch noch holen? Komm nur her, dann hau ich dir in die Fresse!“ Hellmann hob die Fäuste und drehte sich wie ein Boxer hüpfend im Kreis. Schnell wurde ihm schwindelig und er hielt inne. Einmal mehr verstummten die Schritte. „Feige Sau, dann eben nicht.“ Hellmann ging weiter, jetzt waren es nur noch wenige Meter nach Hause. Auf einmal wurde ihm schlecht, das letzte Gedeck war vielleicht doch eines zu viel gewesen. Er beugte sich nach vorn und übergab sich auf den Bürgersteig. So bekam er nicht mit, wie sich ihm eine Gestalt von hinten näherte. Als Hellmann sich wieder aufrichtete und seinen Mund abwischte, spürte er einen Schlag auf den Hinterkopf, dann war es dunkel.

Kapitel 27

Selbst zu Hause in Düsseldorf wusste Alexander von den allerwenigsten Kollegen, wo oder wie sie wohnten. Kam es dann doch einmal vor, dass man sich insbesondere unter neuen Kollegen privat traf, fand er das jedes Mal sehr interessant. Die meisten Kollegen schätzte er von der Wohnsituation her doch ganz anders ein, als es sich später herausstellte.

Bernd Hellmann war auch so ein Fall. Alexander hätte nicht damit gerechnet, dass er allein in einem Einfamilienhaus lebte. Andererseits war das in ländlichen Regionen keine Seltenheit, in Düsseldorf musste man dagegen lang danach suchen.

Alexander stand vor Hellmanns Haustür und drückte Klingel. Im Haus blieb es dunkel und er glaubte nicht, dass sein Kollege zu Hause war. Er versuchte ihn anzurufen, doch Hellmann ging nicht ran. Alexander entschied, sich wieder ins Auto zu setzen und von dort auf Hellmanns Rückkehr zu warten. *Es ist ohnehin besser, wenn ich ein Auge auf ihn werfe. Immerhin besteht immer noch die Möglichkeit, dass der Mörder es auf ihn abgesehen hat,* dachte Alexander.

Er lehnte sich im Fahrersitz zurück und versuchte sich zu entspannen. Dabei fiel ihm auf, dass er es sich besser nicht zu bequem machen sollte, immerhin hatte er die Nacht zuvor schon nicht geschlafen und ihm drohten bereits die Augen zuzufallen, sodass er das Radio einschaltete. Außerdem verspürte er plötzlich das Verlangen nach einer Dusche, doch bis es so weit war, würde er sich noch etwas gedulden müssen.

Alexander versuchte gerade mit aller Macht, die Augen offen zu halten, als sich Hellmanns Haus auf einmal eine Gestalt näherte. *Ist er das?* Alexander achtete auf den Gang der Person. Kräftige, kurze Schritte. Es handelte sich um einen Mann, da war Alexander sicher. Doch war es Hellmann? Alexander kannte ihn noch nicht lang genug, um seine Gangart zweifelsfrei identifizieren zu können. Er wartete ab und schaute, wie sich der Unbekannte verhielt. Als er vor Hellmanns Haus stand, schaute er sich um, schaute immer wieder in alle Richtungen und ging schließlich weiter. Alexander wusste das Verhalten nicht wirklich zu deuten, er beschloss deshalb, ab jetzt umso wachsamer zu sein.

Er lehnte sich wieder zurück und machte es sich im Fahrersitz gemütlich. Zwischendurch versuchte er immer wieder vergeblich, Hellmann auf dem Handy zu erreichen.

Ein paar Minuten später beobachtete Alexander zum zweiten Mal etwas Verdächtiges im Zusammenhang mit Hellmanns Haus. Diesmal war es jedoch umso alarmierender, da etwas im Inneren des Hauses nicht stimmte. Da war ein schwacher Lichtschein hinter einem der Fenster im Obergeschoss. Zuerst dachte Alexander, es handele sich um eine Reflexion der Scheibe. Als er das Phänomen weiter beobachtete, war er sich sicher, dass jemand im Haus mit einem Licht unterwegs war. Ein Einbrecher. Sofort fielen ihm die Einbrüche bei den Mordopfern der vergangenen Tage ein. Was bedeutete das für Hellmann? War er tatsächlich das nächste Opfer? Konnte Alexander ihn noch retten? Jedenfalls durfte er keine Zeit verlieren. Er riss die Autotür auf, sprang aus dem Wagen und rannte zum Haus. Er hielt kurz inne und rief mit seinem Handy Verstärkung bei der Polizeiwache, bevor er die Waffe zückte und sich durch den Vorgarten bis zur Rückseite des Gebäudes vorarbeitete. Die Hintertür zum Garten stand offen, wie er im Mondschein sah. Spätestens jetzt hatte Alexander Gewissheit, dass jemand im Haus war. *Soll ich auf Verstärkung warten? Laut Vorschrift sollte ich das tun und mich nicht allein in Gefahr begeben. Andererseits weiß ich nicht, wie lange es dauert, bis die Kollegen hier sind. Was ist, wenn Hellmann schon im Bett liegt, gerade nur nicht die Klingel und das Telefon gehört hat und jetzt in Gefahr ist? Er wäre der Person im Haus schutzlos ausgeliefert.* Alexander gab seinem ersten Impuls nach und ging ins Haus. Er hielt seine Pistole fest umklammert. Das durch die Fenster ins Haus fallende Licht reichte Alexander, damit er sich im Haus zurechtzufinden konnte. Nur die Nischen blieben dunkel und jedes Mal, wenn er an einer vorbeilief, hatte er Angst, jemand könnte daraus auf ihn zuspringen und ihn überwältigen. Dabei war das Überraschungsmoment doch die Karte, auf die er setzen wollte. Deswegen konnte er auch nicht das Licht an seinem Handy verwenden, da er ansonsten Gefahr lief, entdeckt zu werden. Nach und nach sicherte Alexander alle Räume im Erdgeschoss. Der Einbrecher musste im Obergeschoss sein. Plötzlich hörte er ein Geräusch, der Fremde war tatsächlich oben.

Alexander schlich zur Treppe. Er versuchte von unten zu erspähen, in welchem Raum der Einbrecher gerade war. Alexander hörte, wie sich Schubladen öffneten. Tatsächlich durchsuchte die Person das Haus nach Wertsachen. Alexander nutzte die Chance und eilte die Stufen hinauf. Plötzlich herrschte Stille. *Verdammt, hat er mich gehört?* Er bewegte sich vorsichtig durch den Flur und lugte durch den Türrahmen in den Raum, in dem er den Einbrecher die Schubladen hatte öffnen gehört. Er war verschwunden. Alexanders Herz klopfte. *Irgendwo muss er doch sein! Soll ich meine Handylampe doch kurz einschalten? Besser nicht, vielleicht täusche ich mich und er hat mich doch noch nicht entdeckt!*

Alexander beschloss, seinen ursprünglichen Plan umzusetzen und das Überraschungsmoment zu nutzen. Er huschte in den Raum und sah sich blitzschnell um. Es war Hellmanns Schlafzimmer und der Einbrecher hatte alle Schubladen aus der Kommode vor dem Bett durchwühlt, wie Alexander im Mondlicht sah. Aber wo war er nur? Wenn er das Zimmer verlassen hätte, wäre Alexander es aufgefallen. Nein, er musste noch hier sein. Alexander öffnete den Kleiderschrank, er war leer. Erst jetzt sah er, dass daneben eine dunkle Nische in der Wand war. Einen Augenblick später stürmte der Einbrecher aus der dunklen Nische auf ihn zu und warf ihn zu Boden. Am Ende war es der Einbrecher, der das Überraschungsmoment genutzt hatte, und das ärgerte Alexander. Er versuchte sich zu wehren, aber der Mann war sehr durchtrainiert und drückte ihn zu Boden. Als er feststellte, dass Alexander nicht so leicht aufgeben würde, begann er ihm immer wieder ins Gesicht zu schlagen, bis er schließlich das

Bewusstsein verlor. Im schwachen Mondlicht konnte Alexander, bevor es dunkel wurde, noch das Gesicht des Mannes erkennen. Es war Olaf Lange, der Betreuer von Simon Steinbach aus der Psychiatrie in Iserlohn.

Kapitel 28

Altena, 1990

Es war das erste Mal seit Wochen, dass sich die Sieben Söhne wieder im Jagdhaus trafen. Niemand hatte bis zum heutigen Tag gewusst, ob der Club überhaupt noch existierte oder ob er sich mit dem Tod von Thorben Menke automatisch aufgelöst hatte. Eines war den Jungen, die um den Tisch saßen, jedoch klar: Seit dem Vorfall auf dem Spielplatz fühlte sich alles anders an. Die Jungen waren in den vergangenen Wochen irgendwie erwachsen geworden. Die spielerische Herangehensweise bei praktisch allem, was sie sonst anstellten, war wie ausgelöscht. Sie empfanden keine Freude mehr bei dem, was sie taten. Ja, sie hatten ihre Unschuld verloren.

„Wie gehts euch so?“, fragte Bernd Hellmann. Von den anderen bekam er nur Schulterzucken als Antwort. „Wollen wir vielleicht ein Bier trinken?“, versuchte er erneut, seine Freunde aus der Reserve zu locken.

„Das ist doch scheiße“, brüllte Edgar Herbst. Edgar war jemand, der normalerweise immer ruhig blieb. Seine Reaktion ließ die anderen zusammenzucken.

„Bernd, tu nicht so, als wäre alles toll oder wie sonst. Nichts ist toll und das wird sich auch nicht mehr ändern“, schrie Edgar.

Niemand antwortete darauf, bis Augustin sich verschüchtert zu Wort meldete. „Möchtest du doch noch zur Polizei gehen? Das könnte helfen, unser aller Gewissen zu erleichtern. Ich weiß nicht, wie es euch allen geht, aber ich kann seit der Sache nicht mehr ruhig schlafen und ich bin andauernd krank oder laufe mit einem Kloß im Hals herum."

Zustimmendes Nicken der anderen.

„Ach, hör auf mit der Polizei, Norbert. Außerdem: So wie es aussieht, kommen die uns von ganz allein auf die Schliche", sagte Edgar und löste damit Panik bei den anderen aus.

„Was willst du damit sagen?", fragte Rolf Jahnke.

„Das ist der Grund, warum ich euch heute zur Krisensitzung zusammengetrommelt habe. Gestern war ein Polizist bei uns und hat doofe Fragen gestellt. Ob ich was mit dem Tod von Thorben Menke zu tun habe und so", antwortete Edgar.

Ein entsetztes Raunen ging durchs Jagdhäuschen. „Wie sind die darauf gekommen?", fragte Bernd Hellmann.

„Ich wurde offenbar zusammen mit Thorben Menke gesehen. Das hat dem als Verdacht ausgereicht", antwortete Edgar.

„Weil du mit dem gesehen wurdest? Das ist doch super lächerlich. Was ist denn mit den ganzen anderen tausend Leuten, die zusammen mit ihm gesehen wurden? Sind die jetzt auch alle unter Verdacht und bekommen Besuch von der Polizei?", empörte sich Frank Binder.

„Ich glaube auch, dass da noch was anderes hintersteckt. Die müssen einfach noch mindestens einen anderen Anhaltspunkt haben", ergänzte Rolf. „Vielleicht hat einer von uns denen auch was erzählt!"

Die Jungen beäugten einander misstrauisch und beteuerten glaubhaft, mit niemandem über den Vorfall gesprochen zu haben.

„Aber was für einen Grund sollten die sonst haben, ausgerechnet Edgar zu verdächtigen?“, fragte Bastian Stamm.

Edgar zuckte mit den Schultern.

„Und wie bist du den Bullen wieder losgeworden?“, interessierte sich Rolf.

„Mein Vater kam zum Glück gerade nach Hause. Ihr wisst ja, wie der sein kann als Richter. Ich habe mich ein bisschen gefühlt wie im Gerichtssaal, als er den Bullen fertiggemacht hat.“ Edgar musste lächeln.

„Und ist dein Papa nicht misstrauisch geworden? Gerade ihm als Richter müssen doch alle Alarmglocken angegangen sein“, fragte Bernd Hellmann.

„Ja, schon irgendwie. Aber ich habe es ganz gut abgeblockt, denke ich“, antwortete Edgar.

Bastian Stamm glaubte noch nicht daran, dass jetzt alles vorbei sein sollte. „Und bekommen wir anderen jetzt auch Besuch von der Polizei? Mein Vater ist kein Richter und ich weiß nicht, wie er sich verhalten würde, wenn ihn plötzlich ein Bulle ausfragt zu einem Mordfall, in den sein Sohn verwickelt sein soll. Wir dürfen nicht vergessen, dass der Audi von meinem Papa jetzt quasi eine Mordwaffe ist.“

Zustimmendes Nicken der anderen.

„Ach so“, sagte Edgar, „gut, dass du das erwähnst, eine Sache wäre da noch. Der Bulle sagte, dass sie Reifenabdrücke am Spielplatz gefunden haben. Deshalb haben die zum Vergleich einen Abdruck von Papas Reifen gemacht.“

Bastian rastete aus. „Da hast du es. Scheiße, dann steh ich doch schon mit einem Bein im Knast. Wenn die rausfinden, dass das unser Wagen war und ich gefahren bin… von dir zu mir ist es doch nur noch ein ganz kleiner Schritt." Bastian heulte fast vor Verzweiflung und Rolf Jahnke versuchte ihn zu beruhigen. „Kein Mensch kommt darauf, mach dir keine Sorgen und egal, wer uns fragt, wir werden alles abstreiten. Niemand wird je erfahren, was an dem Abend auf dem Spielplatz passiert ist."

„Und wenn doch?" Bastian schaute jeden Einzelnen in der Runde an.

Edgar räusperte sich. „Das ist die passende Frage und eine gute Überleitung. Ich habe mir nämlich etwas überlegt, damit es gar nicht so weit kommt." Alle schauten Edgar an und warteten gespannt auf die Verkündung seines Plans. Stattdessen bat er jedoch alle außer seinen besten Freund Frank Binder für fünf Minuten das Jagdhaus zu verlassen, weil er etwas mit ihm besprechen müsste.

Rolf Jahnke, Bernd Hellmann, Bastian Stamm und Norbert Augustin fühlten sich zwischenzeitlich ausgeschlossen, während sie vor dem Häuschen auf und ab gingen und darüber rätselten, was Edgar und Frank da drin besprachen. Sie mutmaßten, dass es etwas damit zu tun haben könnte, dass die beiden Söhne von Richtern waren, die ihnen aus der Klemme helfen könnten. Zum ersten Mal seit Beginn der ganzen Geschichte keimte Hoffnung in den Jungen auf. Wie schön es doch wäre, wieder aufwachen zu können, ohne einen großen Fleck auf der Seele zu spüren. Sie alle hatten in den vergangenen Wochen schmerzlich erfahren müssen, dass es sich mit einer dunklen Vergangenheit nicht gut leben ließ.

Die Tür des Jagdhäuschens öffnete sich. „Ihr könnt wieder reinkommen“, sagte Edgar. Er wirkte nervös und konnte es kaum abwarten, bis die anderen sich endlich hinsetzten.

„Frank und ich mussten uns gerade noch besprechen“, entschuldigte er sich dafür, dass die anderen Warten mussten.

„Wenn es sich gelohnt hat und ihr eine Lösung habt, ist das egal“, sagte Rolf.

„Die haben wir. Ich sage euch aber direkt, dass wir alle mitziehen müssen. Es wird hart und es ist nicht ganz legal. Das macht aber nichts“, erklärte Edgar.

„Ich habe keine Ahnung, was du da faselst“, sagte Bastian.

„Okay, passt auf. Wir sind uns einig, dass die Polizei uns auf die Schliche kommen wird, die sind nicht blöd und wenn die Bullen schon bei mir waren, dauert es nicht lang, bis sie euch auch auf dem Kieker haben. Das heißt, dass wir den Verdacht auf jemand anderen lenken müssen“, führte Edgar aus.

„Auf jemand anderen lenken? Wie stellst du dir das vor?“, fragte Norbert Augustin.

„Wir legen falsche Fährten, machen Aussagen, die von uns ablenken und so“, erklärte Frank Binder.

Augustin war nicht überzeugt. „Und auf wen sollen wir den Verdacht lenken? Habt Ihr da schon jemanden im Sinn?“

Frank und Edgar schauten einander kurz an.

„Norbert, du hast kurz nach deiner Aufnahmeprüfung gefragt, ob es schon mal einen Bewerber für die Sieben Söhne gab, der die Aufnahmeprüfung nicht bestanden hat. Ja, den gab es, und zwar ganz am Anfang, als die Sieben Söhne noch aus mir und Frank bestanden“, erinnerte sich

Edgar. „Der Bewerber war ein absoluter Vollidiot und Unsympath. Das hat sich aber erst später herausgestellt. Ursprünglich sind wir auf ihn zugegangen, weil sein Vater Arzt ist und er auf den ersten Blick ganz gescheit wirkte. Da hatten wir uns aber offensichtlich getäuscht. Mal ganz abgesehen davon, dass er die Aufnahmeprüfung nicht bestanden hat.“

„Was für eine Aufnahmeprüfung war das?“, fragte Bernd Hellmann.

„Damals hatten wir noch keine richtigen Aufnahmeprüfungen, sondern nur ein Rätsel, dass man lösen musste, um ein Mindestmaß an Intelligenz unter Beweis zu stellen“, antwortete Edgar.

Rolf raunzte Bernd an. „Das ist doch scheißegal! Ob Rätsel oder Mutprobe interessiert keinen Menschen. Wie heißt der Typ?“

„Sein Name ist Simon Steinbach. Er geht auch bei uns aufs Burggymnasium, er ist nur eine Stufe unter uns“, sagte Edgar.

Außer Frank kannte keiner der anderen den Jungen. Sie diskutierten darüber, ob sie Simon Steinbach wenigstens schon einmal, ohne ihn zu kennen, auf dem Schulhof gesehen hatten, aber auch das schien nicht der Fall zu sein.

„Okay, und ihr wollt nun Simon Steinbach die Schuld an dem Tod von Thorben Menke in die Schuhe schieben, ist das korrekt?“, versicherte sich Norbert Augustin.

„Wenn du es so ausdrücken willst ...“, sagte Edgar.

„Wie drückst du es denn aus?“, fragte Augustin.

„Alternative Beteiligte benennen“, sagte Edgar.

„Man merkt, dass du Richter werden willst. Du hast schon viel von einem Rechtsverdreher. Findest du das nicht ziemlich arschig und ungerecht? Ich meine, wir zerstören damit das Leben eines Unschuldigen!", wandte Augustin ein.

„Besser er als wir. Besser das Leben eines Unschuldigen opfern als unser aller Leben", argumentierte Frank Binder. „Wenn ich die Möglichkeit habe, meinen Kopf aus der Schlinge zu ziehen, dann mache ich das. Ihr alle habt gerade selbst gesagt, dass ihr Simon Steinbach nicht einmal kennt. Was für einen Unterschied macht es dann für euch?"

„Es ist das Wissen darum, dass man etwas Falsches getan hat, das uns plagen wird!", sagte Augustin.

Edgar Herbst nutzte die Möglichkeit für einen Konter. „Man merkt, dass du Philosoph werden willst. Du musst dich von dieser Betrachtungsweise lösen. Du wolltest genauso gut Mitglied der Sieben Söhne werden wie jeder andere hier im Raum! Und warum? Weil wir Auserwählte sind, Privilegierte. Wir sind Mitglieder von einflussreichen Familien und wir wollen diesen Einfluss nutzen, um etwas aus unserem Leben zu machen. Wann, wenn nicht jetzt, haben wir die Möglichkeit, von unserer Herkunft zu profitieren? Stimmen wir also ab. Wer dafür ist, dass wir Simon Steinbach zum Schuldigen machen, soll jetzt die Hand heben."

Zögerlich hob ein Junge nach dem anderen im Jagdhäuschen die Hand. Norbert Augustin zögerte, zeigte schließlich jedoch auch auf.

„Dann ist es entschieden. Ich werde die Sache regeln und mit meinem Vater sprechen. Für uns bleibt nur noch eine Sache zu tun: Schwören, dass wir nie jemandem von diesem Pakt erzählen. Am besten ist, wir sehen uns danach für eine Weile nicht wieder. Sicher ist sicher.“

Die Jungen legten einen Eid ab, wie Edgar es vorgeschlagen hatte. Das war das letzte Mal, dass sich die Sieben Söhne in dieser Konstellation trafen. Noch am selben Tag informierten Edgar und Frank ihre Väter darüber, dass sie in der Nacht vom 24. auf den 25. Juli 1990 beobachtet hatten, wie Simon Steinbach Thorben Menke an das Karussell auf dem Waldspielplatz gebunden und mit einem Auto, das sie nicht erkennen konnten, so schnell beschleunigt hatte, dass Thorben schließlich davongeschleudert wurde.

Einen Tag später erhob die Staatsanwaltschaft Anklage gegen Simon Steinbach. Nach einem sechsmonatigen Prozess, in dessen Folge ein Gutachter gleichzeitig eine dissoziative Störung feststellte, wurde der Junge nach Jugendstrafrecht zu einem Aufenthalt in einer geschlossenen psychiatrischen Klinik verurteilt, aus der er vorerst nicht entlassen werden sollte.

Kapitel 29

Alexander spürte einen Druck auf seinem Arm. Um ihn herum war es dunkel, still und etwas anderes konnte er nicht fühlen. Nach einer Weile spürte er den Druck ein weiteres Mal. Langsam kehrte sein Bewusstsein zurück und er merkte, dass sein Schädel hämmerte. Vorsichtig öffnete er das rechte Auge ein Stückchen, die Lider fühlten sich wund an. Etwas Licht fiel durch den Schlitz und es blendete ihn. Reflexartig versuchte er den Arm vor sein Gesicht zu heben, doch es ging nicht. Der Druck auf seinen Arm kehrte zurück. Jetzt hörte er auch eine Stimme, eigentlich war es eher ein Flüstern.

„Herr Hoorn! Herr Hoorn, hey!"

Alexander konnte die Stimme nicht erkennen. In seinem Delirium erinnerte er sich skurrilerweise an ein Seminar in Düsseldorf, in dem es um Stimmerkennung ging. Sobald jemand flüsterte, konnte man seine Stimme nicht mehr eindeutig zuordnen, hatte er dort unter anderem gelernt. Das bestätigte sich gerade in der Praxis, doch um seine Augen zu öffnen und nachzusehen, war er noch zu schwach. Er versuchte stattdessen zu antworten, als sich ihm die nächste Einschränkung offenbarte: Sein Mund war zugeklebt.

Die Stimme und der Druck auf seinem Arm kehrten zurück. Alexander wusste nicht, wie lange es dauerte, aber schließlich gelang es ihm, die Augen zu öffnen und seinen Kopf zu drehen. Er befand sich in einem rustikal eingerichteten Raum mit Holzwänden. Jetzt sah er, dass Bernd Hellmann dicht neben ihm auf einem Stuhl saß. Auch er war gefesselt und Alexander fragte sich, warum sein Mund nicht zugeklebt war.

„Herr Hoorn, gut, dass Sie wieder wach sind, ich habe mir schon Sorgen gemacht", flüsterte er und puffte Alexander mit dem rechten Ellenbogen gegen den Oberarm, was wieder den Druck verursachte. „Ich muss leise sprechen, sie können jeden Moment zurückkommen", sagt Hellmann.

Alexander versuchte zu antworten, was am Klebeband über seinem Mund scheiterte. Zu gern hätte er gewusst, wo er und Hellmann gefangen gehalten wurden und wie sie hierhergekommen waren. Hellmann ahnte das, und zwar aus dem Grund, weil er sich dieselben Fragen stellte.

„Herr Hoorn, ich weiß nicht, wo wir sind. Ich bin ein paar Minuten vor Ihnen wieder zu mir gekommen. Ich habe noch gesehen, wie ein Mann Sie hier reinbrachte. Ich habe keine Ahnung, wer das war. Er hatte eine Menge Tattoos", sagte Hellmann.

Schlagartig kehrte Alexanders Erinnerung zurück. Der Mann mit den Tattoos war Olaf Lange, er hatte ihn in Hellmanns Haus überwältigt und dann hierhergebracht. Es fiel Alexander zunächst schwer, sich in seinem noch immer gelähmten Gehirn einen Reim auf die Geschichte zu machen. *Olaf Lange steckt hinter den Morden? Aber warum? Natürlich hat er eine gewisse Nähe zu Simon Steinbach, aber war das schon ein Motiv für so eine aufwändige Mordserie? Und was habe ich in dieser Konstellation verloren? War ich einfach nur zur falschen Zeit am falschen Ort? Wird Olaf Lange mich jetzt umbringen?*

Wenn wenigstens das Klebeband nicht vor seinem Mund wäre, könnte er mit Hellmann reden. Es stellte sich aber heraus, dass Alexander bald Antwort einige seiner Fragen bekommen sollte. Eine Person mit Sturmhaube betrat den Raum und setzte sich auf einen Stuhl, der gegenüber von Hellmann und Alexander stand. Die dunkle Stimme verriet, dass es sich um einen Mann handelte. Die Stimme kam Alexander bekannt vor.

„Es war eigentlich nicht geplant, dass Sie heute hier sind und Bernd Hellmann und mir Gesellschaft leisten. Aber wenn Sie Ihre Nase so tief in Angelegenheiten stecken, die Sie nichts angehen, müssen Sie sich nicht wundern, dass Sie sozusagen als Beifang ins Netz gehen. Sei's drum. Für das, was jetzt kommt, macht eine Dreierkonstellation sowieso mehr Sinn", sagte er.

Hellmann stand die Panik ins Gesicht geschrieben. Er musste immer daran denken, was den anderen Mordopfern passiert war. „Wer sind Sie und was wollen Sie von mir?"

„Oh, wer ich bin? Da kann ich dir schon mal etwas auf die Sprünge helfen." Der Mann riss sich die Sturmhaube vom Kopf. Selbst jetzt, da er das Gesicht des Mannes sah, hatte Hellmann nicht die geringste Ahnung, mit wem er es zu tun hatte. Im Gegensatz zu Alexander. In dem Moment, als der Mann sich die Haube vom Kopf zog, bestätigte sich der aufkeimende Verdacht, dass der Mann Simon Steinbach war. Damit war für Alexander auch eine andere Tatsache klar: Steinbach würde weder Hellmann noch ihn am Leben lassen. Falls Alexander sich nicht schleunigst einen guten Plan einfallen ließ. Hellmann war dazu ganz offensichtlich nicht mehr in der Lage, er war vor Angst kalkweiß geworden und schwitzte ungeheuerlich. „Ich kenne Sie nicht! Sagen Sie doch, was Sie wollen! Ich habe Ihnen nichts getan!“, nuschelte Hellmann.

„Was ich will? Ich denke, dass es mir um Wahrheit und Gerechtigkeit geht. Und darum, dass alle die Wahrheit erfahren“, sagte Steinbach.

„Was denn für eine Wahrheit? Bin ich denn im Irrenhaus hier?“, schrie Hellmann verzweifelt.

Steinbach überhörte Hellmanns letzte Fragen absichtlich und konfrontierte ihn endlich mit seinem eigentlichen Anliegen.

„Ich werde dir jetzt ein Rätsel stellen. Hör mir gut zu, denn ich werde es nicht wiederholen. Wenn du auf die Lösung kommst, darfst du leben. Wenn nicht, musst du sterben. Hast du das verstanden?“

Hellmann verstand gar nichts. Alexander hörte aufmerksam zu und versuchte sein geschundenes Hirn auf das folgende Rätsel einzustellen. Es war zwar für Hellmann gedacht, aber vielleicht durfte er seinen Kollegen unterstützen. Diese Unterstützung wäre dann mehr gewesen als das, was die fünf vorherigen Opfer von Steinbach erfahren durften. Alexander konnte sich auf einmal gut vorstellen, wie die anderen sich in dieser Situation gefühlt haben müssen. Es half ihm dabei, das Gesamtbild zu deuten.

„Können wir das nicht anders regeln?“, begann Hellmann. „Sie sagen mir, warum ich hier bin, und wir finden eine Lösung.“ Hellmann führte in diesem Moment die Überlegung, dass wenn die fünf vorherigen Rätsel so schwer waren, dass seine ehemaligen Freunde sie nicht lösen konnten, er selbst bestimmt nicht mehr Erfolg haben würde.

Steinbach ließ sich von dem Vorschlag nicht beirren. „Ich beginne jetzt mit dem Rätsel. Stellt euch vor, ihr beide wäret zwei Brüder." Steinbach zeigte abwechselnd auf Hellmann und Alexander. „Ich bin ein Wanderer und gelange an eine Weggabelung. Ein Weg führt nach rechts, der andere nach links. Einer von beiden Wegen führt mich zum Ziel, der andere in den sicheren Tod. Ich muss irgendwie herausfinden, welchen Weg ich gehen darf. Glücklicherweise steht an der Weggabelung ein Häuschen, in dem zwei Brüder wohnen, die ich nach dem richtigen Weg fragen könnte. Euch beiden also. Ich weiß, dass einer von euch immer lügt und einer von euch stets die Wahrheit sagt. Dumm ist nur, dass ich nicht weiß, wer von euch der Ehrliche ist und wer lügt. Ich darf euch beiden jeweils nur eine Frage stellen, um den richtigen Weg in Erfahrung zu bringen und nicht zu sterben. Was würdest du fragen?" Steinbach schaute Hellmann eindringlich an.

„Das ist das Rätsel? Wie soll ich denn die Lösung wissen? Das ist unlösbar", protestierte Hellmann.

„Das Rätsel ist nicht unlösbar, du musst nur etwas nachdenken. Oder hast du Probleme mit dem Nachdenken? Ich meine, es scheitert bei dir schon daran, herauszufinden, wer ich sein könnte und warum wir hier sind", sagte Steinbach.

Hellmann rann der Schweiß die Schläfen hinunter.

Alexander beschloss einzugreifen. Er kannte die Lösung für Steinbachs Rätsel. Aber auch nur deswegen, weil er es irgendwo schon mal gehört hatte. In dieser Drucksituation wäre er wie Hellmann auch nicht von sich aus auf die Antwort gekommen. Doch dafür kannte er jetzt die Lösung für ein anderes

Rätsel, und diesen Trumpf beabsichtigte er auszuspielen.

Alexander begann auf seinem Stuhl herumzuzappeln und er sprach gegen das Klebeband, das noch immer über seinem Mund haftete. Zum Glück war er nicht geknebelt, und so schaffte er es, durch wiederholtes Aufreißen seines Mundes das Band zu lösen.

„Was würde dein Bruder sagen", rief er schnell. Hellmann und Steinbach schauten ihn an.

„Die Frage, die ich beiden Brüdern stellen würde, lautet ‚was würde dein Bruder sagen'. Das ist ganz logisch. Beide Brüder würden dieselbe Antwort nennen. Nehmen wir an, ich erwische den Bruder, der die Wahrheit sagt. Ich frage ihn ‚was würde dein Bruder sagen'?. Angenommen, der richtige Weg führt nach links, dann ist seine Antwort natürlich ‚rechts', also die falsche Antwort. Weil der ehrliche Bruder auch weiß, dass sein Bruder lügt, nennt er die falsche Antwort. Dann frage ich den anderen Bruder, der immer lügt ‚was würde dein Bruder sagen'. Der weiß, dass sein ehrlicher Bruder den richtigen Weg nennen würde, also links. Da er aber lügt, schickt er den Fragenden natürlich nach rechts. Es ist logisch, dass beide Brüder dieselbe Antwort geben, und zwar die falsche. Der Fragende muss also genau das Gegenteil machen und nach links gehen", führte Alexander aus.

Hellmann schaute erstaunt, während Steinbach weniger zufrieden aussah.

„Was glauben Sie wohl, warum Sie das Klebeband über Ihrem Mund hatten? Weil das Rätsel nicht für Sie bestimmt war, sondern für Herrn Hellmann hier", sagte Steinbach und fuhr nach einer kurzen Pause fort. „Ich denke, dass Herr Hellmann das Rätsel damit nicht gelöst hat. Dann habe ich keine andere Wahl." Steinbach griff hinter sich und zog eine Pistole aus seinem Hosenbund.

Verdammt, dachte Alexander. Er hatte die Befürchtung, dass es sich um seine Dienstwaffe handelte. Er lugte in sein Jackett und konnte erkennen, dass sein Pistolenhalfter leer war. Er hatte bisher nicht daran gedacht, dass Olaf Lange ihm seine Waffe abgenommen hatte, aber das war natürlich logisch.

„Warten Sie, bitte warten Sie", versuchte Alexander Steinbach aufzuhalten. „Ich habe das Rätsel gelöst und Ihren Plan zerstört, das tut mir sehr leid. Ich möchte einen Vorschlag machen. Sie stellen ein neues Rätsel, das wir lösen."

„Das dürfte schwierig werden, mir sind vorhin die Rätsel ausgegangen", antwortete Steinbach und fuchtelte mit der Waffe vor Hellmanns Gesicht herum.

„Das finde ich ganz und gar nicht. Überlegen Sie mal: Das ganze hier ist ein Rätsel. Wieso Sie die ganzen Männer getötet haben, wer Sie überhaupt sind, wie Sie es geschafft haben, nachts aus der Psychiatrie zu entkommen… das alles. Ich sage Ihnen, wieso wir heute hier sind, und Sie lassen uns gehen", sagte Alexander. Er hatte Angst, dass Steinbach sich nicht darauf einließ und einfach abdrückte.

„Bilden Sie sich nicht ein, Sie würden mich kennen", raunzte Steinbach.

„Das mache ich nicht. Ich bin mir sicher, dass niemand Sie wirklich kennt. Ich kann nur versuchen nachzuvollziehen, wie es Ihnen geht."

Hellmann verstand die Welt nicht mehr, Steinbach schwieg und dachte nach. „Na gut, Sie können es ja mal versuchen. Ich garantiere aber für nichts. Meine Meinung kann ich später immer noch ändern." Steinbach nahm die Waffe runter. „Warum also sind wir heute hier?"

Alexander schaute Hellmann an, dessen Augen noch immer vor Angst geweitet waren. Er konnte ihn in diesem Moment nicht beruhigen und begann einfach mit seinem Monolog. So konnte er ihm und auch sich selbst am besten helfen.

„Um die Frage zu beantworten, warum wir heute hier sind, müssen wir uns zunächst gedanklich in die Vergangenheit begeben. Alles begann in der Nacht vom 24. auf den 25. Juli 1990, als Bernd Hellmann hier zusammen mit fünf seiner Freunde einen furchtbaren Fehler begangen hat, in dessen Folge der Jugendliche Thorben Menke sein Leben verlor. Die sechs Jungen haben versucht zu vertuschen, was in jener Nacht auf dem Spielplatz in Altena geschah und dazu haben sie jemanden gesucht, dem sie die Schuld in die Schuhe schieben konnten."

„Das ist doch gar nicht wahr", protestierte Hellmann und hörte auch nicht auf, als Steinbach ihn ermahnte. Deshalb riss dieser kurzerhand ein Stück Klebeband von der Rolle und klebte es dem aufmüpfigen Polizisten über den Mund.

„Bitte fahren Sie fort", sagte er dann zu Alexander, der es ganz gut fand, dass Steinbach seinen Kollegen zum Schweigen gebracht hatte, da dieser sich in seiner Situation schnell um Kopf und Kragen reden konnte. „Jedenfalls haben die Jungen einen Sündenbock für ihren Fehler gesucht und den haben Sie in Ihnen gefunden. Sie wurden gefasst, es kam zu einem

Prozess und Sie wurden zu einem Aufenthalt in der Psychiatrie verurteilt. Damit begann für Sie eine lange Karriere von Aufenthalten in verschiedenen psychiatrischen Kliniken. Nun mag jeder, der ein bisschen Ahnung von Jura hat, sich fragen, wie es überhaupt dazu kommen konnte, dass ein Teenager aufgrund von Indizien, ein paar Zeugenaussagen und ohne die Spur eines Beweises wegen solch einer kapitalen Geschichte verurteilt wird. Ich meine, das war keine Sachbeschädigung, sondern fahrlässige Tötung. Da kommt Edgar Herbst ins Spiel, beziehungsweise sein Vater Reinhold, der praktischerweise Richter war. Er hat sich damals wohl bereitwillig angeboten, als Vorsitzender das Verfahren zu übernehmen, wie aus den alten Unterlagen hervorgeht. Damit hat er natürlich seinem Sohn einen großen Gefallen getan. Denn der war am Ende selbst Richter und das wäre er wohl nicht mit einer Jugendstrafe wegen fahrlässiger Tötung geworden. Jahrzehnte später glauben alle, es wäre Gras über den Tod von Thorben Menke gewachsen. Alle leben ihr Leben und glauben nicht daran, dass irgendjemand sich jemals wieder für den toten Jungen interessiert. Da haben sie jedoch die Rechnung ohne Sie gemacht. Aus irgendeinem Grund kommt Simon Steinbach auf die Idee, sich Jahre später für das Unrecht, das ihm damals angetan wurde, zu rächen. Und zwar an allen, die damals gegen ihn ausgesagt haben. Die Rache ist groß inszeniert und wird mithilfe von Logikrätseln ausgeführt. Sie glauben, dass man Sie nicht verdächtigt, weil Sie nachts die Klinik in Iserlohn nicht verlassen dürfen. Allerdings haben Sie einen Helfer, der Sie unterstützt: Olaf Lange. Er lässt Sie nachts aus der Anstalt, stellt Ihnen einen Wagen zur

Verfügung und bekommt dafür sogar eine Gegenleistung: Er darf die Wohnungen der gut betuchten Männer ausräumen, die Sie vorher umgebracht haben. Für ihn ist das sehr praktisch, denn so hat er Gewissheit, dass er bei seinen Brüchen nicht von zurückkehrenden Hausherren überrascht wird." Alexander gelang es leider nicht vollständig, seinen Sarkasmus abzustellen. „Als letztes Opfer ist also Bernd Hellmann an der Reihe, den Sie, wo auch immer, aufgegabelt haben. Jedenfalls hat er eine Bierfahne. Ich bin hier, weil ich zufällig bei Hellmanns Haus war, während Olaf Lange dort Beute machen wollte. Ist das Rätsel damit gelöst?"

Alexander war überrascht, dass er seine Theorie trotz Kopfschmerzen verständlich herüberbringen konnte. Einige Punkte waren ihm erst in dem Moment richtig klar geworden, als er sie äußerte. Hellmann versuchte erneut, durch den Knebel zu widersprechen, und wer konnte es ihm verdenken? Er und seine verstorbenen Freunde kamen bei der Geschichte nicht gut davon.

Simon Steinbach hatte sich Alexanders Monolog aufmerksam angehört und er schien selbst betroffen, davon zu hören, wie jemand anderes seine Geschichte erzählte. „Ich bin beeindruckt. Sie haben sehr gut recherchiert und kombiniert. Trotz einiger fehlender Fakten und Ungenauigkeiten. Glauben Sie, es geht mir nur um Rache? Alles, was ich getan habe, war für mich Therapie. Jahrelang haben mich die Ungerechtigkeit und das Wissen, dass die Jungen in ihrem geisteskranken Club ungestraft davonkommen, innerlich zerfressen. Und ich wollte damals auch noch selbst da mitmachen. Sieben Söhne." Steinbach machte ein verächtliches Geräusch. „Es war ein

Logikrätsel, das ich nicht bestanden hatte und das mein Leben zerstört hat. Genugtuung konnte ich mir nur verschaffen, wenn Logikrätsel auch das Leben der anderen zerstörten. Und ich bin am Ziel. Bald wird die Wahrheit ans Licht kommen und mir wird Gerechtigkeit widerfahren." Steinbach hob die Pistole und zielte auf Hellmanns Kopf.

„Warten Sie!", rief Alexander.

„Haben Sie noch mehr Einwände?" Steinbach wirkte langsam genervt.

„Sie können uns nicht erschießen!", sagte Alexander.

„Ich kann und ich werde!", sagte Steinbach und drückte Hellmann den Lauf der Waffe an die Schläfe.

„Sie haben vorhin gesagt, dass es Ihnen um Wahrheit und Gerechtigkeit geht. Und darum, dass alle davon erfahren. Ich frage Sie: Wer soll denn noch von der Wahrheit berichten, wenn Sie uns umbringen. Hellmann ist der Einzige, der jetzt noch dazu aussagen kann, was wirklich im Sommer 1990 passiert ist. Die anderen Jungen sind tot, Richter Reinhold Herbst ist tot und Ihnen und Ihrem Vater wird niemand glauben. Das hat schon in den letzten Jahrzehnten nicht geklappt. Ob Sie es wollen oder nicht, Bernd Hellmann ist Ihre letzte Chance", sagte Alexander.

Steinbach nahm die Waffe runter. Offenbar hatte er darüber noch nicht nachgedacht. Er schüttelte den Kopf und nahm sich lange Zeit, um über Alexanders Argument nachzudenken.

„Wenn ich Sie freilasse, werden Sie dann öffentlich zugeben, was 1990 passiert ist?", fragte er Bernd Hellmann und riss ihm unsanft das Klebeband aus dem Gesicht.

Er brauchte nicht lange, um zu antworten. „Wenn Sie mich gehen lassen, werde ich die Wahrheit über das sagen, was 1990 passiert ist“, versprach Hellmann.

Alexander hätte sich gewundert, wenn Hellmann seine einzige Chance nicht ergriffen hätte. Er war gespannt zu sehen, was als Nächstes passierte.

Mit der Waffe im Anschlag löste Steinbach erst Hellmanns und dann Alexanders Fesseln. Es ist eine Wohltat wieder die Glieder bewegen zu können, dachte Alexander. Langsam erhob er sich vom Stuhl und lockerte sich auf. Mit Hellmann verhielt es sich anders. Er blieb auf seinem Stuhl sitzen und regte sich nicht. Augenblicke später erfuhr Alexander auch warum. Hellmann hatte nur einen günstigen Moment abgepasst, in dem Steinbach kurz nicht aufpasste. Hellmann sprang vom Stuhl auf und stürmte auf ihn zu. Mit voller Wucht warf er den überrumpelten Steinbach zu Boden, schlug ihm ein paar Mal ins Gesicht und entriss ihm die Pistole. Anschließend zielte er auf Steinbachs Gesicht und drückte völlig unvermittelt ab. Steinbachs Blut spritzte an die Wand und Alexander dachte für einen Moment, er würde träumen. „Was machen Sie da?“, fragte er entsetzt.

„Glauben Sie wirklich, ich würde jemals die Wahrheit über den Sommer 1990 öffentlich machen und damit mein Leben zerstören? Außerdem habe ich zusammen mit den anderen einen Schwur geleistet“, sagte Hellmann.

„Sie haben gerade einen Mord begangen!“, schrie Alexander.

„Falsch. Der Mörder liegt da unten. Wir haben ihn, ich rufe jetzt die Kollegen.“ Hellmann zog das Handy, das Steinbach ihm abgenommen hatte, aus dessen Jackentasche, forderte Verstärkung an und übermittelte seinen Standort. Alexander wusste nicht wirklich, was er sagen sollte.

„Die offizielle Version lautet, dass Simon Steinbach uns umbringen wollte, ich mich befreien und ihm dann die Waffe abnehmen konnte und ihn erschossen habe. Sie unterstützen doch die Version?“ Hellmann drehte sich zu Alexander.

„Wie können Sie denn damit leben? Mit der Schuld, einen Menschen kaltblütig ermordet zu haben?“, fragte Alexander noch immer fassungslos.

„Ich lebe seit 1990 mit einem dunklen Geheimnis. Man gewöhnt sich daran. Also, kann ich auf Sie zählen?“, fragte Hellmann noch einmal.

„Im Anbetracht der Tatsache, dass der Kerl fünf Menschen umgebracht hat, können Sie auf mich zählen. Außerdem sind wir beide Polizeibeamte und kämpfen für dieselbe Sache“, beteuerte Alexander.

„Na bitte. Kommen Sie, wir verrücken die Leiche noch ein wenig, damit es echter aussieht“, antwortete Hellmann und steckte die Waffe weg. Alexander war erleichtert, dass seine List zu funktionieren schien.

„Sie nehmen die Arme“, befahl Hellmann und stellte sich selbst vor Steinbachs Füße. Alexander ging möglichst unauffällig an seinem unbedarften Kollegen vorbei. Als er direkt hinter ihm war, griff er nach einem schweren Keramikkrug und zog ihn Hellmann über den Schädel. Der sackte zusammen und blieb neben Steinbachs Leiche liegen. Sogleich versicherte Alexander sich, dass sein Kollege noch atmete, und sicherte behutsam die Pistole, um keine Fingerabdrücke zu verwischen. *Ich hatte keine Wahl, ich musste ihn außer Gefecht setzen. Ich durfte ihn niemals damit davonkommen lassen,* dachte Alexander.

In der Ferne hörte Alexander Martinshörner. Die Beamten von der Wache in Altena benötigten eine Weile, bis sie über einen unbefestigten Waldweg zu dem Jagdhäuschen gelangten, in das Simon Steinbach und Olaf Lange Hellmann und Alexander gebracht hatten. Anhand einiger im Häuschen liegender Unterlagen fand Alexander heraus, dass das Häuschen einmal Richter Reinhold Herbst gehört hatte, bevor er es seinem Sohn vererbte.

Die Polizisten wussten bei ihrem Eintreffen mit dem Bild, das sich ihnen bot, nichts anzufangen. Ein toter Mörder und ein bewusstloser Kollege daneben. Alexander konnte ihnen jedoch glaubhaft versichern, was sich an diesem Ort zugetragen hatte. *Jetzt wird alles ans Licht kommen,* dachte Alexander. *Genauso wie Steinbach es sich gewünscht hat.*

Kapitel 30

Alexander schaute zwei uniformierten Polizisten dabei zu, wie sie Bernd Hellmann die Handschellen anlegten und ihn in den Streifenwagen setzten. Er verspürte große Erleichterung darüber, dass er mit dem Leben davongekommen war, obwohl es eine Stunde zuvor noch so ausgesehen hatte, dass erst Simon Steinbach und dann Bernd Hellmann ihn hätten umbringen können. Er hatte zwar von Olaf Lange, den die Beamten in diesem Augenblick von zu Hause abholten, ein paar Schläge einstecken müssen, aber während der vergangenen Jahre war er ziemlich abgehärtet und ein paar Wunden im Gesicht machten ihm nichts mehr aus.

Neben der Erleichterung darüber, überlebt zu haben, freute Alexander sich immer noch darüber, dass er Hellmann von Anfang an richtig eingeschätzt hatte. Schon früh hatte er geahnt, dass etwas mit ihm nicht stimmte und sein Kollege etwas verheimlichte. Das bestätigte ihn darin, sich auch in Zukunft auf seine Menschenkenntnis verlassen zu können.

Dass ich überlebt habe, sorgt außerdem für eine paradoxe Situation, dachte Alexander. *Hellmann hat Simon Steinbach umgebracht, weil er wollte, dass das Geheimnis um die Sieben Söhne gewahrt bleibt. Nun wird es einen langen Prozess gegen Hellmann geben, in dem die ganze Geschichte aufgerollt wird und alle Verantwortlichen benannt werden. Die Medien werden darüber berichten und die Bevölkerung wird sich ihr Urteil über die Schuldigen am Tod von Thorben*

Menke bilden können. Richtige Konsequenzen wird das nur für Bernd Hellmann haben, alle anderen Beteiligten sind tot. Man kann sich allerdings darüber freuen, dass Simon Steinbachs Vater noch miterlebt, dass sein Sohn in der ursprünglichen Sache um Thorben Menke unschuldig war – mal abgesehen davon, dass er danach fünf Menschen umgebracht hat.

Alexander wurde vom Klingeln seines Handys aus den Gedanken gerissen. Allerdings steckte das Telefon nicht in seiner Tasche, sondern in der Jacke des toten Simon Steinbach, der gerade im Jagdhäuschen von den Mitarbeitern der Spurensicherung fotografiert wurde. Olaf Lange hatte es, nachdem er es Alexander abgenommen hatte, zusammen mit seiner Dienstwaffe an Steinbach übergeben.

„Würden Sie mir bitte kurz das Telefon geben? Das ist meins", bat Alexander Friedhelm Banken. Der kramte das Gerät aus der Jacke des Toten und reichte es Alexander, der sogleich auf das Display schaute. Ahmed Demir versuchte anzurufen.

Alexander drückte auf Rückruf, es tutete dreimal, bevor Ahmed ranging.

„Herr Hoorn, danke für Ihren Rückruf. Es tut mir leid, dass ich mich erst jetzt melde, meine Recherche hat etwas länger gedauert, mein Informant war erst nicht zu erreichen", entschuldigte sich der Detektiv.

Schlagartig fiel Alexander wieder seine verschwundene Schwester Paula ein und ihm wurde bewusst, wie man selbst Dinge, die einem wichtig sind, aus seinem Bewusstsein verdrängen kann.

„Das macht nichts. In den letzten Tagen war ich mit einem kniffligen Fall beschäftigt, ich hätte sowieso keinen Kopf für irgendetwas anderes gehabt“, antwortete Alexander. *Ich kann froh sein, dass ich überhaupt noch lebe,* dachte er im Stillen.

„Haben Sie den Fall gelöst?“, hakte Ahmed nach.

„Ja, das habe ich.“ Alexander wechselte umgehend das Thema. „Und was haben Sie herausfinden können?“

„Wie gesagt, habe ich mich in der Zwischenzeit mit meinem Informanten getroffen und ihm gesagt, dass ich auf der Suche nach einem Mädchen bin, das von der Beschreibung, dem Ort und dem Datum auf Ihre Schwester zutrifft. Ich habe natürlich keine vollen Namen genannt. Diskretion funktioniert bei mir in beide Richtungen, müssen Sie wissen“, erklärte Ahmed.

„Was hat der Informant gesagt?“ Alexander wurde ungeduldig.

„Erst mal gar nichts. Er musste sich selbst zunächst schlau machen. Kein Wunder, es ist jetzt auch schon zwanzig Jahre her, dass Ihre Schwester entführt wurde. Außerdem muss auch er höllisch aufpassen, wenn er sich im Untergrund Informationen verschafft. Mit den Leuten dort ist nicht zu spaßen und wenn sie herausfinden, dass man sie jagt, kann das böse enden. Wie auch immer, er konnte in Erfahrung bringen, dass in der von Ihnen genannten Gegend an dem von Ihnen genannten Datum ein Mädchen entführt worden ist. Und zwar von einem Ring, der vorwiegend in Osteuropa operiert. Das bestätigt meine Vermutung. Wissen Sie, was das heißt?“, fragte Ahmed, der fortfuhr, ohne Alexanders Antwort abzuwarten. „Das heißt, dass mein Informant weiß, wer Ihre Schwester entführt hat. Am gesamten Niederrhein gab es in dem Zeitraum ansonsten keine Entführungen, es muss also Paula sein. Ich muss Ihre Freude aber etwas bremsen. Wir wissen immer noch nicht, ob sie lebt oder wo sie heute ist, falls sie noch lebt."

Alexander war zu müde, um sich richtig freuen zu können, aber er war natürlich positiv überrascht. *Warum brauchte es 20 Jahre und einen Privatdetektiv, um diese Information zu bekommen?*, fragte er sich.

„Das sind sehr gute Nachrichten, vielen Dank", sagte Alexander.

„Ich hätte auch nicht gedacht, dass meine Recherche so ergiebig ist. Können wir uns treffen? Vielleicht sogar noch heute? Ich möchte das weitere Vorgehen mit Ihnen abstimmen", schlug Ahmed vor.

„Ja, wir müssen uns so schnell wie möglich treffen. Können wir das auf morgen verschieben? Ich muss in Düsseldorf noch meinen Bericht schreiben und dann brauche ich eine Mütze voll Schlaf, ich bin quasi seit 48 Stunden wach", sagte Alexander.

„Kein Problem, ich erwarte Sie morgen früh in der Detektei."

Alexanders stellte sicher, dass Hellmann in die Untersuchungshaft überführt und noch am selben Tag Mordanklage erhoben wurde, bevor er den Beamten aus Altena das Feld überließ. Sein Wagen parkte noch immer vor Hellmanns Haus und ein freundlicher Kollege brachte ihn dorthin.

Auf dem Rückweg nach Düsseldorf bemerkte er, dass in seinem übermüdeten Zustand Auto zu fahren keine sehr gute Idee war. Er ging vom Gas und schaffte es sicher bis zum LKA. Der Rest des Tages zog sich unglaublich in die Länge und Alexander war froh, als er etwas früher nach Hause gehen und sich den anderen Tag sogar freinehmen durfte.

In der Nacht schlief er tief und fest, obwohl er schlecht von Logikrätseln, seiner Schwester und osteuropäischen Kinderschänderringen träumte. Er schlief sogar so fest, dass er seinen Siebenuhr-Alarm überhörte. Dafür wurde er von einem anderen Geräusch geweckt. Eigentlich war es Lärm und als er komplett aufgewacht war, konnte er den Tumult auch zuordnen. Autos mit Martinshorn fuhren unten auf der Birkenstraße an seinem Haus vorbei, dazu hörte er viele laute Stimmen. Alexander schaute aus dem Fenster, Polizei-, Rettungs- und Feuerwehrfahrzeuge standen ein Stück die Straße runter.

Das scheint etwas Größeres zu sein, dachte Alexander und zog sich an, um nach unten zu gehen und nachzuschauen. Vor der Haustür schloss er sich dem Pulk von Leuten an, die in Richtung des Einsatzortes zogen. Nach etwa 200 Metern ging es nicht mehr weiter, uniformierte Beamte sicherten den Einsatzort und baten Alexander und die anderen, umzukehren und die Arbeiten nicht zu behindern. *Mist, ich habe heute einen Termin bei Ahmed, wie soll ich da durchkommen?*

„Was ist denn da passiert?“, fragte Alexander einen der Polizisten.

„Da brennt gerade eine Wohnung aus, bitte kehren Sie jetzt um.“

Alexander schaute nach oben, jetzt sah er auch den Qualm, er stieg aus dem Innenhof von einem der Mietblöcke empor. *Scheiße,* ging es ihm durch den Kopf, *ich habe da ein ganz mieses Gefühl.*

Alexander zog den Dienstausweis und hielt das Dokument dem Beamten unter die Nase. „Bitte lassen Sie mich durch, ich ermittle hier.“ Der Beamte schaute sich den Ausweis an und trat zur Seite. Auf dem Weg zum Innenhof gab er darauf acht, keinen der herumwuselnden Feuerwehrleute zu behindern und nicht auf die prallen Wasserschläuche zu treten. Schließlich hatte er sich weit genug vorgearbeitet und hatte freie Sicht auf den Brand. Es war tatsächlich die Detektei von Ahmed Demir, in der die Flammen gerade aus den Fenstern loderten. Entsetzt schaute Alexander dabei zu, wie die Feuerwehr versuchte, den Brand unter Kontrolle zu bringen und Leute aus dem Treppenhaus zu eskortieren. Einen nach dem anderen. Er hoffte so sehr, dass Ahmed der Nächste sein würde, der herauskam, doch jedes Mal wurde seine Hoffnung enttäuscht.

„Entschuldigen Sie, ist der Mann aus der Wohnung schon in Sicherheit?“, fragte er einen Feuerwehrmann.

„Ich habe keine Ahnung, wir konnten noch nicht nachschauen. Sie sehen ja, dass da drin alles in Flammen steht. Dürfen Sie überhaupt hier sein?“, fragte er. Alexander zeigte ihm seinen Ausweis, er konnte nichts tun als beten. Die Minuten kamen ihm vor wie Ewigkeiten. Jedes Mal, wenn die Flammen, die aus den Fenstern schlugen, schrumpften, wurden sie eine Sekunde später wieder größer und strapazierten seine Geduld aufs Neue. Eine halbe Stunde später stieg aus den Fenstern von Ahmed Demirs Wohnung nur noch Qualm und Alexander machte sich bereit, durch das vom Löschwasser durchtränkte Treppenhaus nach oben zu stürmen.

„Halt, wir müssen das Gebäude erst sichern“, hielt ihn der Feuerwehrmann auf. Noch mal ein paar Minuten später nahm er Alexander mit nach oben.

In Ahmed Demirs Detektei bot sich ihm ein Bild des Schreckens. Alles in der Wohnung war entweder verbrannt oder schwarz, von den Wänden bis zu den Möbelstücken. Ahmeds Büro hatte es besonders schlimm erwischt, alle Bücher und Dokumente dort lagen in Form verbrannter, dünner Blätter auf dem Fußboden.

„Kommen Sie ins Schlafzimmer“, rief plötzlich der Feuerwehrmann. Alexander folgte der Stimme. Als er den Raum betrat, bekam er einen Kloß im Hals. Im Bett lag die Leiche von Ahmed Demir. Die Haut war verkohlt und mit Wunden übersät. *Verdammte Scheiße, er hat es nicht geschafft,* dachte Alexander. „Wie ist das passiert? Musste er leiden?“, fragte er.

„Es sieht so aus, als wäre er im Schlaf am Rauch erstickt und dann verbrannt. Wahrscheinlich musste er nicht leiden.“

„Und der Brand? Wie ist er ausgebrochen?“ Alexander schaute sich um.

„Das ist schwer zu sagen. Es könnte ein Kurzschluss gewesen sein. Das Gebäude ist alt“, vermutete der Feuerwehrmann.

„Brandstiftung?“, fragte Alexander.

„Wir müssen die Ermittlungen abwarten.“

Wütend verließ Alexander das Haus. Er musste überhaupt nichts abwarten, für ihn stand die Sache fest: Demirs Informant oder der Kinderschänderring steckte hinter dem Brand. Es konnte kein Zufall sein, dass Ahmed nur einen Tag nach seiner gefährlichen Recherche im Milieu starb. Er musste in ein Wespennest gestochen haben und irgendjemand wollte ihn zum Schweigen bringen. Irgendjemand, der nicht wollte, dass die Geschichte von Alexanders Schwester aufgeklärt wurde. Und Alexander würde herausfinden, wer dieser Jemand war, koste es, was es wolle.

Bisher von W.J. Krefting erschienen:

Alexander-Hoorn-Reihe
1. Kindsmörder: Thriller
2. Moormädchen: Thriller
3. Sündenwald: Thriller

Asche-Trilogie:
1. Aschekinder: Thriller
2. Aschemädchen: Thriller
3. Aschegrab: Thriller

Neuseeland-Standalone:
Blutfjord: Thriller

Australien-Standalone:
Seelenschänder: Thriller

Berlin-Standalone:
Feuergeißel: Thriller

www.ingramcontent.com/pod-product-compliance
Ingram Content Group UK Ltd.
Pitfield, Milton Keynes, MK11 3LW, UK
UKHW041954190726
13854UKWH00005B/1961

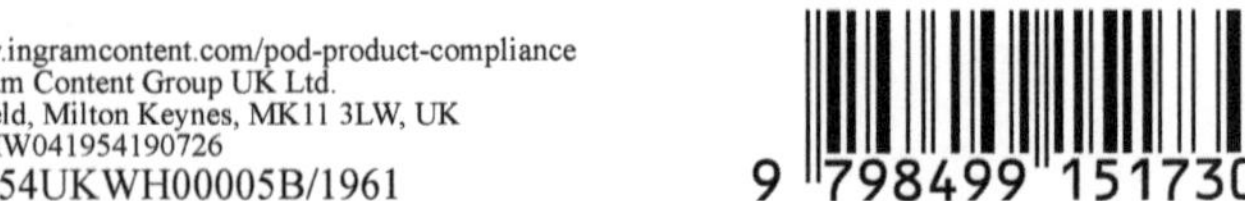

9 798499 151730